KB243110

비정소옥 非情素玉

송진용 新무협 판타지 소설

3

비정소옥 3

송진용 新무협 판타지 소설

초판 1쇄 찍은 날 § 2002년 1월 16일
초판 1쇄 펴낸 날 § 2002년 1월 25일

지은이 § 송진용
펴낸이 § 서경석

편집장 § 문혜영
편집 § 장상수 · 박영주 · 김희정 · 권민정
마케팅 § 정필 · 강양원 · 김규진

펴낸곳 § 도서출판 청어람
등록번호 § 제1081-1-89호
등록일자 § 1999. 5. 31
어람번호 § 제2-0043호

주소 § 경기도 부천시 원마구 심곡1동 350-1 남성B/D 3F (우) 420-011
전화 § 032-656-4452 팩스 § 032-656-4453
E-mail § eoram99@chollian.net

ⓒ 송진용, 2001

값 7,500원

ISBN 89-5505-246-4 (SET)
ISBN 89-5505-249-9 04810

비정소옥

非情素玉

송진용 新무협 판타지 소설

3

독보강호(獨步江湖)

도서출판 청어람

□
목

차

제1장

조왕림(曹王林)의 혈전(血戰)

조왕림(曹王林)의 혈전(血戰)

그 늦은 밤에 곽가의 허름한 주가를 찾은 사내들 세 명이 있었다. 빈 탁자에 앉아 앵속(罌粟:아편)을 쟁인 곰방대를 빨며 끄덕끄덕 졸던 곽가가 몽롱한 눈을 들어 바라보았다. 어느새 그들이 포위하듯 곽가를 에워쌌다.

"뉘시오? 늦은 시간인데……."

다시 곰방대를 입에 가져가며 느긋하게 묻는 곽가의 얼굴에 낯선 자들에 대한 두려움 따위는 없었다. 하긴, 주루라는 곳이 언제나 낯선 자들을 맞기 마련이라서 이미 이골이 나 있는 건지도 몰랐다.

"네가 귀가 밝기로 이름난 곽가, 곽모용이지?"

흔히 곽가(郭哥)로 불리는 자신의 이름이 모용(模容)이라는 것을 아는 자는 흔치 않았다. 흐릿하던 곽가의 눈에 언뜻 번쩍이는 빛이 스쳐 지나갔다.

"술을 드시러 온 손님들이 아니로군."

"맞아. 하지만 술을 마시지 않아도 술값을 치를 수는 있어."

곁에 있던 자가 이죽거리듯 그렇게 말하며 곽가를 마주 보고 앉았다. 태원호(太元昊)였다.

처음 말을 꺼낸 자는 왕추정(王酋丁)이었는데, 위추경(魏錘庚)과 태원호를 곧장 이리로 끌고 온 것도 바로 그였다.

왕추정은 언젠가 단목기로부터 명을 받고 남창지부에 와서 곽가가 제공한 정보를 받아간 적이 있었다. 정보의 거래가 워낙 은밀하게 이루어지는 일이라 직접 곽가의 얼굴을 본 적은 없었다. 그러나 그는 단목기로부터 그런 인물이 있다는 말을 한번쯤 들었고, 탁월한 소식통이라는 감탄 섞인 평도 한번쯤 들은 적이 있었다.

자부심이 강한 단목기로부터 그런 감탄을 받았다면 보통 인물이 아닐 것이었다. 그래서 왕추정의 머리 속에는 곽가라는 인물이 지워지지 않고 자리 잡았다.

"예사 손님들이 아닌 모양이군. 우선 좀 앉으시오. 내 가서 식은 안주에 술이라도 좀 내오리다."

곽가가 태연히 말하고 일어섰다. 그러나 뒤에서 불쑥 뻗어 나온 우악스런 손이 그런 곽가의 어깨를 꽉 움켜쥐고 주저앉혔다.

"잔꾀 부릴 생각 말고 얌전히 앉아 있어."

그 음성에 실린 무게만으로도 곽가는 그자가 우두머리라는 것을 느꼈다. 돌아보지도 않은 채 그가 건조한 음성으로 물었다.

"뭘 알고 싶은 거요?"

자신을 알고 찾아온 자들이라면 더 길게 끌 필요가 없다고 생각했다. 원하는 것을 줘서 빨리 내보내거나, 아니면 재빨리 달아나는 일이 있을 뿐이다.

위추경이 앞으로 돌아 곽가를 마주 보고 씩 웃었다.

"다들 얼굴이 없는 자라고 하던데 이제 보니 이렇게 생긴 늙은이였군?"

"지부에 들렀다 오시는 길이오?"

"역시 눈치가 빨라."

"그렇다면 왕 대인을 만난 게로군."

곽가가 머리를 갸웃했다. 자신의 얼굴을 아는 자는 남창지부를 관장하고 있는 왕 대인뿐이었다. 곽가에게는 그가 자신의 존재를 외부에 발설했다는 것이 의외였다. 이제 더 이상 동창의 남창지부에서는 자신이 필요하지 않은 모양이라고 생각했다. 하긴 단목기가 동창을 떠났다는 것을 안 뒤로 그들에게 단 한 가지의 첩보도 건네준 적이 없었으니 그렇게 생각할 만도 했다.

"그 내시가 끝까지 영감을 모른다고 시치미를 떼더군. 알아내는 데 꽤 애를 먹은 셈이야."

왕추정이 어깨를 으쓱거리며 자랑스럽게 말했다. 곽가는 그의 말을 들으며 어지럽게 염두를 굴려야 했다.

누가 무슨 말을 하든, 아무리 사소한 지껄임일지라도 그것을 잘 듣고 추리하면 그 안에서 그가 말하고자 하는 모든 것을 알아낼 수 있다. 사람의 말속에는 은연중에 그의 생각과 의지가 스며들어 있기 마련인 것이다.

곽가는 곧 왕추정의 이죽거림 속에서 중요한 단서 몇 가지를 추려냈다. 그것은 이자들이 적어도 왕 지부대인을 협박할 수 있을 만큼 대단하다는 것과 그러므로 이자들 또한 동창의 인물들이고, 그것도 북경 위소(衛所)에서 내려온 자들일 것이라는 추리였다. 왕추정의 억양이 그것을 뒷받침해 주었다. 또한 곧장 왕 대인을 만날 수 있었다는 것으로 보아 꽤 높은 신분일 것이다.

하지만 아무리 살펴보아도 동창 내에서 영주로 불리는 첩형(貼刑)은 아니었고, 그 다음으로 신분이 높은 당두(檔頭)급도 아니라고 여겨졌다. 말투나 하는 행동거지를 관찰하면 쉽게 알 수 있는 일이었다. 적어도 한 조직에서 상위의 직급에 올라 있는 소수의 인물들은 몸에 그들만의 품격이 배어 있기 마련인 것이다.

우두머리로 보이는 자에게서는 얼핏 그런 자세가 엿보이기도 했다. 하지만 역시 잘해야 영주 아래의 당두급에 불과할 것이다. 그리고 그 정도의 신분이라면 지부대인을 협박하기에 어려움이 있을 것이었다. 그런데도 수하에 지나지 않아 보이는 자가 왕 대인을 협박해서 알아냈다고 했으니 그렇다면 결론은 뻔했다.

"추살대가 어디쯤 와 있는지, 누가 이끌고 있는지 그게 알고 싶은 거요?"

넌지시 앞질러 짚어본 말에 즉각 반응이 왔다.

"억!"

태원호가 놀람의 탄성을 터뜨렸고, 위추경과 왕추정도 낯빛을 딱딱하게 굳힌 채 어깨를 움찔 떨었다. 순간적인 반응이었으나 노련한 곽가의 눈에는 아주 재미있게 보였다. 역시 이자들은 단목기와 마찬가지로 동창을 배신한 전직 창위들이라는 것을 짐작했다.

문득 곽가의 얼굴이 어두워졌다. 서슴없이 신분을 팔아 지부의 무사들을 속이고 왕 대인에게 접근했으며, 그를 붙잡아 협박해서 자신을 알아냈다면 그만큼 이자들이 알고자 하는 일이 큰 건수일 게 분명했다.

‘제기랄, 오늘 밤은 시끄럽겠군.’

그렇게 투덜거리는데 위추경이 투박한 손을 뻗어 냉큼 곽가의 멱살을 틀어쥐었다. 한시라도 빨리 일을 끝내고 이곳을 떠나려는 속내가 훤히 들여다보이는 행동이었다.

“추살대가 떴나? 어떤 자들이며 누가 이끌고 있지?”

“동창의 추살대는 그들이 무림 중에서 가려 뽑은 고수들로 이루어졌을 텐데…… 한 곳에서 온 자들도 아니고 천하 각지에서 뽑혀온 자들이라면 내가 어찌 일일이 다 알 수 있겠소?”

“허튼소리!”

위추경이 멱살을 틀어쥔 손아귀에 힘을 주었다. 그가 곽가를 바짝 끌어당겨 이마를 맞대듯 하고 으르렁거렸다.

“섣부르게 굴다가는 곧장 염라전에 들게 될 거다.”

위추경의 번들거리는 눈을 보며 곽가는 이자가 정말 그러고도 남을 위인이라는 것을 알았다. 이런 자 앞에서는 아는 것을 빨리 불어버리는 게 죽더라도 편하게 죽을 수 있는 유일한 길이었다. 하지만 그런 수단 속에도 나름대로 정해놓은 법칙은 있었다. 가장 중요한 알맹이는 죽더라도 곱게 내주지 않는다는 것이다. 별 가치가 없는 껍질들을 적당히 포장해서 들려주면 대개는 그것에 깜박 속아 넘어갔다.

“벌써 한 열흘쯤 되었을 거요. 이 근처에 낯선 강호인들이 무리 지어 출몰하곤 했다는데 하나같이 고수 아닌 자들이 없으니 아마 그들일 가능성이 가장 크오.”

“우두머리는?”

“나흘 전인가? 상강(湘江)을 건너왔다는 자가 정강령 아래를 지나다가 위풍이 당당한 장군 한 사람을 보았다고 하더이다. 황동 갑주에 검

붉은 오추마를 탔고 옆구리에 긴 장창 한 자루를 끼고 있었다는데, 아무래도 이상하지 않소? 그런 차림의 장수가 전장에 있지 않고 어째서 강호를 배회하고 있는 건지……."

곽가의 말을 듣는 동안 위추경과 두 사내의 얼굴빛이 점점 핼쑥해지더니 마지막에 가서는 입술마저 창백해진 채 서로를 바라보기만 했다. 한참 만에야 태원호가 신음을 삼키고 가까스로 말했다.

"설마, 설마…… 그 신창(神槍) 양소문(楊김雯)이 직접……."

"그도 동창의 조력자였단 말인가? 허, 이것 참……."

왕추정도 가빠지는 숨을 참지 못하고 헐떡이며 거들었다.

동창에서 추살대를 구성하는 방법은 두 가지가 있었다. 한 가지는 그들 자체에서 인원을 가려 뽑아 보내는 것이었는데, 자체의 배신자를 처벌하는 데는 그 방법을 주로 썼다. 하지만 상대가 거물이라고 판단되면 강호 각지에 흩어져 있는 고수들을 초빙했다. 물론 평소 동창과 은밀한 관계를 맺고 공생해 가던 자들이었다.

산동의 신창 양소문이라면 강호에 명성이 쟁쟁한 협사였다. 그런데 그자마저 동창의 내조자였다는 것이 놀랍기만 했다. 그 신창 양소문이 직접 나섰다면 그것은 단목기를 표적으로 삼았기 때문일 것이었다. 제독태감의 분노가 얼마나 큰지 짐작할 수 있었다. 모난 놈 곁에 있다가 정(釘) 맞는다고, 재수없게 자신들마저 그들에게 걸려들 가능성이 컸다. 그 짐작이 위추경 일행을 당황하게 했다.

기실 곽가의 말은 대충 상황을 짐작하여 되는대로 주워섬긴 것에 불과했다. 위추경 일행의 정체를 짐작했고 그들에게 겁을 주어 빨리 떠나도록 할 다른 좋은 방법이 떠오르지 않았기 때문이다. 하지만 양소문과 고수들이 모여 있다는 것은 사실이었다. 그들을 슬쩍 동창의 추살대라고 둘러대자 역시 위추경 일행이 잔뜩 긴장했다. 곽가는 그들이 자신의 술수에 넘어갔음을 알았다. 그렇다면 이제 이 문제에 대한 칼자루는 자신의 손으로 넘어온 셈이었다.

"음……."

위추경은 산에서 내려온 것을 후회했다. 일이 이렇게 빨리 진행될 줄 알았더라면 무슨 핑계를 대서든 정강령을 내려오지 않고 산채에 남아 있었을 것이다. 자신들이 산을 내려오자마자 신창 양소문 일행이 정강령 아래의 길목에 밀려왔다는 것이 곽가의 말에 신빙성을 더해주었다.

"아, 아찔했군. 조금만 늦었어도 그들과 마주쳤을 거 아냐?"

생각만 해도 끔찍하다는 듯 태원호가 머리를 절레절레 흔들며 가슴을 쓸었다.

"그런데 우리가 산채에 의지해 숨어 있다는 것을 어떻게 알았을까?"

왕추정이 고개를 갸웃했지만 그의 얼굴에도 두려움이 가득 떠올라 있었다.

"이제 어쩔 거요? 이곳에서 불과 이틀 거리인데……."

곽가가 얼굴에 안쓰러움을 담고 이죽거렸다. 그들의 두려움에 곽가의 그 말이 불을 당겼다. 위추경 일행은 추살대가 어쩌면 벌써 자신들의 행적을 탐지하고 이곳으로 달려오고 있을지 모른다는 불안감에 휩싸였다. 지금이라도 그들의 사나운 발길이 들이닥칠 것만 같아 일제히 문을 바라보았다.

"좋아, 그건 그렇고……."

위추경이 마른침을 꿀꺽 삼키고 나서 곽가의 멱살을 놓고 물러앉았다. 곽가는 이들이 비로소 본심을 드러내려 한다는 것을 알았다. 죽고 사는 것이 이 한순간에 달려 있는 일이었다. 그런 마음의 긴장을 애써 눌러 참으며 태연하게 위추경을 마주 보았다. 이런 일을 한두 번 겪어 본 게 아닌 것이다. 이럴수록 침착해야 기회가 많아지는 법이라는 것을 곽가는 경험으로 알고 있었다.

"말해 보시오. 내가 알고 있는 거라면 솔직하게 가르쳐 드리지."

곽가에 대한 믿음을 갖게 된 위추경은 더 망설이지 않고 빠르게 말을 꺼냈다.

"한 사람의 행방을 찾고 있어. 이름은 구양목. 곤륜파의 존장이다."

"곤륜?"

곽가가 이맛살을 찌푸렸다.

"더 할 말이 없군. 그대들은 헛걸음을 했소. 더 늦기 전에 그냥 돌아가는 게 좋을 것이오."

"무슨 소리야? 천하에 당신이 모르는 건 없다고 하던데?"

곁에서 예리한 눈으로 곽가를 지켜보고 있던 태원호가 버럭 소리를 질렀다.

"허? 누가 그런 과분한 말을……."

"당신도 잘 알고 있는 사람이지. 단목기라고……."

설마 그의 입에서 단목기의 이름이 거론될 줄 모르고 있던 곽가는 내심 당황했다. 하지만 노회(老獪)한 인물답게 곧 평상심을 되찾은 그가 턱수염을 쓸며 헛웃음을 웃었다.

"음, 단목 영주가? 허허…… 영주님이 어쩌다 그런 실수를 하셨담……."

"자, 말해 봐. 대가는 서운치 않게 치러주겠다."

위추경의 험악한 얼굴을 물끄러미 바라보며 곽가는 이들이 바로 단 목기가 이끌던 홍안령 소속의 창위들이었다는 것을 짐작했다. 그리고 태원호의 말투 속에서 이들이 더 이상 단목기를 영주로 존경하지 않고 있다는 것도 알았다.

'이놈들은 제 목숨을 위해서라면 처자식도 서슴없이 버릴 놈들이 다.'

곽가는 그렇게 판단했다. 조직에 등을 돌린 거야 그럴 수 있다고 쳐 도, 그동안 모시고 있던 직계의 영주마저 무시한다는 것은 동창이라는 조직의 특성상 힘든 일이었다. 그들은 적어도 자신들끼리는 피를 나눈 형제들보다 더 깊은 유대감으로 뭉쳐 있는 특이한 조직이었던 것이다. 그것이 비밀스런 일을 하는 자들이 살아남는 방법이기도 했다. 사람들 의 질시와 원망을 받을수록 그런 자들의 유대감은 더욱 깊어지기 마련 이었다. 동류의식(同類意識) 때문이기도 하지만, 자신들끼리 똘똘 뭉치 지 않으면 언제 죽을지 모른다는 것을 본능적으로 알기 때문이다.

"곤륜파는……."

머리 속으로 부지런히 다음 일들을 생각하고 계획을 짜면서 입으로 는 천천히 말해 나갔다. 적어도 말하는 동안만큼은 시간을 벌 수 있는 것이다.

"그 실체가 언제나 불분명한 신비로운 문파요……."
"쳇, 그걸 모르는 사람이 있나? 쓸데없는 소리는 빼고 요점만 말해!"

곤륜이라는 산 자체가 사람들의 머리 속에 존재하는 이상향(理想鄕) 일 뿐, 세상에 실재하는 산이 아니었다. 청해성(靑海省)에 곤륜(崑崙)이 라는 이름이 있는 산이 있고, 혹자는 하남성(河南省)에도 그런 이름의

산이 있다고 해서 곤륜파가 바로 그곳에 있는 문파라고 여기기도 했다. 그러나 그것은 사람들이 그들의 이상향을 가까이 두고 싶은 소망에서 하는 말에 지나지 않았다. 곤륜은 신화와 전설 속의 무대일 뿐, 실재하는 산과는 상관이 없었던 것이다.

그 곤륜을 표방하는 문파 또한 그래서 실체를 알 수 없었다. 본산이 없으니 도관이나 사찰이 있을 수 없었고 문파의 대문이 있을 수 없었다. 전승되어 오는 맥이 있고 문도들은 있으나 근거지가 없는 괴이한 문파. 그러면서도 언제나 명문 정파로 받아들여지고 걸출한 인재들이 쏟아져 나오는 문파. 그것이 곤륜파였다.

그러므로 대대로 곤륜파는 장문인이 기거하는 곳이 곧 그들의 본산이었다. 장문인이 들 가운데에 서 있으면 그곳이 곤륜의 본산이었고, 주루에 묵고 있으면 또한 그곳이 곤륜의 성지였던 것이다. 그러나 당금에 이르러 곤륜파에는 장문인이 없었다. 그 사실 또한 천하 무림인 모두가 아는 바였다. 그러므로 곤륜파는 현재 그 이름과 문도들만 있을 뿐, 실체가 없는 거나 마찬가지였다.

그들이 어째서 장문의 맥이 단절되었는지, 어째서 문도들 중 새롭게 장문인을 뽑아 맥을 잇도록 하지 않는지는 누구도 알지 못했다. 그 행적이 신비한 만큼 그들의 사정이라는 것도 신비할 뿐이었다.

"곤륜에 대해서 아는 사람이 없는데 내가 어찌 그것을 알겠소? 당신들이 찾는 사람이 곤륜 문하라면 더욱 그렇소."

"이놈의 늙은이가!"

위추경이 눈을 부릅떴다. 은은한 살기가 느껴졌다. 그를 힐끗 바라본 곽가가 다시 한 번 수염을 쓸고 나서 천천히 입을 열었다.

"범을 사로잡으려면 범 새끼를 먼저 꺼내오는 게 제일 빠른 방법이외다. 그러면 제 새끼 생각에 앞뒤 가리지 않고 덫으로 뛰어들거든."

"무슨 소리야?"

"그 구양 뭐라는 사람이 곤륜의 존장이라면 그가 지금 어디에 있는지는 알지 못해도 그를 내가 있는 곳으로 불러낼 방법은 알고 있다는 얘기올시다."

"좋아. 그걸 말해."

부쩍 구미가 당긴 듯 위추경이 눈빛을 번쩍이며 입술을 핥았다. 산채에서 육지평이라는 젊은 공자는 단지 그의 소재를 알아봐 달라는 부탁을 했을 뿐이었다. 하지만 그를 불러낸 다음 직접 데려다 주기라도 한다면 그 공은 서너 배나 더 클 것이 분명했다. 그 생각이 위추경을 바짝 달구었다.

"이걸 주겠다."

위추경이 품에서 전표 다발을 꺼내 탁자 위에 던지듯 내려놓았다. 전장(錢場)으로는 천하에서 제일 크다는 낙양(洛陽)의 금화전장(金華錢場)에서 발행한 전표였다. 그러므로 그것은 은괴(銀塊)만큼이나 확실한 환금성(換金性)을 가지고 있었다. 그 전표에 기재된 금액이 무려 일천 냥이었다. 슬쩍 보기에도 그런 전표가 대여섯 장은 되어 보였다. 위추경은 다급한 마음에 산채를 내려오며 육지평으로부터 건네받았던 전표를 몽땅 내던진 것이다.

"흠, 이것 참, 받지 않을 수도 없고……."

말은 그렇게 하면서도 곽가의 손은 어느 틈에 슬그머니 전표 뭉치들을 끌어당기고 있었다. 그가 위추경의 눈치를 보며 재빨리 그것을 품 속에 쑤셔 넣고 나서 손을 털었다.

“간단하오. 곤륜의 제자 한 명이 지금 이 근처에 와 있소.”

“그래? 그게 누구지? 어디에 있어?”

위추경 일행이 바짝 다가앉으며 동시에 물었다. 그들도 곽가의 의중을 이제는 눈치 챌 수 있었다. 곤륜 문하를 붙잡아두고 있으면 구양목이라는 자가 제 스스로 그를 구하기 위해 찾아올 것이 뻔하다고 생각했다. 그러자 마음이 더 급해졌다.

“그는 한 명의 여협인데…….”

“여자라고?”

“엊그제 저 아래 상덕현(象德縣)에 출몰했었다고 하니 아직 크게 벗어나지 못했을 것이외다.”

“됐다!”

위추경이 성급하게 외치고 벌떡 일어섰다. 여자라면 일이 생각보다 쉬울 수도 있을 것이었다.

“하하하하…….”

서둘러 어둠 속으로 치달려 사라져 가는 그들의 뒷모습을 바라보던 곽가가 터져 나오는 웃음을 참지 못하고 크게 소리 내어 웃었다.

“당신은 여전히 교활하기가 조조 뺨치는군.”

주방의 휘장이 펄럭이더니 단목기가 천천히 걸어나왔다. 그를 돌아보는 곽가의 얼굴에 아직도 웃음이 남아 있었다.

“아, 오셨소? 그래, 갔던 일이 잘된 모양이오?”

“음.”

건성으로 대답한 단목기가 자리에 앉자 이번에는 곽가가 주방으로 들어갔다. 잠시 후 그가 간단한 안주와 술을 준비해 나왔을 때 단목기는 처음의 모습 그대로 탁자 앞에 앉아 창밖의 어둠을 바라보고 있었다.

그와 자신의 잔에 술을 따른 곽가가 먼저 한 잔을 비웠다.

“왜, 심경이 착잡하시오?”

“음.”

위추경 일행에 대해 물었고, 그것에 대답한 것이다.

단목기는 마음이 괴로웠다. 주가로 돌아오자 언뜻 창문을 통해 흘러나오는 유등의 불 그림자 속에 움직이는 자들이 보였다. 손님이려니 여기고 뒤로 돌아가 주방으로 나 있는 쪽문을 통해 살짝 들어왔다. 주방 천장 위에 올려져 있는 사다리를 내리고 다락으로 올라가려던 단목기는 귀에 익은 음성을 들었다. 위추경의 목소리였다. 그는 휘장 뒤에 몸을 숨기고 그들이 하는 말과 행동을 모두 듣고 보았다.

“그들도 설마 동창을 떠났을 줄이야…….”

“영주를 본받은 모양이오?”

“그렇다고 할 수 있겠지.”

단목기가 털어 넣듯 술잔을 비웠다. 그들이 동창의 이탈자가 되어 쫓기는 데에는 자신의 탓이 크다고 인정하지 않을 수 없었다. 남창부의 일을 깨끗하게 마무리해 주었더라면 그들은 지금쯤 북경에 돌아가 상을 받고 있을 것이었다.

잠시 그들의 처지를 딱하게 여기던 단목기는, 그런데 그들이 어째서 하필 자신의 사부를 찾고 있는 것일까? 하는 의문을 새롭게 떠올렸다. 그들이 사부의 함자를 정확히 알고 있다는 것도 수상하기 짝이 없었다. 이건 아무래도 그들을 만나 직접 물어보아야 할 것 같았다.

상념에 잠겨 있는 단목기를 지그시 건너다보던 곽가가 그의 마음을 지레짐작하고 다정하게 말을 건넸다.

"마음 아파할 것 없소. 그자들은 언제든 그렇게 했을 거요. 관상이 그렇소. 눈 아래 흰 창이 많고 광대뼈가 두드러졌으며 뒤통수에 반골(反骨)이 튀어나온 것이 오래 지조를 지키지 못할 상이었소."

곽가가 자신을 위로하기 위해 하는 말이라는 것을 잘 알았다. 단목기가 쓰게 웃고 나서 손가락으로 곽가의 야윈 가슴을 찔렀다.

"그래서 그들을 그렇게 죽게 하려고?"

"아니면 내가 영주 앞에서 목이 떨어지는 흉한 꼴을 보였어야 좋았겠소?"

단목기는 할 말이 없었다. 묵묵히 곽가가 따라주는 술잔을 비울 뿐이었다. 곽가가 한숨을 쉬고 하늘을 가리켰다.

"다 그들의 운이겠지. 마음을 바르게 써서 일을 대한다면 하늘이 도와줄 텐데 설마 덧없이 죽기야 하겠소? 죽고 사는 것이 다 제 스스로 선택하는 일이라오."

곽가는 그들을 보내 소옥을 뒤쫓는 무리들과 마주치게 한 셈이었다. 그들은 소옥이 혼자 있는 줄로만 알고 있었다. 그녀의 뒤를 무수한 고수들이 쫓고 있다는 것을 숨긴 때문이다. 그렇다면 위추경 등은 엉뚱하게도 그자들과 먼저 부딪칠 가능성이 컸다. 곽가가 교묘하게 펼친 차도살인(借刀殺人)의 계책에 멋모르고 넘어간 것이다.

"그런데 정말 신창 양소문이 동창의 추살대를 이끌고 왔나?"

"하하, 그 말도 들으셨소?"

곽가가 단목기를 가리키며 웃었다.

"영주도 양소문이라는 이름을 들으니 마음이 떨리는 모양이오?"

그저 피식 웃는 단목기를 지그시 바라보던 곽가가 정색을 했다.

"되는대로 주워섬긴 말이라오. 내가 귀신이 아닌데 동창에서 누구를 보냈는지 여기 가만히 앉아서 어찌 알 수 있겠소?"

"그랬군. 역시 당신은 교활해."

"하지만 양소문이 이곳에 온 것은 사실이오. 벌써 여러 사람이 그에 대한 얘기들을 하고 갔으니까."

"여자에 대한 얘기도 그렇게 들어 알고 있는 것이오?"

곽가가 머리를 끄덕였다. 단목기는 자신의 미련함을 후회했다. 처음부터 곽가에게 물어보았더라면 좀 더 일찍 소옥에 대한 소식을 들을 수 있었다는 것을 이제야 깨달은 것이다.

"그녀가 곤륜 문하라는 것은 어떻게 알았소?"

"정말 영주는 귀가 어두운 모양이로군. 아니면 세상일에 지독할 만큼 무관심하거나."

먼저 단목기를 탓한 곽가가 손가락을 들어 바깥을 가리켰다.

"지나가는 사람 아무나 붙잡고 물어보시오. 다들 그녀와 그녀가 지니고 있다는 보물에 대해서 얘기해 줄 거요."

"허―!"

등잔 밑이 어둡다더니 이렇게 어두울 수가 없었다. 엎드리면 코 닿을 곳에 그녀를 두고서도 자신만 까맣게 모르고 있었다는 것이 부끄럽다 못해 참담한 심정이 되었다.

'내가 무엇 때문에 그처럼 넋이 나가 허송세월을 하고 있었던 것일까?'

자기 자신에게 가만히 그렇게 물어보았다. 거의 한 달여나 그는 세상에서 애써 멀어져 있었던 것이다. 생각해 보니 그것은 바위산의 동굴에서 소옥과 헤어진 뒤부터였다. 쓸데없이 산속을 배회하면서 며칠을 보내기도 했고, 미친 듯이 벌판을 치달려 단번에 백 리 길을 내달리고 나서야 대지 위에 몸을 내던지고 밤새 헐떡이기도 했다.

'나에게는 갚아야 할 빚이 있다.'

이제 더 이상 망설이거나 스스로를 속일 필요가 없었다.

단목기가 칼을 쥐고 벌떡 일어서자 곽가가 의아한 눈으로 그를 바라보았다.

"영주께서도 그녀가 지니고 있다는 보물에 관심이 있는 것이오?"

세상에 모르는 것이 없다는 그도 아직 자신이 그녀의 사형이 된다는 것만은 알지 못했다.

"그럴지도 모르지."

"기다리시오."

마지막 잔을 내려놓고 돌아서는 단목기의 옷소매를 곽가가 붙잡았다. 의아해서 바라보는 그의 손에 전표 다발이 쥐어졌다.

"나보다 영주에게 더 필요할 것이오."

강호를 주유하는 자를 언제나 곤란에 부딪치게 하는 것이 바로 은자였다. 때로 그놈은 열 명의 적보다 더 무서운 위험이 되어 목줄을 죄어오곤 하는 것이다. 말없이 곽가를 바라보던 단목기가 한번씩 웃어주고 전표를 품에 쑤셔 넣었다. 그리고 돌아섰다.

다시 오겠다는 말도 남기지 않은 채 어둠 속으로 휘적휘적 멀어져가는 단목기를 바라보던 곽가가 자신의 주가를 한번 둘러보고 나서 한숨을 쉬었다.

"이제 나도 이곳을 떠야 할 때가 된 모양이군."

*   *   *

어두운 개울가에 쪼그리고 앉아서 얼굴과 손을 씻는 소옥의 뒷등이 안쓰러워 보였다. 상필지가 자꾸 벌어지려는 어깨의 상처에 다시 금창 약을 뿌리고 나서 한숨을 내쉬었다.

"많이 아픈가요?"

문득 소옥이 그를 돌아보고 물었다. 어둠 속에서 그녀의 하얀 치아 가 드러나 보였다.

'저렇게 청순한 얼굴을 하고 있는 사람의 어느 구석에 그처럼 모진 살기가 감추어져 있는 것일까?

상필지는 그것이 궁금했다.

"견딜 만하오. 그보다 나는 낭자가 걱정이오."

"당신은 그만 돌아가는 게 좋겠어요. 나 때문에 아까운 목숨을 내던 질 필요는 없어요. 그렇다고 내가 매년 당신의 제사를 올려줄 것도 아 니니까."

옷자락으로 얼굴의 물기를 문질러 닦아내며 쌀쌀맞게 하는 말이 가 슴을 아프게 했다.

"내가 별로 도움이 되지 않는 모양이구려."

"그래요. 나는 당신 때문에 신경이 쓰여서 마음껏 싸울 수가 없어 요."

"허허……."

그녀의 냉정한 말에 헛웃음이 나왔다. 어쩌다가 남면옥호(南面玉豪) 로 불리는 자신이 이처럼 무시당하는 신세가 되었는지 한심스러웠다. 지난 낮의 싸움에서도 그녀가 나서지 않았더라면 어깨뿐 아니라 목마 저 찔리고 말았을 것이었다. 혼자서는 당하지 못할 싸움을 했던 것이

다. 그때를 떠올리자 치솟던 호기와 자부심이 오히려 부끄러워지고 말
았다.

'나는 얼마나 우물 안 개구리였던가.'

우쭐거렸던 자기 자신에 대한 미움이 상필지의 얼굴을 어둡게 했다.
화산의 검을 십성 연마하고 사부의 칭찬과 동문들의 부러움을 받을 때
는 천하에 두려울 것이 없었다. 강호에 나와 협의를 뽐내며 십여 차례
를 싸웠고 그때마다 승리하여 의기양양했다. 사람들이 자신을 두고 남
면옥호라고 불러줄 때는 곧 천하제일의 고수가 될 것만 같았다.

그러나 역시 강호에는 고수들이 모래알처럼 많았다. 비좁은 상가장
의 울타리를 벗어나자 그것이 여실히 느껴졌다. 눈앞의 소옥만 하더라
도 이제는 어찌해 볼 수 없는 고수가 되어 있었다. 두어 달 전과는 비
교할 수 없이 달라져 있었던 것이다.

상가장에서 그녀와 겨루었을 때는 만만치 않은 낭자라고 여겼을 뿐
이다. 그러나 오늘의 싸움을 겪고 나서는 그 무서움에 가슴이 떨렸다.
소옥은 확실히 두 달 전의 그 소옥이 아니었고, 불과 스무 날 전 조양
강(鳥楊江)에서 중상을 입고 목숨이 경각지경에 이르러 있던 그 소옥도
아니었다. 그녀는 이 짧은 몇 날 동안 이제는 누구도 어찌할 수 없는
야차(夜叉)가 되어버렸던 것이다.

'강호에 여살성(女殺星) 한 명이 탄생한 것인가?'

그렇게 생각하며 그녀를 바라보자 달빛 아래 하얗게 반짝이는 그녀
의 눈과 살결이 섬뜩한 두려움으로 다가왔다.

불과 두어 시진 전의 일이었다. 명금곡(明錦谷)에서 마주친 청홍방
(靑洪幇)의 매복자들은 상필지 혼자서도 물리칠 수 있었다. 화산검을

휘둘러 다섯 명을 찌르고 두 명에게 장력(掌力)을 날려 쓰러뜨리자 길이 뚫렸다. 그러나 곡을 나설 무렵 다시 마주친 초양문(硝陽門)의 무리들은 그렇지 않았다.

청홍방에서 무리 지어온 것과는 달리 초양문에서 나온 자들은 불과 네 명에 지나지 않았다. 그러나 그들은 하나같이 만만치 않은 자들이었다. 상필지는 그들 중 세 명과 뒤얽혔다. 한 명은 소옥을 감시하려는 것인지 싸움에 끼어들지 않고 있었던 것이다.

초양문의 사귀(四鬼)로 불리는 그자들의 합격은 혼자서 당해내기 버거웠다. 이십여 초를 나누자 손발이 어지러워져 갔고, 다시 이십 초가 지났을 때는 서너 군데 크고 작은 상처를 입었다. 소옥 앞에서 낭패한 모습을 보이고 싶지 않았던 상필지는 이를 악물고 버텼다.

기어이 한 놈을 찔러 쓰러뜨렸을 때, 그 또한 어깨에 심각한 일격을 당하고 말았다.

"물러서요!"

그때 잠자코 바라보고만 있던 소옥이 검을 뽑아 들고 나섰다.

"초양문에서 온 자들이란 말이지?"

그녀의 눈에 차가운 살기가 가라앉아 있었다.

"흥! 뇌음신궁(雷音神弓) 공손표(孔孫彪)라는 자는 오지 않았나?"

"무엇! 어린 계집이 감히 주둥이를 함부로 놀리다니!"

소옥을 감시하던 자가 노기를 터뜨리며 달려들었다. 그러나 그자는 채 세 걸음 앞에 다가서기도 전에 그녀의 검에 가슴이 꿰뚫려 버리고 말았다. 상대를 얕본 결과였다.

검을 뽑아 그자의 옷깃에 문질러 피를 닦아낸 소옥이 남은 두 놈에게 돌아섰다. 어이없는 일에 넋을 놓고 있던 자들이 정신을 차리고 일제히 달려들었다. 이제 이귀(二鬼)가 된 자들의 살기가 검봉(劍鋒)보다 더 날카롭게 소옥을 찔러왔다.

"흥!"

다시 한 번 차갑게 코웃음을 날린 소옥이 어깨로 상필지를 밀고 곧장 부딪쳐 들어갔다. 상필지는 갑자기 걷잡을 수 없이 터져 버린 그녀의 살기가 공손표 때문임을 짐작했다. 그의 화살에 자칫 목숨을 잃을 뻔했던 원한을 깊이 새기고 있었던 것이다.

손속에 조금의 인정도 없었고, 수법에 조금의 여유도 남겨두지 않았다. 상필지는 살기로 떠는 그녀의 곤륜검을 보며 과연 살의(殺意) 앞에서 정(正)과 사마(邪魔)의 구분이 의미있는 것일까를 생각했다.

오직 죽이고 말겠다는 일념에 사로잡혀 있는 검에는 그것이 명문정파의 검[正劍]이든 사악한 마검(魔劍)이든 차이가 없었다. 장중하고 자비로운 소림의 검도 상대를 죽이기 위해 휘둘려진다면 일대 마두가 휘두르는 살검(殺劍)과 무엇이 다르겠는가. 초식의 광명정대함도, 검의(劍意)의 올곧은 수양도 다 필요없는 것이다. 그 순간만큼은 그 모든 것이 오직 상대를 죽이기 위해 필요한 것이 될 뿐이다. 수양(修養)과 훈도(薰陶)의 도구로써 강조했던 본래의 검의를 떠난 순간 그것은 이미 흉악한 수단으로만 존재할 뿐인 것이다.

그런 한순간의 깨우침이 상필지의 머리 속을 텅 비게 했다. 그리고 그 빈 머리 속 가득 소옥의 흉맹한 살기가 채워졌다.

그녀는 한 번 검을 내뻗어 한 놈의 목숨을 취해 버렸고 다시 한 번 검을 휘둘러 마지막 남은 자의 가슴을 쪼개 버렸다. 한 손에는 핏빛이 번쩍이는 검을 든 채 다른 손의 옷소매를 들어 얼굴에 튄 피를 닦는 그녀를 멍하니 보며 상필지는 이것이 과연 강호라는 곳의 모습인가 하고 생각했다.

무엇 때문에 십여 년 동안 뼈를 깎는 노력을 하며 검을 수련했고 무엇 때문에 화산 문도라는 긍지를 지니고 강호에 나온 것인지, 그리하여 무엇 때문에 지금 이 자리에 서 있는 것인지 알 수 없게 되어버렸다.

그런 상필지를 바라본 소옥이 눈살을 찌푸렸다.

"내가 심했다고 생각하나요?"

"내가 어찌 낭자를 나무랄 수 있겠소?"

상필지가 그녀의 시선을 외면하고 그렇게 말했다. 한 사람의 마음속에 자리한 원한을 두고 타인이 이러쿵저러쿵 말한다는 것은 주제넘은 일이었다. 그가 당한 일에 대하여 타인은 알 수 없는 것이고, 안다고 해도 원한으로 쌓이기까지의 아픔을 느낄 수 없기 때문이다. 소옥이 뇌음신궁(雷音神弓) 공손표(孔孫彪)에 대한 깊은 원한을 품게 되었다면 그것은 그자로 인해 받은 아픔이 그만큼 크기 때문일 것이다.

육체의 상처보다 언제나 더 깊은 것이 마음의 상처였다. 내가 아닌 남이 어떻게 내 마음의 상처를 알 수 있단 말인가. 상필지에게는 소옥이 품고 있는 무서운 원한이 보이기만 할 뿐, 그녀가 지니고 있는 마음의 상처는 보이지 않았다. 그러므로 그는 그것에 대하여 옳다거나 그르다는 판단을 섣불리 할 수 없었다.

"그럼 됐어요. 당신은 이제 그만 돌아가 이 일에서 멀어지도록 하세요."

소옥이 다시 냉정하게 말하고 떠날 채비를 했다.

상필지는 아무래도 경험이 부족한 소옥 혼자서 이 난관을 헤쳐 나가는 것보다는 자신이 곁에서 돕는 게 훨씬 나을 것이라고 여겼다. 분위기가 심상치 않았던 것이다.

기왕에 청홍방과 초양문이 나섰다면 두타결 또한 구경만 하고 있지는 않을 것이고, 그들이 준동했다면 그 소문을 들은 강호인들이 역시 가만히 있지 않을 게 뻔했다. 소옥이 곤륜의 진경을 지니고 있다는 것은 이미 널리 알려진 사실이었다. 그것을 노리는 자들이 속속 모여든다면 앞으로의 얼마 남지 않은 여정이 천 리 만 리는 되는 듯 멀고 험해질 것이었다.

그런 위험을 무릅쓰고 그녀를 형산까지 바래다주겠다고 나선 것은 처음부터 자신이 원해서 한 일이었다. 이제 어려움을 겪었다고 해서 뜻을 꺾고 돌아가기에는 그의 자존심이 허락하지 않았다.

"하지만 아무래도 한 사람보다는 두 사람이 힘을 합치는 게 더 좋을 것이오."

잠시 그를 바라보던 소옥이 고개를 갸웃했다.

"당신은 죽는 게 두렵지 않나요?"

"꼭 죽는다고 할 수는 없소. 그러니 역시 나는 처음 마음먹었던 대로 낭자와 동행하는 게 좋겠소."

"좋아요. 당신이 약속을 잊지만 않았다면 형산까지 함께 가는 거야 뭐 어떻겠어요? 하지만 좋지 않은 일이 생겨도 나를 원망하지는 말아요."

상필지가 그 말에는 더 이상 대꾸하지 않고 묵묵히 자신의 봇짐과 검을 챙겨 들고 앞섰다.

그들이 개울가를 떠나 어둠을 헤치며 얼마나 숲 속 길을 밟아 나갔을까. 어느덧 둥근 달이 머리 위를 지나 서쪽의 아득한 영봉(靈峰)을 바라보고 기울어 있었다.

문득 사방에서 인기척이 느껴졌다. 어둠을 가득 품고 있는 깊은 수림(樹林)들이 모두 살아나 노려보기라도 하는 듯한 섬뜩함이 상필지의 발을 붙들었다.

"아!"

그가 낮게 놀람의 외침을 터뜨리고 발을 멈추었다. 소옥이 그런 상필지를 돌아보았다. 그녀의 눈이 이럴 줄 모르고 따라나섰느냐는 책망과 가벼운 비웃음을 띤 듯했다. 얼굴을 붉힌 상필지가 빠르게 몇 걸음 나서서 소옥의 앞에 섰다.

"첫 관문은 소생이 맡도록 하겠소."

"그럼 나는 구경하도록 하지요."

속삭이듯 말하는 상필지에게 역시 속삭이듯 말해 준 소옥이 한 걸음 물러섰다. 스스로가 사내임을 자각하고 있는 상필지의 자존심과 기개에 마음 한쪽이 따뜻해져 왔다.

그의 든든해 보이는 등을 바라보던 소옥이 문득 눈빛을 흐렸다. 상필지의 뒷모습에서 송청림을 떠올린 것이다. 남창부를 벗어날 때 무기력하게 늘어져 있는 자신을 등에 업고 끝까지 버리지 않았던 그였다. 앞을 가로막은 창위들을 대하면서도, 또 단목기와 마주 서서까지도 자신을 지키고 보호해 주기 위해 최선을 다하던 그의 모습이 하나하나 눈앞에 떠올랐다.

그는 마음이 넓고 따뜻한 남자라는 생각이 들었다. 그러자 낡은 사당 안에서 그의 뺨을 때리며 비웃었던 일들이 가슴에 아릿한 아픔으로 다가왔다. 언제든 만나면 그때의 일을 사과하리라고 생각하고 입술을 잘근 깨물었다.

잠시 숲을 노려보고 서 있던 상필지가 가볍게 포권하고 먼저 말을
던졌다.

"소생은 화산 문하 상필지라고 하오. 어떤 분께서 가르침을 베푸시
려는지 기왕에 기척을 내보였다면 망설일 것 없소."

그의 말이 끝나자 숲 속에서 하하, 하고 웃는 소리가 들렸다.

"화산을 들먹이면 두려워서 머리를 숙이고 잠잠할 줄 알았느냐?"

"먼 데 있는 물로는 눈앞의 불을 끌 수 없다는 것도 모르는 애송이로
군."

다른 목소리가 그렇게 말을 받아 이죽거렸다. 상필지의 짙은 눈썹이
꿈틀 움직였다.

"어떤 고인이기에 머리는 숙이고 꼬리만 내젓는 것이오? 이 상 모는
언제나 떳떳했으니 두려울 것도 없소."

은근히 개에 빗대어 야유하는 말을 알아들었는지 잠시 숲 속에 괴괴
한 적막이 흐른 후 낮은 음소가 터져 나왔다.

"흐흐……. 짖는 개는 무섭지 않은 법이다."

"뒤에서 엿보는 주인이 더 껄끄러운 법이지."

상필지의 눈썹이 다시 치켜져 올라갔다. 누구인지 모르나 자신을 소
옥의 개라고 욕한 것이다. 그녀의 종이라고 욕한 것이기도 했다. 어깨
를 들썩이며 점점 거칠어지는 숨을 애써 참고 있는데 소옥이 그의 귀
에 대고 낮게 속삭였다.

"달 보고 짖는 개가 몇 마리가 되었든 우리는 그것을 상관할 필요 없
어요. 그냥 지나가도록 해요."

속삭이는 그녀의 말이었지만 숲 속에 있는 자들은 똑똑히 엿들은 모
양이었다. 이목이 밝은 자들임을 알 수 있었다.

"계집의 솜씨가 제법 야무지다더니 주둥아리는 그보다 더 지독하구나."

"더 이상 못 참겠다. 나는 저 계집의 얼굴을 가까이에서 똑똑히 봐 둬야겠다."

"흐흐…… 얼굴만 보려고? 그럼 몸뚱이는 내가 보듬어도 되겠군."

"좋아, 좋아. 짧은 밤이지만 기다리면 내 차례도 오겠지."

"제기랄, 먼저 말할 기회를 놓쳤으니 나는 천상 다음 차례인가."

"좋은 구경거리가 되겠군. 곁에서 보는 데도 순서가 있는 건 아니겠지?"

한꺼번에 와자하게 떠드는 소리들이 터져 나왔다. 숲 속에 숨어 있는 자들이 한두 명이 아닌 모양이었다.

그들의 야비한 농(弄)지거리에 상필지의 화가 드디어 터지고 말았다.

"에잇, 사내자식들이 떳떳하지 못하게 숨어서 엿보며 주둥이만 나불거리다니! 과연 상종하지 못할 소인배들이었구나!"

"보채지 마라, 상가의 어린 놈."

어둠을 뒤로하고 사내 한 명이 흐릿한 달빛 아래로 나섰다. 손에 등이 두터운 칼 한 자루를 쥐고 있었다. 그의 좌우로 다시 두 명의 사내들이 칼을 쥐고 나섰고, 소옥의 뒤쪽에서도 몇 명의 사내들이 각기 병장기를 쥔 채 모습을 드러냈다. 어느새 소옥과 상필지를 에워싼 자들은 여섯 명이나 되었다.

"계집을 내놓고 순순히 꺼질 테냐, 아니면 여기서 뒈질 테냐!"

마주 선 사내가 눈으로는 소옥을 힐끔거리며 을러댔다. 상필지의 눈매가 날카로워졌다. 그는 소옥을 바라보는 사내의 음탕한 눈길이 무엇보다 마음에 들지 않았다. 역겨움과 혐오가 상필지의 마음속에 일고 있는 분노의 불길에 부채질을 해댔다.

"어느 방면의 친구들인지는 모르지만 오늘 이 상 모가 단단히 가르쳐 주지 않는다면 두고두고 민간에 해만 끼칠 작자들이다!"

"어린 놈이 터진 주둥이라고 잘도 나불대는구나!"

더 두고 볼 것 없다는 듯 곁에서 외친 사내가 앞서 있던 자를 밀쳐 내고 먼저 칼을 뽑아 후려쳐 왔다. 머리 위에 떨어지는 칼바람이 매서운 것이 제법 완력이 실려 있는 솜씨였다.

*　　　　*　　　　*

"뭐야? 언 놈들이 벌써 시작했다고?"

하나뿐인 남궁적의 눈이 흉흉한 빛을 뿌렸다.

"조왕림(曹王林)에서라오. 어두워질 무렵부터 수상한 자들 한 무리가 서성거렸다더니 아무래도 그놈들인가 싶소."

"나무꾼 양가가 봤다니 그놈들이 틀림없소."

"개자식들이 감히 이 흑마 남궁적의 계집에게 먼저 손을 댔단 말이지?"

이를 부드득 간 남궁적이 곁에 세워두고 있던 칼을 쥐고 벌떡 일어섰다.

"대가리를 쪼개놓고 말겠다!"

외친 그가 돌아보지도 않고 사당 문을 박차고 뛰어나갔다.

"어? 대형! 혼자 가시기요?"

여기저기 흩어져 앉아 있던 삼십여 명의 험상궂은 사내들이 놀라 바라보다가 벌떡벌떡 일어섰다. 바람처럼 사라져 버린 남궁적의 빈자리를 물끄러미 바라보던 무명자(無名子)도 머리를 설레설레 젓고는 그의 검을 쥐고 몸을 일으켰다.

그 시간에 조왕림이 내려다보이는 형옥산(熒玉山) 중턱의 관음당 안에는 몇 사람이 침묵을 지킨 채 서로를 바라보고 있었다. 팽팽하게 당겨진 긴장이 일렁이는 횃불 그림자 아래 더욱 위태롭게 느껴졌다.

정면의 제단 위에 가부좌를 틀고 앉아 형형한 눈빛을 이리저리 뿌리고 있는 자는 산동(山東)의 신창(神槍)으로 이름 높은 양소문(楊召雯)이었다. 검을 쥔 채 그의 좌우를 지키고 서 있는 두 명의 중년 사내들 또한 부리부리한 눈을 번쩍이고 있었는데, 그 기도가 날카롭고 치밀한 것이 만만치 않은 고수들이 분명했다.

제단 아래에는 세 명이 늘어서서 양소문을 마주 보고 있었다. 중앙의 키가 크고 마른 노인은 청홍방(青洪幇)의 방주로서 철담귀조(鐵膽鬼爪)로 불리는 서문종(西門宗)이었고, 우측의 중년 대한은 바로 초양문(硝陽門)의 문주이자 강호에 신궁으로 이름 높은 뇌음신궁(雷音神弓) 공손표(孔孫彪)였다. 그는 등에 한 자루의 거대한 강궁(强弓)을 메고 허리에는 강전(强箭)이 가득 든 전통을 차고 있었는데, 호목(虎目)을 부릅뜨고 있는 것이 무언가 불만이 가득한 모양이었다. 나머지 한 명은 뚱뚱한 몸에 쥐눈을 하고 있는 초로의 노인으로 중처럼 박박 민 머리통이 횃불 빛을 받아 번쩍였다. 그가 바로 두타결(頭陀結)의 회주인 염화신장(閻火神掌) 나문부(羅門腑)였다. 강서 무림의 패권을 다투는 세 방파의 수뇌들이 이처럼 한자리에 모였다는 것은 보기 드문 일이었다.

"양 대협의 말씀은 잘 알아들었소. 허나, 원래 이 일은 강서 무림에서 시작된 일이니 그 우선권은 나 공손표에게 있다고 해야 할 것이오.”

“무엇?”

공손표의 말에 곁에 있던 서문종이 눈을 부릅뜨고 그를 노려보았다.

“네가 감히 강서 무림의 대표로 행세하겠다는 말이냐?”

“흥! 언제 우리가 너 공손아(孔孫兒)를 맹주로 추대했지?”

염화신장 나문부도 쥐눈을 번쩍이며 공손표를 노려보고 이죽거렸다. 중년이라고 하지만 공손표는 그들 중 가장 젊은 나이였다. 그것을 비웃는 나문부의 말에 동감한다는 듯 서문종도 턱밑의 수염을 쓰다듬으며 흥! 하고 코웃음을 쳤다.

“어중이떠중이들을 끌어 모아 숫자만 불린 청홍방이나, 중도 아닌 것들이 중 행세를 하며 온갖 추잡한 짓은 도맡아하는 두타결보다야 나의 초양문이 훨씬 낫지. 내 말이 불만스럽다면 이 자리에서 맹주를 가리는 것도 좋을 것이요!”

“애송이가 감히 하늘 높은 줄을 모르고 날뛰는구나!”

“그까짓 활로는 참새나 잡을 수 있을지 몰라도 노부를 위협할 수는 없을 거다!”

서문종과 나문부가 동시에 그렇게 외치고 사납게 돌아섰다. 금방이라도 공손표를 향해 손을 쓸 것만 같은 기세였다. 그러나 공손표는 태연하기만 했다. 그가 두 마르고 뚱뚱한 노인들을 내려다보며 가슴을 불쑥 내밀었다.

“어디 한번 시험해 보시겠소? 자, 누가 먼저 나설 것인지 그대들은 잘 상의하여 결정하시오.”

자칫 두 노물(老物)의 공분을 사 합격(合擊)당할까 봐 미리 선수를 친 것이다. 아무래도 혼자서 두 노인을 상대할 자신은 서지 않는 모양이었다.

"흥! 어디 노부까지 나설 일이냐? 여기 민대머리 혼자서도 충분할 게다."

서문종이 짐짓 선심을 쓴다는 듯 나문부를 내세웠다. 그의 교활한 속셈을 읽은 나문부가 눈을 흘겼다.

"노부의 염화신장은 저 어린것을 상대하기에 충분하지. 하지만 교훈을 제대로 주려면 역시 서문 노괴의 간교한 손가락이 제격일 게다."

그 또한 손해 보는 짓은 하기 싫다는 듯 한번 서문종을 흘겨보고 이죽거렸다.

"하하, 두 노인은 역시 이 어린것이 두려운 모양이로군. 눈앞의 일이 급하니 우선 그것을 해결하고 난 뒤에 다시 상의해 봅시다."

공손표가 그들을 비웃어주고 다시 정면의 양소문을 바라보았다.

"이 일은 강서 무림의 일이니 멀리에서 온 손님은 그저 좋은 구경이나 하시는 게 어떻소?"

"그 말은 저 어린것의 말이 맞다!"

서문종과 나문부가 동시에 외쳤다. 그들은 이번 일을 양소문에게 빼앗기지 않겠다는 데에만은 의견의 일치를 본 모양이었다. 양소문이 가만히 그들을 바라보다가 한번 혀를 차고 위엄이 깃든 음성으로 타일렀다.

"언제부터 강호가 조정의 관할에 놓이게 되었는지 모르겠군. 그대들은 마치 황제 폐하로부터 녹봉을 받는 관원들처럼 말하는구려? 강호인은 강호에서 자유롭게 오갈 뿐, 사소한 땅 다툼을 하지 않는 법이오."

그들이 군이 강서 무림을 들먹이는 것을 비꼰 말이었다. 양소문의 말에 서문종이 이의를 제기하고 나섰다.

"예로부터 바닷물은 강물을 침범하지 않고 강물은 개울을 침범하지 않는다고 하였소. 양 대협이야 어떨지 몰라도 강서 무림은 오래전부터 우리들 세 방회에서 기반을 다져 온 곳이오. 이제 양 대협이 멀리서 와 이곳의 터주인 우리를 홀대하는 것은 굴러온 돌이 박힌 돌을 빼낸다는 그 말과 다를 게 없소이다."

양소문의 얼굴이 찌푸려졌다. 그의 좌우에 시립하여 서 있던 자들이 그 기색을 느꼈는지 번쩍이는 눈으로 세 사람을 쏘아보았다. 금방이라도 제단을 박차고 뛰어올라 검을 후려쳐 올 듯한 사나움이 고스란히 전해져 왔다.

'저놈들이 누구인지 모르겠군. 하지만 만만치 않겠는걸?'

가만히 그들의 기세를 받아들이며 서문종이 속으로 그렇게 투덜거리고 한풀 꺾인 모습으로 헛기침을 했다. 아무래도 산동의 신창 양소문이라면 함부로 대할 수가 없었다. 게다가 거느리고 있는 수하들마저 고수의 기세가 엿보이니 심상치 않은 일이었다.

"제기랄! 나는 이처럼 미적거리는 게 딱 질색이다. 사내라면 일을 처리함에 있어서 화통할 뿐이지 계집처럼 이리저리 재고 장사꾼처럼 흥정하는 게 아니다. 뜻이 맞지 않으니 나는 내 힘으로 하고 말 테다!"

두타문의 회주인 염화신장 나문부가 작은 눈을 찢어질 듯 부릅떠 호통을 치고 장내를 한번 훑어보았다. 모두 의외라는 듯 그를 바라볼 뿐 대꾸하는 자가 없었다. 그러자 그가 횃불 아래 민머리를 번쩍이며 짐짓 호기롭게 돌아섰다.

"거기 서시오!"

막 관음당을 나가려는 그의 등 뒤에서 날카로운 외침이 터져 나왔다. 옷자락 펄럭이는 소리가 들리는 듯하더니 뒷덜미에 서늘한 한기가 느껴졌다. 예상하고 있던 일이었다. 나문부가 획 돌아서며 매섭게 손을 펼쳐 일장을 갈겼다. 그는 호통 칠 때 이미 내력을 암암리에 끌어 모아 두 손 가득 갈무리하고 있었던 것이다.

염화신장(閻火神掌)은 강호에서 절기로 꼽히는 열양장(熱陽掌)이었다. 그가 한 번 손을 떨치자 뜨거운 열기가 관음당 안에 훅 끼쳤다.

펑―!

두터운 가죽 부대가 터지는 듯한 폭음이 귀를 먹먹하게 했다. 제단을 박차고 뛰어들며 일장을 갈겼던 자가 그 맹렬한 힘을 견디지 못한 듯 낮은 신음을 흘리며 몸을 뒤집어 온 곳으로 다시 날아갔다. 허공에서 장을 부딪치고 상대의 힘을 이용해 몸을 뽑아 돌아가는 신법이 깔끔했다.

상대의 힘에 순조롭게 반응했으므로 큰 충격은 면할 수 있었다. 하지만 나문부의 장력을 감당하기에는 역시 무리였던지 원래의 자리로 돌아간 사내가 한번 몸을 휘청거리더니 주저앉아 눈을 감고 운기조식에 들어갔다. 잠깐 동안에 그의 이마를 타고 땀이 비 오듯 흘러내렸다.

몸 안에 스며든 열양기(熱陽氣)를 다스리느라 애쓰고 있는 사내를 바라보던 양소문이 한 손을 뻗어 그의 가슴에 대었다.

"나는 염화신장 나문부라는 이름만 들었지 이처럼 직접 보기는 처음이오. 과연 명불허전(名不虛傳)이올시다. 감탄했소."

말을 하면서도 운기하여 내력으로 수하의 내상을 다스려 가는 그의 모습이 태연하기만 했다. 그것을 본 나문부의 가슴이 철렁 하고 내려앉았다.

대체로 운기 중에는 정신을 흩트리거나 한눈을 파는 것이 금기시되어 있었다. 그만큼 위험하기 때문이다. 하지만 양소문은 아무것도 아니라는 듯 한가롭게 말까지 하고 있었다. 그 한 가지만으로도 그의 내력이 얼마나 심후하고 공부가 깊은지는 짐작하고도 남음이 있었다.

얼굴색마저 변한 채 주저하는 듯하던 나문부가 끝내 등을 돌리고 성큼성큼 걸어 관음당 밖으로 나갔다. 호기를 부렸던 자신의 체면을 생각해서인 것 같았다. 그것을 본 양소문이 수하의 가슴에 대었던 손을 떼며 머리를 크게 끄덕였다.

"과연 그는 허언(虛言)하지 않는 사내였군."

"흥, 아마도 똥줄이 타서일 것이오."

그 말을 들은 서문종이 턱을 치켜들고 냉소했다.

"지금쯤 그의 수하들이 계집을 단단히 붙들고 있을 테니까 말이오. 어쩌면 벌써 일을 끝냈는지도 모르지."

순간 양소문의 낯빛이 핼쑥해졌다. 그건 서문종 곁에 서 있던 공손표도 마찬가지였다. 아무래도 나문부가 쳐놓은 그물에 계집이 떨어진 모양이었다. 그가 당황한 눈길을 서문종에게 던졌다. 그로서는 이 노인이 이처럼 태연한 이유를 짐작할 수 없었던 것이다. 교활한 늙은이가 가슴속에 어떤 꿍꿍이를 품고 있는지 더럭 의심이 들었다.

음, 하고 한번 침음성을 발한 양소문이 형형한 눈길로 두 사람을 바라보고 무겁게 입을 열었다.

"기왕에 두타결의 나 회주는 떠났으니 어쩔 수 없고…… 이제 두 분께서는 어떻게 하시려오?"

"나 또한 양 대협의 제안을 거절하는 바요. 나는 여태까지 내 힘으로 살아왔지 누구에게도 기대본 적이 없소이다!"

마음이 급한 공손표가 먼저 그렇게 외치고 훌쩍 몸을 돌렸다. 그가 성큼성큼 걸어 관음당을 나갔지만 이번에는 누구도 그를 가로막지 않았다. 양소문의 차가운 눈길만이 커다란 그의 몸이 보이지 않게 될 때까지 따라붙었을 뿐이다.

*   *   *

파앗―!

예리한 검기가 어둠을 갈랐다. 여지없이 또 한줄기의 선혈이 허공에 뿌려지고 땅 위에 쓰러지는 자의 손이 허망하게 어둠을 움키다가 떨구어졌다.

"왼쪽!"

차가운 외침이 낮게 울렸다. 싸늘한 검기가 호선을 그리고 맴돌아 왼쪽을 후려쳐 갔다.

쨍―!

날카로운 쇳소리와 함께 새파란 불똥 몇 개가 반짝이며 어둠 속으로 빨려 들어갔다.

"헛!"

다급한 신음을 터뜨린 자가 급히 내려쳤던 칼을 거두어들이며 뛰듯이 물러섰다. 상필지의 검이 그자의 가슴을 가리킨 채 우뚝 멎었다. 겁에 질린 기색이 완연한 자가 이리저리 눈을 굴렸다.

"이제는 알았겠지?"

상필지가 딱딱하게 굳은 얼굴로 한 자 한 자 끊듯이 말했다. 입 안에 얼음을 물고 있기라도 한 듯 차갑기 짝이 없는 음성이었다.

"음……."

뒤에서 틈을 노리고 있던 자가 어금니를 물고 신음을 흘렸다. 여섯 명이던 것이 이제 둘이 남았을 뿐인데, 그나마 한 놈은 호되게 놀랐는지 기세를 잃고 달아날 궁리만 하고 있었다. 이렇게 되어서는 자신들의 힘으로 계집을 잡아간다는 것은 불가능했다. 남면옥호(南面玉豪) 상필지(商弼知)라는 이름이 과연 허명(虛名)은 아니었다는 것을 깨달은 대가치고는 피해가 너무 컸다.

"물러가라!"

상필지가 여전히 검봉으로 허공을 겨눈 채 천천히 돌아서서 뒤에 있는 자를 노려보며 차갑게 말했다.

'왜 이렇게 늦는 거야?

머리가 훌떡 벗겨져 나이가 들어 보이는 자가 움켜쥐고 있는 칼을 조금씩 움직이며 그렇게 속으로 중얼거렸다. 벌써 두어 식경이나 붙들어두고 있었으니 지금쯤은 청태곡(靑苔谷)에 있던 자들이 연락을 받고 달려왔어야 했다. 회(會) 내의 고수들은 그쪽에 많이 가 있었다. 그들이 모두 달려온다면 저 상가의 자식놈을 없애 버리고 계집을 잡아갈 수 있을 것이라고 믿었다.

"그대로 쳐버려!"

한쪽에서 싸늘한 눈으로 바라보고 있던 소옥이 그렇게 소리쳤다. 벗겨진 머리 가득 진땀을 흘려대면서도 놈에게는 길을 비켜줄 뜻이 없어 보였던 것이다.

"음……."

상필지가 흥분을 억누르며 신음을 흘렸다. 그 또한 이렇게 시간만 끌고 있을 게 아니라 빨리 해치워 버리고 갈 길을 가는 게 현명하다는 것을 잘 알았다. 하지만 전의를 잃고 있는 자에게 살검을 휘두른다는 것은 역시 내키지 않는 일이었다.

"회주에게는 내가 언제고 틈을 내어 직접 찾아뵙고 오늘 일에 대한 전말을 이야기하겠소. 주고받을 감정이 남아 있다면 그때 정리하도록 합시다."

상필지가 긴장을 풀지 않은 채 검을 거두어들이고 물러섰을 때였다.

"그때까지 기다릴 것 없다! 오늘 이 자리에서 해결하도록 하자!"

멀리서 음침한 음성이 들려왔다. 처음에는 숲 밖에서인 듯 멀게 들렸으나 말이 끝날 때쯤은 바로 앞에서 똑똑히 들렸다. 그와 함께 바람결에 옷자락 펄럭이는 소리가 나더니 중처럼 박박 민 머리통에 쥐눈을 하고 있는 뚱뚱한 노인을 선두로 하여 십여 명의 인물들이 다시 장내에 내려섰다.

"회주님!"

남은 두 놈이 저승에서 조상을 만난 듯 외치며 뛰어갔다. 한번 장내를 훑어본 염화신장(閻火神掌) 나문부(羅門腑)의 안색이 푸르게 질려갔다. 바람없이도 그의 옷자락이 풍선처럼 부푼 채 부르르 떨리는 것이 치솟는 분노를 참기 힘든 모양이었다.

"저게 모두…… 네놈 혼자서 한 일이냐!"

그가 손가락으로 땅바닥에 쓰러져 있는 네 명의 수하를 가리키며 노성(怒聲)을 터뜨렸다.

"그렇소."

그에게서 눈을 떼지 않고 차갑게 응수하면서도 상필지는 마음 한구석이 떨려와 긴장하고 있었다. 설마 두타결에서 회주가 몸소 왔을 줄은 몰랐던 것이다. 그들이 이 일에 전력을 기울이고 있다는 것을 알 수 있었다. 그렇다면 생각보다 훨씬 어려운 상황을 맞게 될지도 몰랐다.

"이, 이…… 상가의 어린 놈이…… 감히!"

손가락을 돌려 상필지의 가슴을 가리키며 온몸을 부들부들 떨던 나문부가 더 참지 못하고 수하들을 향해 버럭 소리쳤다.

"죽여 버려라!"

회주의 명을 받은 자들이 재빨리 검과 도를 뽑아 들고 상필지를 에워쌌다. 크게 원진(圓陣)을 그리고 있던 열 명의 장한들 중 세 명이 선뜻 나서자 남은 일곱 명이 다시 원진을 좁혀 그들 모두를 가두었다.

장한들의 수가 열 명에 이르렀지만 도검을 뿌리며 달려들 수 있는 자는 세 명이 고작일 뿐이다. 그 이상의 수가 뒤엉켜 공격해 든다면 자칫 서로의 병장기에 다칠 위험이 크기 때문이다. 원진 안에서 다시 상필지를 삼면으로 에워싸고 있던 자들이 일제히 이얍! 하는 기합성을 터뜨리며 쇄도해 들었다.

먼저 무거운 파풍도(破風刀)가 기세를 올리며 곧장 내려쳐 왔고 그 뒤를 따라 좌우에서 날카로운 검이 찌르고 쓸어왔다. 대적 경험이 적지 않은 상필지였지만 이처럼 많은 적들을 눈앞에 두고 혼자서 버텨보기는 처음이었다. 긴장이 그의 등골을 잡아당겨 뒷머리가 뻣뻣해졌다.

상필지는 마음을 독하게 먹었다. 악랄해지지 않고서는 이 난국을 헤쳐 나갈 수 없다는 생각이 그에게 부적 용기를 주었다. 한번 마음먹은 이상 자비와 인의를 생각하기보다 될 수 있는 한 빨리 사납게 몰아쳐 틈을 만들어야 할 것이었다. 그리고 재빨리 달아나는 것만이 최선이었다.

위력적인 기세로 떨어져 내리는 파풍도를 검으로 쳐낸다는 것은 어리석은 짓이다. 상필지가 살짝 몸을 움직여 자리를 바꾸자 기다렸다는 듯 좌측에서 맹렬하게 검이 찔러들었다. 기세가 자못 살아 있는 것이 검법에 익숙한 자가 분명했다.

"제법이다!"

낭랑하게 외친 상필지가 화산의 독문보법인 사십구로(四十九路) 제운보(提雲步)를 밟아 몸을 틀고 다리를 꼬며 제자리에서 한 바퀴 맴돌았다.

창, 창—!

맑은 검명(劍鳴)이 젖빛 새벽 안개가 깔려오기 시작하는 숲 속에 울려 퍼졌다. 한 번 몸을 움직이고 검을 휘둘러 좌우에서 찔러오고 베어오는 두 개의 검을 밀어버린 그가 다시 한 번 이얍! 하고 외치며 몸을 바로하여 훌쩍 뛰어올랐다. 그의 발 밑을 파풍도가 사나운 바람 소리를 내며 스쳐 지나갔다.

허공에서 몸을 뒤집은 그의 손에서 화산의 절학인 매화검(梅花劍) 삼십육식(三十六式)이 줄줄이 뽑혀져 나왔다. 풍역소소(風易疏疏)에 이은 풍향산무(風向散霧)에 이르자 창백한 검기가 주위를 감싸고 늦은 가을 새벽처럼 서늘한 기운으로 사방을 가득 뒤덮었다. 이미 검의 흔적은 물론 그의 자취마저도 검광에 가려져 안개 속처럼 몽롱해져 있는 것이 자못 신비로워 보이기까지 했다.

"으앗!"

그 몽롱한 검막 속에서 처절한 비명이 터져 나왔다. 이어서 쨍! 하는 날카로운 금속성이 들리더니 바람에 흩어지듯 삼엄하던 검광이 흔적없이 사라져 버리고 우뚝 서 있는 상필지의 모습이 드러났다. 그 앞에는 파풍도를 휘두르던 거한이 가슴에서 더운 피를 철철 흘려대며 쓰러진 채 꼼짝하지 못하고 있었다. 이미 숨이 끊어진 모양이었다.

좌측에서 집요하게 검을 찔러 넣던 자 또한 사정은 그와 비슷했다. 오른팔이 어깨에서부터 깨끗하게 잘려진 채 가슴과 배에 다섯 군데의 심각한 검상을 입고 술 취한 자처럼 비틀대고 있었던 것이다. 상태로 보아 그 역시 곧 쓰러져 죽고 말 것이었다.

우측에 홀로 살아남아 있는 자가 부러진 검을 든 채 멍한 얼굴로 상필지를 바라보고 있었다. 크게 놀라 혼백마저 어지러워진 듯했다. 갑자기 찾아온 침묵이 무릎을 덮어오는 안개만큼이나 두텁게 깔렸다. 상필지가 보여준 그 한 번의 화산 검로에 다들 넋이 나간 듯 누구도 감히 숨조차 크게 내쉬지 못했다.

'역시 제법이야.'

멀리서 상필지의 기색을 살펴보던 소옥이 속으로 중얼거렸다. 그는 이 한 번의 검격에 온 힘을 기울인 탓에 내력의 소모가 컸던지 창백하게 질린 얼굴로 잠시 진정하고 있었다. 소옥은 그 한 수의 검법은 과연 감탄할 만하다고 인정했다. 그가 화산 검학의 진수를 깊이 터득하고 있다는 것을 여실히 보여주었던 것이다.

저만한 솜씨를 지닌 자라면 어디에 가든지 자신의 앞가림을 하고 사문의 명예를 지키는 데 부족함이 없을 것이었다. 그런 상필지가 오늘 아무 연고도 없는 자기 때문에 곤란을 겪고 있다고 생각하자 한편으로 그에 대한 미안함이 싹텄다.

'하지만 강요한 적은 없어. 제 스스로 원했을 뿐이야.'

애써 그렇게 생각하며 냉정한 마음을 잃지 않으려는 소옥의 눈에 언뜻 움직이는 자들이 보였다. 아직 어둠이 웅크리고 있는 숲 깊은 곳에서였다. 또 다른 무리들이 와 있다는 사실에 정신이 번쩍 들었다. 주의를 집중하여 살펴보자 한곳만이 아니었다. 마치 굶주린 늑대의 무리들이 먹이를 두고 모여들듯 여기저기에서 거친 숨결과 기척들이 느껴졌다.

'좋지 않다!'

소옥이 잔뜩 긴장하여 내력을 갈무리하며 어떻게 할까 망설이고 있을 때, 염화신장 나문부 또한 주위의 기척을 느끼고 신경을 곤두세우고 있었다.

그는 이 기회에 상가의 이빨 하나를 뽑아버리겠다고 단단히 작정하고 있었다. 그런데 막상 대하고 보자 어린 놈의 솜씨가 생각보다 뛰어나 그를 망설이게 했다. 그러나 이제는 더 이상 머뭇거리고 있을 수 없었다. 자칫 잘못하다가는 다 잡아놓은 먹이를 승냥이에게 빼앗기는 꼴이 될 수 있었던 것이다.

"쳐라!"

그가 다시 쉰 목소리로 외치고 뒤로 몸을 뺐다. 회주의 호통에 번쩍 정신을 차린 자들이 흉흉한 살기를 드러내며 일제히 움직이기 시작했다. 앞서의 공격 방법이 효과가 없다고 판단했던지 그들은 원진을 유지한 채 상필지를 에워싸고 맴돌았다. 점점 달리는 속도가 빨라지는 것이 마치 마차 바퀴가 돌아가는 듯했다.

번쩍―!

갑자기 눈앞에 세 개의 검인이 불쑥 들이밀어졌다. 부쩍 경각심을 높이고 있던 상필지가 한 번 검을 휘둘러 그것들을 물리치자 이번에는 뒤에서 다시 세 개의 검인이 그를 찔러왔다. 재빨리 몸을 돌려 그것을 물리치면 좌우 측면을 스쳐 돌아가던 자들이 일제히 검을 찔러 넣었다.

그들은 차륜전(車輪戰)으로 상필지의 정신을 혼미하게 하고 기력을 빼놓으려는 속셈이 분명했다. 그들의 뜻대로 상필지는 단 한 발자국도 앞으로 나가거나 물러설 수 없었다. 이런 일을 처음 겪어보는 그의 얼굴에 당황함이 가득했고 이마에는 어느새 굵은 땀방울이 맺혀 떨어졌다.

그것을 바라보고 있던 나문부의 입가에 회심의 미소가 떠올랐다. 그가 저만큼 떨어진 노송 둥치에 기대서서 유심히 격전장을 바라보고 있는 소옥을 곁눈질했다. 그는 수하들로 하여금 사나운 사자 새끼와 같은 상필지를 붙들어두게 하고 그 틈에 소옥을 잡을 속셈이었다. 어린 계집이 재간이 있어봐야 얼마나 있겠느냐는 생각을 하고 있었다.

때가 무르익었다고 여긴 나문부가 어헝! 하는 고함을 지르며 번개처럼 몸을 날렸다. 뚱뚱한 그의 몸이 마치 무게가 없는 것처럼 가볍고 신속하게 쏘아져 나가는 것이 놀랍기만 했다. 경황 중에도 그것을 본 상필지가 앗! 하고 당황하는 사이에 나문부는 어느새 소옥의 면전에 쇄도해 들고 있었다.

"계집! 곱게 노부를 따라가자!"

버럭 외치며 한 손을 뻗어 소옥의 어깨를 움켜쥐어 갔다. 소옥은 멍하니 그를 바라보고 있었는데, 마치 이런 일을 당하여 어찌할 줄 모르고 있는 철부지 같았다. 나문부의 얼굴 가득 득의의 웃음이 번졌다. 그가 막 그녀의 어깨를 투박한 손으로 단단히 움켜쥐려 할 때였다. 언뜻 눈앞에 흰 빛이 번쩍였다.

"으헛!"

크게 놀란 나문부가 허리를 굽히고 머리를 자라목처럼 숙여 어깨 속으로 파묻듯 하고 옆으로 뒹굴었다. 싸늘한 검광이 그의 민머리 위를 아슬아슬하게 스치고 지나갔다. 어느 틈에 검을 뽑아 후려쳐 온 건지 도대체 알 수가 없었다. 대적의 경험이 많고 임기응변이 뛰어난 그가 아니었다면 누구든 그 뜻밖의 일 검에 목이 떨어지고 말았을 것이었다.

"염치도 없는 늙은이!"

날카롭게 외친 소옥의 발끝이 맨땅 위를 뒹굴고 있는 나문부의 가슴을 걷어차 왔다. 부끄러움마저 잊은 채 나문부가 다시 둥근 공처럼 몇 번을 데굴데굴 구르고 나서야 벌떡 뛰어 일어났다. 그의 얼굴에 놀람과 당혹의 기색이 가득한데, 소옥이 벌써 코앞에 닥쳐 들며 종횡으로 어지럽게 검을 뿌려대고 있었다.

"고약한 계집이다!"

악을 쓰듯 외치며 두 손을 맹렬하게 휘저어 그것을 뿌리치려 하였지만 한번 빼앗긴 기선을 되찾기가 마음처럼 쉽지 않았다.

소옥은 사부를 떠난 이래 그동안 홀로 겪은 몇 차례의 싸움을 통하여 나름대로의 깨우친 바가 있었다. 그것은 상대의 기세를 빼앗고 공격의 흐름을 잃지 않아야 한다는 것이었다. 목숨을 건 싸움에서 그 요령은 더욱 중요했다. 한번 기세를 빼앗기면 그것을 다시 찾기는 어려웠다. 소옥은 왜 고수들이 싸움에 임하여 기선을 다투는 일에 그처럼 치열한 것인지를 이제 알고 있었다.

나문부는 한사코 그녀의 품으로 파고들듯 거리를 좁히려고 했다. 그런 그를 검끝으로 위협하여 적당한 간격을 유지하던 소옥이 이번에는 오히려 그것을 등 뒤로 감추듯 돌리고 한 걸음 성큼 다가섰다. 두 사람의 가슴과 가슴이 부딪칠 듯했다. 권장을 뻗어 치고 잡을 거리를 맞추지 못해 애타던 나문부의 눈이 번쩍 뜨여졌다.

'역시 애송이 계집이다!'

내심 쾌재를 외친 나문부가 그의 자랑인 염화신장(閻火神掌)을 뻗어 내려 했으나 와락 다가선 소옥의 섬섬옥수가 가슴을 눌러오는 것이 더 빨랐다. 그녀의 기묘한 검격에만 정신을 빼앗기고 있던 나문부가 아차, 하고 자신의 꼼꼼하지 못함을 후회했을 때는 이미 소옥의 일장에서 벗어날 수 없게 되고 말았다.

가슴 앞에 밀려든 손에서 은은한 금광이 일었다. 그것을 보고 심상치 않음을 느낀 나문부가 부쩍 기력을 일으키며 이얍! 하는 우렁찬 기합성과 함께 오른손에 갈무리해 둔 염화신장을 힘껏 내뻗었다.

소옥의 장력에 실려 있는 것은 그녀가 십이성 익히고 연마한 곤륜의 미타금강기(彌陀金剛氣)였다. 일명 금황기(金黃氣)라고도 불리는 그것은 웅장한 중에 쇠못과 같은 날카로움을 지니고 있는 신공이었고, 부드러움 속에 금강석 같은 굳건함이 감추어져 있는 절학이었다.

뜨거운 열기를 토해내는 염화신장과 은은한 금광으로 번쩍이는 금황기가 두 사람의 가슴 앞에서 정면으로 격돌했다.

펑—!

머리 위에서 벼락이 떨어지는 듯한 요란한 굉음이 터져 나왔다.

"흐윽!"

나문부의 입에서 답답한 신음이 흘러나왔다. 마치 부드럽고 질긴 면사(綿絲)의 그물에 팔목과 어깨와 가슴이 모두 감겨 버린 듯한 느낌이 들었다. 그 느낌이 순식간에 기혈을 역류시키며 밀려 들어와 상반신을 꼼짝하지 못하도록 옥죄어왔다.

"요상한 년이다!"

크게 놀라 외친 나문부가 한 발을 번쩍 들어 맹렬하게 소옥의 아랫배를 걷어차며 그녀의 손바닥과 붙어 있는 자신의 손을 떼어냈다.

"흥! 염치만 없는 줄 알았더니 배짱도 없는 늙은이였군."

냉랭하게 외친 소옥이 무릎을 들어 나문부의 발끝을 걷어내며 오히려 왼손을 크게 휘둘러 목을 쳐왔다. 나문부의 얼굴에 언뜻 두려움이 스쳐 지나갔다. 그는 눈앞의 연약해 보이는 여자가 이처럼 뛰어난 수단을 지니고 있는 고수였다는 것이 믿을 수 없었다.

한 걸음을 성큼 내디뎌 쫓아 들어온 소옥의 손날에서 바람을 끊는 쇳소리가 났다. 크게 놀란 나문부가 팔꿈치를 뻗어 그것과 다시 부딪쳐 갔다. 더 이상 몸을 사릴 여유도, 움직여 피할 시간도 없었던 것이다.

꽝—!

두 사람의 수도와 팔꿈치가 다시 정면에서 부딪쳤다. 뼈와 뼈가 엇갈리고 기력이 충돌하는 요란한 소리가 났다. 이번에는 소옥도 움찔하여 내딛던 걸음을 멈추었다. 팔목과 어깨가 은은히 저려왔던 것이다.

나문부의 얼굴빛은 창백하게 변해 있었다. 그는 이번에도 손해를 보고 말았다. 한번 기선을 빼앗긴 일이 거푸 가져다 준 쓰디쓴 결과였다.

싸움에서의 주도권을 놓치고 나면 언제나 상대의 공세에 따라 수세적으로 대응할 수밖에 없는 것이다. 그것은 또한 상대의 움직임보다 반 호흡쯤은 늦게 반응할 수밖에 없다는 것이기도 했다. 그러므로 힘과 기력의 운용 또한 상대에 비하여 조금씩 뒤처질 수밖에 없었다. 고수들 간의 싸움일수록 그 미세한 차이가 가져다 주는 결과는 엄청났다.

상대의 공세가 코앞에 이르기까지 가만히 기다리고 있다가 갑자기 의외의 반격을 가하여 상대를 당황하게 하고 그 틈에 단번에 기선을 제압해 버린 소옥의 뛰어난 기지가 여실히 위력을 발휘했다.

"이얍!"

재빨리 호흡을 가다듬은 소옥이 이번에는 다시 등 뒤에 감추고 있던 검을 내뻗어 전광석화처럼 찌르고 들어갔다. 그것에 대한 나문부의 반응은 또 반 호흡 늦어질 수밖에 없었다. 막 탁한 기운을 뱉어내던 그가 급히 숨을 멈추고 몸을 틀며 맹렬하게 사 권(四拳) 삼 각(三脚)을 치고 뻗어냈다.

그러나 검을 내뻗은 것은 상대를 반응하게 하기 위한 허초에 불과했다. 눈앞에서 싸늘한 검광이 씻은 듯 사라지고 나서야 나문부는 그것을 깨닫고 아차! 하는 탄식을 토했다. 그 순간 두려움없이 달려든 소옥의 어깨가 그의 가슴에 부딪쳐 왔다.

꽝―!

나문부의 가슴에서 또 한 차례의 폭음이 터져 나왔다. 한번 욱! 하고 힘을 써서 가슴에 기력을 응집시켜 충격을 받아냈지만 체중을 실어 부딪쳐 온 소옥의 힘을 다 견뎌낼 수는 없었다.

"우욱!"

그가 거친 신음을 토해내며 비틀거리고 물러섰다. 강호를 횡행하던 지난 삼십여 년의 세월 동안 이런 낭패를 겪어보기는 처음이었다. 고통스러운 중에도 수치와 분노와 감탄의 감정이 복잡하게 어우러져 그의 얼굴을 일그러뜨렸다.

이미 싸움은 끝났다고 여겼던지 힐끗 나문부를 바라본 소옥이 더 이상 그를 상대하지 않고 번쩍 몸을 날려 상필지를 에워싸고 있는 자들에게 달려들었다.

"비켜!"

날카로운 외침과 싸늘한 검광이 허공을 뒤덮었다.

"저것 좀 봐. 정말 기막힌 계집이잖아?"

붉은 혀를 내밀어 입술을 핥으며 외눈을 번쩍이는 남궁적 곁에서 무명자 또한 눈 한 번 깜빡이지 못한 채 소옥의 움직임을 바라보고 있었다. 그의 얼굴에 경악과 감탄이 짙게 떠올라 있었다.

소옥의 검이 허공을 격하고 한 번 그어진 것 같았는데 싸늘한 검기가 뻗어 막 상필지의 등을 노리고 찔러들던 두 명의 어깨를 쳤다.

뒷덜미로 파고드는 싸늘한 한기에 크게 놀란 자들이 돌아서며 맹렬하게 검을 뿌렸다. 창백한 검광이 소옥의 검기를 끊어가는 듯 보였다.

"으악!"

한 놈의 입에서 처절한 비명이 터져 나왔다. 내력이 뒤따라주지 못한 모양이었다. 그자의 손에 들려 있던 검이 다섯 조각으로 부서져 날리더니 어깨를 따라 가슴에 이르기까지 긴 혈선이 그어졌다.

선연한 핏줄기가 희뿌옇게 밝아오기 시작한 허공에 걸렸다.

"이크!"

가까스로 몸이 잘리는 것을 면한 자가 놀란 토끼처럼 거푸 뛰어 물러섰다. 그의 손에 들려 있는 것도 조각난 검편에 불과했다.

"살고 싶다면 비켜서!"

마음이 급해진 소옥이었다. 손속에 여유가 있을 수 없었다. 다시 싸늘하게 일갈하고 달려드는 그녀에게서 차가운 살기가 풀풀 날렸다. 놀란 자들이 상필지를 버려둔 채 분분히 흩어졌다. 그 틈을 파고든 검기 한 가닥이 다시 정면을 가로막고 있던 자의 가슴을 쪼개고 흘러 나갔다.

"으악―!"

처절한 비명이 또 한 차례 숲을 뒤흔들었다. 자욱한 피비린내가 안개에 섞여 새벽을 더욱 붉게 물들였다.

앞이 훤히 뚫렸다. 낯빛이 하얗게 질린 상필지가 자신의 어깨를 스치고 지나가는 소옥의 뒷모습을 멍하니 바라보다가 그 뒤를 따라 몸을 날렸다.

두타결의 포위망을 단숨에 돌파해 버리는 소옥의 놀라운 무위에 잠시 무거운 정적이 깔렸다. 그러나 그녀가 상필지와 함께 잡목 숲 깊숙이 사라져 버리자 곧 여기저기에서 작은 소란이 일더니 수십 개의 그림자들이 썰물처럼 재빠르게 빠져나가기 시작했다.

"다 틀렸다. 이젠 끝이야, 끝!"

멍하니 그것을 지켜보고 있던 염화신장 나문부가 한 발로 땅을 구르며 비통하게 소리쳤다. 어린 계집이라고 얕보았다가 평생에 걸쳐 쌓아 올렸던 위명이 잠깐 사이에 땅에 떨어지고 만 것이다. 이제는 얼굴을 들고 강호에서 행세할 염치가 없었다.

피가 나도록 입술을 깨무는 그의 얼굴이 잿빛으로 죽어갔다. 염화신장(閻火神掌)으로 불리며 장법 하나로 종횡강호하던 날들이 아득하게 떠올랐다가 스러져 갔다. 단 한 번의 실수가 견딜 수 없이 후회되었고 그런 자기 자신의 멍청함에 대한 분노가 화산처럼 폭발했다.

천천히 머리 위로 손을 들어 올린 나문부가 눈을 질끈 감고 자신의 정수리를 힘껏 내려쳤다.

퍽—!

뼈가 부서지는 둔탁한 소리가 자욱한 피비린내 속에 떨어졌다.

*　　　*　　　*

소옥과 상필지는 한 굽이의 비탈을 재빠르게 맴돌아 발 아래 넓게 펼쳐진 평야를 바라보고 섰다. 비옥해 보이는 들에는 잡초만 키가 넘게 자라 무성할 뿐 희미한 논두렁의 흔적도 보이지 않았다. 예전에는 이곳도 농부들의 흥겨운 노랫가락과 땀이 어우러져 알알이 익은 벼 이삭들이 물결을 이루며 출렁였을 것이었다. 그러나 지금은 누구 하나 돌보는 사람 없이 버려진 땅이 되어 있었다. 나라가 어지럽고 학정(虐政)이 오랫동안 지속되다 보니 모두들 집과 땅을 버리고 뿔뿔이 흩어져 숨어버린 탓이다.

농토가 버려지고 유민(流民)이 많아지면 세상의 인심도 흉흉해지는 법이었다. 사람들은 강퍅해져 갔고 힘써 일하기보다 편하게 남의 것을 빼앗기를 좋아하게 되었다. 서로 도와주고 나누어준다는 인간 세상의 아름다운 모습을 볼 수 없게 된 지 오래였다.

군역에 뽑혀 나가기를 거부하는 장정들은 산으로 들로 숨어 도적의 무리를 이루었고 농토를 버리고 떠도는 유민들은 굶어 죽지 않기 위해 곳곳에서 난적이 되었다. 그리하여 세상은 그런 무리들로 인해 더욱 어지러워져만 갔다.

민간의 척박한 풍조는 어느덧 역병처럼 세상에 두루 퍼져 어디를 가나 진솔한 사람의 마음을 대하기 어렵게 되었다. 그리고 그런 기운은 필연적으로 강호에도 영향을 끼쳤다. 호방하고 자유로우며 의기롭던 무사들은 스스로 검을 꺾고 세상을 탓하며 떠나거나 아니면 시류에 적당히 편승하지 않을 수 없었던 것이다.

나라가 평화로우면 백성의 삶이 안락해지고 강호의 의기도 높아지는 법이었다. 그러나 지금의 세상은 그 반대였다. 힘있는 자는 없는 자로부터 빼앗아 갖는 것을 자랑스럽게 여기고, 자신의 이익을 위해서라면 체면과 의리를 가볍게 여기는 풍조가 만연해 있었다.

소옥은 자신이 품속에 용화진경을 지니고 있는 이상 누구 하나 믿고 의지할 동지는 없다고 생각했다. 마주하는 자들 모두가 저 거칠고 황폐해진 들처럼 무서워진 심성을 지녔을 뿐이다. 어떻게 해서든 자신을 해치고 약탈하려는 자가 있을 뿐 지켜주고 존중해 주는 자는 없다고 생각하자 갑자기 무서워졌다. 곁에 서서 망연한 모습으로 넓은 들을 바라보고 있는 상필지의 속셈조차 의심스럽게 여겨졌다. 그리고 그렇게 변한 자신의 마음에 더욱 소름이 끼쳤다.

'내가 언제부터 이처럼 의심 많고 잔인한 못된 계집이 되고 말았을까?'

자신의 고운 손을 내려다보았다. 이것이 과연 사부와 함께 꽃밭을 가꾸고 달 밝은 밤이면 피리를 불던 그 손인가? 하는 의심이 들었다. 마디 고운 손은 어느새 검을 잡으면 반드시 피를 보는 악귀의 손이 되어 있었다. 사랑하는 감정을 담아 쓰다듬는 손가락이 아니라 증오와 살의를 띠고 번쩍이는 야수의 이빨이 되어 있었던 것이다.

'나는 소옥이 아니다.'

자기 자신에게 그렇게 말해 주었지만 그것만으로는 불편한 마음에 위안이 되지 못했다. 나는 누구인가? 하는 의문과 자괴감이 그녀를 잠시 엉뚱한 곳에 데려다 놓은 것 같았다. 많은 사람들에게 쫓기고 있는 다급한 처지라는 것도 잊은 채 소옥은 그 막막한 벌판에 빠져 버린 눈길을 건져 낼 줄 몰랐다.

"힘들겠지만 이곳을 가로질러 가는 것이 가장 빠를 것이오."

상필지가 먼 들판 끝을 가리키며 말했다.

"내 기억이 맞다면 저 끝에 자운강(慈雲江)이 있소. 그 강을 타고 반나절쯤 내려가면 동정호(洞庭湖)로 흘러드는 상강(湘江)의 본류에 이르게 되오. 그 물줄기가 형산(衡山)을 맴돌아 가니 거기서부터는 쉬울 것이오."

"동정호에 이른 물줄기는 다시 어디로 가나요?"

소옥이 몽롱한 눈으로 상필지의 손끝을 쫓으며 뜻없이 물었다.

"그것은 다시 흘러 장강(長江)과 합쳐지게 되오."

"그럼 그 장강은 또 어디로 흘러가나요?"

"남경(南京)을 지나고 해문(海門)에 이르러 바다와 만나게 되니 결국은 바다로 흘러드는 거지요."

무심결에 대답해 주던 상필지가 문득 의아한 생각이 들었는지 소옥을 돌아보았다. 그녀의 눈이 한층 더 몽롱하게 가라앉은 채 저 먼 들판 끝으로 향해져 있었다. 그러나 그 눈 속에 담고 있는 것은 들판이 아니었다. 그녀는 어느새 형산을 지나쳐 동정호를 바라보고 있었고, 그것마저 뒤로한 채 아득히 먼 바다를 바라보고 있었던 것이다.

"바다는 넓어 끝이 없고 깊어서 태산마저도 잠길 만하다지요?"

"낭자?"

"그 바다 너머에는 그럼 또 무엇이 있을까요? 그곳도 여기와 같은 세상이고 여기와 같은 사람들이 살고 있을까요? 아니겠죠? 그렇죠?"

"낭자!"

상필지가 무겁게 외치며 소옥의 어깨를 붙잡고 흔들었다. 몽롱한 그녀의 눈이 비로소 상필지에게 향해졌다.

"그런데 당신은 왜 여기에 있는 거지요? 당신은 첩영에게 돌아가야 하지 않나요?"

"이, 이런……."

"아, 그렇군요. 당신도 나의 품속에 있는 진경이 탐나서인가요?"

"낭자!"

상필지가 험하게 인상을 쓰며 소옥의 어깨를 붙잡고 마구 흔들어댔다. 그의 눈에는 소옥이 마치 실성한 것처럼 보였다. 어째서 갑자기 그녀가 이렇게 되었는지 알 수 없었다. 마음속에 당황과 염려가 초조함과 어지럽게 뒤엉켜 더욱 불안해졌다.

"낭자, 정신을 차리시오. 이러고 있을 때가 아니오! 그들이 곧 뒤쫓아 올 것이오!"

"하지만 나는 이것을 누구에게도 줄 수 없어요. 나는 이것을 사부님에게 돌려드려야 해요. 그리고 난 다음에는, 그 다음에는……."

소옥이 말끝을 맺지 못했다. 그녀의 안색이 점점 어두워지더니 어느덧 처연하게 변하여 눈물마저 뚝뚝 떨구었다. 그런 소옥을 보며 상필지는 속으로 큰일 났다고 부르짖었다. 혹시 나문부와 장력을 부딪쳤을 때 그의 지독한 열양장(熱陽掌)에 해를 입어 갈수록 정신이 흐려지는 것은 아닌가 하고 생각했다.

하지만 소옥은 나문부의 장력에 해를 입은 게 아니었다. 그녀는 막막한 벌판을 앞에 두고 세상을 생각하고 자신을 생각하자 크게 상심(傷心)하여 어찌할 줄 모르고 있을 뿐이었다. 애써 마음 깊은 곳, 그 어둠 속으로 밀어 넣어두었던 본래의 자아가 문득 깨어난 건지도 몰랐다. 그래서 그녀는 지금의 자신과 풍향곡에서의 소옥을 혼동하며 어느 것이 진짜 자신의 모습인지 갈피를 잡지 못하고 있는 것이다.

그 몽롱함이 지나친 아픔이 되어 그녀의 의식을 지배했다. 작은 아픔에는 민감하게 반응하던 신경들이 감당할 수 없는 아픔에는 오히려 둔하게 죽어버렸다. 그래서 소옥은 아픔마저도 느끼지 못한 채 그저 이 막막한 벌판 너머에 있다는 강과 그 강이 끝나는 곳에 또 있다는 바다를 생각하고 있을 뿐이었다.

그리고 바다 너머에는 자신이 꿈꾸어오던 그런 낙원 같은 세상이 있을 것이라고 막연하게 믿었다. 아니, 그런 믿음을 갖기 위해 필사적인 노력을 하고 있는 중이었다. 그런 것마저 없다면 세상은 더 이상 살아볼 만한 가치가 없다고 포기하고 주저앉아 버렸을지도 몰랐다.

소옥의 마음을 알 수 없는 상필지는 하필 이 중요한 때에 그녀가 무엇 때문에 넋을 잃고 있는지 답답하기만 했다. 독하고 모진 여자인 것 같더니 역시 두려움 많고 여린 아가씨일 뿐이라는 생각이 들었다. 그는 소옥이 저 무성한 잡초의 숲 어딘가에 숨어 있을 적들을 두려워하여 떨고 있다고 여겼다.

"걱정하지 마오. 무슨 일이 있어도 내가 당신을 형산까지 안전하게 데려다 줄 것이오."

"당신에게 그럴 능력이 있나요?"

소옥이 멍한 중에도 상필지의 말을 알아들었는지 그렇게 물어왔다. 상필지는 다시 한 번 그녀의 안색을 살펴보았다. 아직도 총기가 흐려 있는 것이 자신을 비웃기 위해 한 말이 아니라는 것을 알 수 있었다. 마음속의 불안을 드러낸 것에 불과하다고 판단한 그가 안도의 숨을 쉬며 가만히 그녀의 어깨를 끌어당겨 가슴에 안았다.

"내 능력이 낭자보다 못한지 모르오. 하지만 나의 의지는 그 무엇보다 굳소. 그것보다 더 큰 힘은 없다고 생각하오."

"아, 그렇다면 당신은 나를 그 바다 너머까지 데려다 줄 수도 있겠군요?"

"낭자, 그것은……."

가슴에 기대어 있는 그녀의 어깨가 작고 여렸다. 그것이 파르르 떨

며 따스한 체온을 전해왔다. 상필지는 문득 가슴이 뭉클해져 오는 감
정을 느꼈다. 태어나서 처음 느껴보는 알 수 없는 감정이었다. 그가 열
에 들뜬 눈으로 고개를 끄덕이며 자신이 무엇을 말하고 있는지도 알지
못한 채 외쳤다.

"물론이오. 낭자가 원한다면 형산이 아니라 저 바다 너머인들 함께
가주지 못하겠소?"

제2장

귀수삼선(鬼手三仙)

귀수삼선(鬼手三仙)

"흐흐…… 저승길 동무가 되는 게 그렇게 소원이란 말이냐?"

대답은 엉뚱한 곳에서 엉뚱한 음성이 대신해 왔다. 번쩍 정신이 든 상필지가 소옥을 등 뒤로 감추고 소리난 곳을 바라보았다. 키를 넘기도록 웃자라 있는 잡풀들이 버석거리더니 그 속에서 불쑥 솟아난 듯 세 명의 노인이 모습을 드러냈다.

"세상에 계집은 널려 있지만 목숨은 하나뿐인 법이다."

"그렇지 않아. 목숨은 부모로부터 물려받아 이미 지니게 되었으니 지금은 그것보다 계집의 마음을 얻는 게 더 중요하겠지. 가지고 있는 것보다 갖지 못한 게 언제나 좋아 보이거든."

세 노인들이 저마다 비아냥거리며 우거진 잡풀 더미를 헤치고 걸어 나왔다. 낯을 찌푸리고 그들의 면면을 가만히 살펴보던 상필지가 문득 어깨를 부르르 떨었다. 어떤 생각 하나가 번개처럼 머리 속을 스쳐 지나갔던 것이다.

"세 분께서는 필히 이름있는 선배 고인들이겠지요?"

그가 조심스럽게 묻자 세 노인들이 서로 먼저 말하려는 듯 일제히 입을 열어 대답했다.

"눈치가 빠른 놈이구나."

"눈으로 보는 것과 마음으로 승복하는 것이 언제나 같지는 않은 법이지."

"그 눈썰미로 계집 후리는 데만 신경 쓰지 말고 보신(保身)에 더 공을 들인다면 네놈은 백 세가 넘도록 장수할 수 있을 게다."

키가 크고 마른 노인은 언제나 말이 짧고 간결해서 듣는 사람을 거북하게 했다. 중키에 유난히 긴 얼굴을 하고 있는 노인은 말투에 비꼬는 버릇이 있었고, 살찐 돼지처럼 생긴 노인은 늘 말을 많이 하는 모양이었다.

그들의 특징과 말투에서 불길함을 느낀 상필지가 더욱 경계하는 마음을 크게 하며 거듭 물었다.

"소생이 선배들의 명호를 들어도 될런지요?"

"안 될 것 없지."

"때로는 듣지 못하고 알지 못하는 게 인생에 도움이 되는 법이다."

"우리는 삼십 년 전부터 강호의 동도들이 삼선(三仙)이라고 불러주었다. 하지만 쥐뿔도 모르는 놈들이 지껄이는 소리니 신경 쓸 것 없어. 나머지 두 늙은이는 그저 밥벌레들일 뿐이니까 말이야. 신선은 오직 노부 혼자일 뿐이지."

그들이 또 일제히 대답했다. 왁자하게 떠드는 소리 끝에 이번에는 두 노인만 동시에 크게 외쳤다.

"개소리!"

"말 많은 놈치고 이치에 닿는 소리를 하는 놈이 없는 법이다!"

핀잔을 들은 노인이 귓구멍을 후비며 태연한 얼굴로 느긋하게 되받았다.

"개는 원래 제가 짖는 것이 가장 씩씩하고 듣기 좋은 줄 아는 짐승이니 새겨들을 것 없다. 너는 그저 노부의 말만 들으면 아무 탈 없을 게다."

난잡하기 짝이 없는 그들의 말을 듣는 동안 상필지의 낯빛이 하얗게 질려갔다. 그가 주춤 한 걸음 물러서서 포권해 보였다.

"알고 보니 세 분 노선배들이셨구려. 상 모가 안목이 없어 미처 몰라뵈었소이다."

상필지는 그들이 누구인지 들어 알고 있었다. 가운데 키가 크고 마른 노인은 바로 염왕자(閻王者)로 강호에 이름이 널리 알려져 있는 모상휘(摸常輝)라는 자였다. 생긴 건 학문이 높은 고아한 선비와 같았으나 그 마음속에는 사악함이 가득했고 손속에 있어서는 잔혹함이 도를 넘어서는 바가 있었다. 그래서 강호에서는 그를 두고 달리 악선(惡仙)이라고 부르기도 했다.

그의 좌우에 버티고 서 있는 노인들 또한 만만치 않은 늙은이들이었다. 좌측의 말상을 하고 있는 자는 유명노괴(幽冥老怪) 장두서(張斗徐)라는 자로 검법의 고수였고 혈선(血仙)이라고 불렸다. 우측의 살찐 돼지처럼 생긴 노인은 유성추(流星鎚)로 이름을 날린 단혼추(斷魂鎚) 광량(廣量)으로 달리 살선(殺仙)이라고 불리는 인물이었다.

그들 세 노인은 언제나 한 몸인 듯 붙어 다니며 온갖 악행을 저지른다는 변황(邊荒)의 무법자들이었다. 상필지는 그들의 악명에 대해서 화산에 있을 때부터 사부로부터 익히 들어 알고 있었다. 과연 그들이 소문처럼 그렇게 대단한지는 겪어보지 않아 알 수 없었지만, 적어도 지금까지 상대해 온 어떤 자들보다도 어려우리라는 것은 짐작할 수 있었다.

잠시 이 난관을 어떻게 헤쳐 나갈까 하고 고민하던 상필지가 힐끗 소옥을 돌아보았다. 그녀는 아무것도 알지 못하는 듯 무표정한 얼굴로 동 터 오는 먼 하늘을 바라보고 있었다. 더욱 흐려진 달이 왼쪽 산마루에 걸려 있었다. 홀로 밤을 밝히던 그것은 곧 아침 햇빛에 씻겨 사라져 버리고 동녘 하늘 끝에서부터 시작되고 있는 밝은 빛이 새롭게 세상을 비출 것이었다.

상필지는 잠시 어쩌면 소옥이야말로 그 새벽빛 속에 숨겨져 있는 아침처럼 신선하게 떠올라 강호의 새로운 역사가 될지 모른다고 생각했다. 그러자 두려움이 사라지고 마음속에 훈훈한 감정이 피어 올랐다. 눈앞의 노마(老魔)들이 비록 무섭다지만 그들은 저 멀리 지고 있는 달과 같았다. 그에 비하자면 자신은 소옥과 함께 새롭게 떠오르고 있는 태양인 것이다. 그들의 시대는 갔고 이제 자신들의 시대가 오고 있다는 것을 생각하자 부쩍 용기가 솟았다.

"이제라도 알았으면 되었다. 순순히 물러가 집구석에 처박혀 다시는 나오지 않는다면 이 일을 가지고 더 이상 시끄럽게 하지 않겠다."

살찐 돼지 형상을 한 단혼추(斷魂鎚) 광량(廣量)이 드문드문 수염이 나 있는 턱을 한번 쓰다듬고 나서 점잖게 말했다. 상필지가 단호한 얼굴로 그를 바라보았다.

"소생은 그렇게 할 수 없소. 소 낭자와 약속했으니 끝까지 그녀와 함께 갈 것이오. 그러니 노선배들께서 마음을 돌이켜 자칫 후배를 핍박했다는 비난을 면토록 하시오."

한껏 어투를 정중하게 하여 권고했으나 그들의 귀에는 고깝게만 들렸을 뿐이었다. 광량이 눈살을 찌푸렸고, 얼굴 가득 인자한 웃음을 띤 염왕자(閻王者) 모상휘(摸常輝)가 한 걸음 다가섰다. 사랑스런 손자를 대하는 듯한 부드러운 얼굴이었다. 그러나 상필지는 노인의 싸늘하게 가라앉아 있는 두 눈을 보며 조금도 경계심을 늦추지 않았다.

"늙은이의 말을 듣지 않으니 너에게는 좋은 일보다 나쁜 일이 더 많을 것이다."

부드럽고 온화하게 말을 하면서도 그의 한 손은 어느새 상필지의 가슴을 움켜쥐고 있었다. 이런 경우에 충분히 대비하고 있던 상필지가 성큼 물러서며 검을 뽑아 들었다.

"이렇게 핍박한다면 소생이 무례하다고 탓할 수 없을 것이오!"

"그런 건 상관없어."

다시 활짝 웃은 모상휘가 주먹을 쥐었다가 펴며 식지를 가볍게 퉁겨냈다. 쨍, 하는 금속성이 그의 손가락 끝에서 터져 나왔다. 한줄기 비수 같은 지풍이 곧장 뻗어 상필지의 가슴을 노리고 찔러들었다.

"과하오!"

놀란 상필지가 검을 들어 막자 땅! 하는 맑은 울림이 터져 나왔다. 검신을 때린 지풍의 여력이 팔목을 타고 올라왔다. 손아귀 안에서 검이 요동을 치며 웅웅 울었다. 깡마른 노인의 손가락 힘에 놀란 상필지가 다시 껑충 뛰어 물러섰다.

"가려고? 이젠 늦었어."

모상휘가 부드럽게 말하며 한 발을 떼었다. 미끄러지듯 땅을 스쳐 다가서는데, 마치 그림자가 뻗어 나오는 것처럼 가볍고 흔적이 없었다. 상필지는 이렇게 해서는 이 늙은 마귀들을 결코 물리칠 수 없다는 것을 알았다. 어금니를 질끈 문 그가 검을 쥔 손에 내력을 더욱 불어넣으며 오히려 노인을 향해 곧장 달려들었다.

"이얍—!"

그의 입에서 우렁찬 기합 소리가 터져 나왔다. 그와 함께 그의 검이 춤을 추듯 허공을 가르며 검기를 내뻗었다. 은은히 밝아오는 새벽 여명이 그의 검편에 부딪쳐 눈송이처럼 흩어졌다. 붉고 흰 빛들이 허공 가득 반짝이며 흩어져 나는 것이 유성우(流星雨)를 보는 것 같았다. 눈이 부셨다.

"허! 제법이다!"

상필지가 펼쳐 낸 매화검의 촘촘한 검세에 놀란 모상휘가 이제까지의 웃음기를 버리고 안색을 딱딱하게 굳히며 외쳤다.

그의 움직임이 눈에 띄게 달라졌다. 바쁘게 두 발을 번갈아 디디며 나가고 들어오는 것이 법도에 맞아 매끄럽기 짝이 없었다. 그는 마치 상필지의 검과 자신 사이에 보이지 않는 끈을 연결해 놓은 것 같았다. 상필지의 검이 찔러오면 그것에 맞추어 그만큼 물러났고 그가 검을 거두어들이면 날아들듯 그것을 쫓아 가볍게 다가갔다.

분주히 두 손을 휘저으며 큰 키를 휘청거리고 어깨를 건들거리면서 자로 잰 듯이 나가고 들어오는 모습이 마치 허깨비가 춤을 추는 것처럼 우스꽝스럽게 보이기도 했다. 하지만 그것이야말로 모상휘가 강호를 종횡하며 명성을 얻게 된 독특한 공부로서 어느 문파의 절기와도 같지 않은 그만의 절학이었다.

건곤이차력(乾坤移借力)이라고 불리는 그 절기는 한 줌의 숨에 스스로의 기력을 몽땅 숨기고 부드러운 솜털처럼 몸과 마음을 가볍게 하는 것이었다. 그리하여 그것이 약한 숨결에도 반응하여 날듯 상대의 기운에 저절로 동하여 이리저리 움직였다. 그러므로 상대는 여간해서는 그를 잡을 수 없었다. 모상휘의 절기가 그렇다는 것을 들어 알고 있었지만 막상 당하고 보자 당혹스럽기 짝이 없었다.

상필지가 동풍초매(動風焦梅)에 이어서 매화검의 절초인 난화여설(亂花如雪)의 검초를 떨쳐 사방을 제압하고 팔방을 검기 속에 가둔 채 단번에 열여섯 점을 찍어갔다. 그러나 모상휘는 그때마다 모진 바람 앞에 버들가지가 어지럽게 흔들리듯 그렇게 맴돌고 휘청거리며 한가롭게 오갈 뿐이었다. 상필지의 눈부신 검화 속에서 유유히 나가고 들어오며 긴 팔과 손가락을 뻗어 찌르고 움켜쥐고 때리는 것이 변화무쌍(變化無雙)했다.

'이건 어렵다!'

상필지는 혼신의 기력을 다한 십여 초를 퍼붓고서도 모상휘의 옷깃 하나 건들이지 못했다는 것을 생각하고 마음이 무거워졌다. 그러자 손발이 그것에 따르듯 자연히 둔해졌고 검 또한 느려졌다. 상필지는 이를 악물었다. 여기서 노괴물의 손에 패하는 것은 두렵지 않았다. 그러나 자신이 쓰러지고 나면 소옥 또한 무사하지 못할 것이었다. 그녀 혼자서는 아무래도 이 늙은 마귀들을 감당할 수 없을 것이 뻔했다.

그 생각이 그로 하여금 번쩍 정신이 들게 했다. 그가 길게 숨을 내쉬며 내력을 더욱 두텁게 하고 기력을 모아 신중하게 일 검 일 검을 쳐내기 시작했다. 그에 따라 모상휘의 움직임도 느리고 무거워져 갔다. 한번 손을 저어 상필지의 검봉을 퉁겨내며 그가 하하, 웃었다.

"어린것이 제법이다만 아직도 멀었다."

말을 하는 중에 그의 손가락이 거푸 세 번 퉁겨졌다. 그리고 쏘아낸 세 가닥의 지풍을 따르듯 두 걸음을 훌쩍 다가섰다.

따당—!

맑은 검명이 새벽 하늘 멀리 울려 퍼졌다. 모상휘의 지력에 실린 힘은 상필지의 검로(劍路)를 흩쳐 놓기에 충분할 만큼 강했다. 손 안에서 부르르 떠는 진동을 누르기 위해 더욱 힘주어 검자루를 쥔 상필지가 바짝 다가선 모상휘의 가슴을 노리고 재빨리 찔렀다. 그러나 손아귀에 힘이 들어가자 검봉(劍鋒)의 움직임이 영활하지 못했다.

"흥!"

가볍게 코웃음을 날린 모상휘의 손이 두려움없이 그것을 잡아왔다.

그 손아귀에 잡혀서는 검을 빼내기가 어려우리라는 것을 직감으로 느낀 상필지가 어깨를 낮추었다. 그에 따라 검봉이 자연스럽게 흘러내리며 이번에는 모상휘의 중완(中脘)과 기문(期門), 천추(天樞) 삼 개 혈을 노리고 점을 찍듯 차례로 찍어갔다.

"이크!"

"잘한다!"

모상휘가 견딜 수 없다는 듯 손발을 허둥거리며 비명을 지르자, 한가롭게 구경하고 있던 유명노괴(幽冥老怪) 장두서(張斗徐)가 손뼉을 치며 소리쳤다. 상필지의 빼어난 화산 검법에 절로 흥이 이는 모양이었다. 어깨마저 들썩이며 허리에 차고 있는 검자루를 두드리는 것이 끼어들고 싶어 안달이 난 듯했다.

"구경이라면 어미 죽은 것도 모르는 이 얼빠진 귀신아, 이제는 네놈이 신선님께 구경거리를 만들어줄 때다. 정신 차려라!"

한쪽에서 하늘을 향해 번쩍 들려 있는 콧구멍을 후비고 있던 단혼추(斷魂鎚) 광량(廣量)이 코딱지가 덕지덕지 묻어난 손가락으로 산모퉁이를 가리켰다. 한번 광량을 무섭게 째려본 장두서가 그쪽으로 천천히 고개를 돌렸다. 아침 안개 자욱한 숲을 벗어 나와 이쪽을 바라보고 있는 무리들이 보였다.

"제기랄. 너무 많다. 두 손으로는 열 손을 당해내기 힘든 법이다."

그러나 낯을 찌푸리고 투덜대는 그의 얼굴에 떠올라 있는 것은 반가움이었다. 광량이 코딱지를 퉁겨내며 이죽거렸다.

"염병 떨지 말아라. 나는 배가 고파 꼼짝 못하겠으니 죽든지 살든지 네놈이 알아서 해. 어흠, 이 적막한 아침에는 그저 아리따운 낭자와 안개 속을 다정히 거닐며 인생을 속삭이는 게 풍류지. 암, 그렇고 말고."

스스로의 말에 취한 듯 심각한 얼굴로 연신 고개를 끄덕이던 광량이 헤헤, 웃으며 장두서를 손가락질했다.

"네놈이나 저 장작개비 같은 모가 늙은이는 그 은은한 맛을 모르겠지? 에잉, 무식한 놈들⋯⋯. 내가 어쩌다 저것들을 만나 꽃 피던 인생을 이 모양으로 망쳤는지⋯⋯ 평생의 유일한 실수다, 실수야."

처음에는 장난스럽게 지껄였다가 끝에 가서는 불만과 탄식으로 낯을 잔뜩 찌푸렸다. 스스로 말하고 그 말로 두 노인을 무식하고 해롭다고 단정 지어버린 광량이 혀를 차고는 소옥을 향해 느릿느릿 다가갔다. 그것을 본 상필지의 마음이 더욱 초조해졌다.

"거기 서시오!"

그가 검을 뻗어 모상휘가 다가오는 것을 막으며 광량을 보고 소리쳤다.

"하하, 어린 놈이 이렇게 정신이 없어서야⋯⋯."

비웃은 모상휘가 물러서려는 상필지를 그림자처럼 따라붙으며 어지럽게 두 손을 뻗고 휘저어 그를 가두어놓았다.

"이놈아, 코끝에 저승을 올려놓고도 그새 잊었단 말이냐?"

　상필지는 문득 이상하다는 생각이 들었다. 눈앞의 노인이 입으로는 험한 소리를 하고 있었지만 그 손속에 언제나 한 푼의 여유를 두고 있는 것이 반드시 죽이겠다는 마음이 없는 듯했던 것이다. 그러자 이 늙은 괴물들의 목적은 오직 소옥일 뿐, 자신에게는 관심이 없다는 것을 알았다. 단지 손발을 묶어두어 꼼짝하지 못하게 할 속셈인 게 분명했다.

　"그만두시오. 나는 더 이상 싸우지 않겠소!"

　다시 두어 번 되는대로 검을 휘둘러 모상휘를 내몰았다. 그가 초식도 아닌 그 엉성한 검격에 깜짝 놀란 듯 호들갑을 떨며 두 손을 내저었다.

　"이크, 이건 또 무슨 검법이냐? 화산에 언제 이와 같이 신묘한 변초가 있었지? 이건 당하기 어렵구나!"

　그러면서 여전히 상필지의 앞을 가로막은 채 세 걸음 이상 떨어지지 않았다. 상필지는 어이가 없었다. 모상휘가 여태까지 자신을 노리개 삼아 놀고 있었다고 생각하자 분노와 호기가 솟구쳤다. 그러나 지금은 때가 좋지 않았다. 아직도 멍한 눈길로 허공만 바라보고 있을 뿐인 소옥을 광량의 손에서 구하는 게 급했다.

　"나는 노인과 상대하지 않겠소. 저기 저 작고 뚱뚱해서 돼지같이 못생긴 노선배가 만만할 것 같소!"

　나름대로는 광량을 충동질하여 소옥을 버려두고 자신에게 달려들게 하려는 뜻에서 기껏 한 욕이었다. 그러나 상필지를 한번 돌아본 광량의 얼굴에는 희희낙락하는 기색이 가득했다.

　"요 매끈한 미꾸라지 같은 놈아, 아가씨들은 너같이 기름 독에 빠졌다 나온 듯한 놈팽이보다 나처럼 듬직하고 충실하게 생긴 늙은이를 더 좋아한다는 걸 몰랐지? 원래 생강은 묵을수록 맵고 굴비는 오래 걸어

두어야 제 맛이 나는 법이다."

그가 말을 하면서 소옥의 뺨을 어루만졌다. 소옥이 멍한 눈으로 그런 광량을 바라보고 있었다.

"요 착한 것아, 할애비를 따라가자. 저렇게 허우대만 멀쩡한 놈치고 실속없고 멍청하지 않은 놈이 없느니라. 할애비가 한껏 귀여워해 주마. 착하지?"

마치 어린 손녀를 어르고 달래는 듯 자상한 음성에 얼굴빛마저 부드러웠다. 그것을 보는 상필지의 마음이 급해서 터질 지경이 되었다.

"낭자, 정신 차리시오!"

그는 여전히 자신을 잡아오는 모상휘의 손을 피하며 기껏 그렇게 소리칠 수밖에 없었다. 상필지는 왜 그녀가 갑자기 넋이 나간 듯 신지를 놓고 있는지 알 수 없었다.

*　　　*　　　*

"나는 이 일에서 손을 떼겠다."

청홍방주(靑洪幇主)인 철담귀조(鐵膽鬼爪) 서문종(西門宗)이 잔뜩 얼굴을 찌푸린 채 그렇게 말했다.

"뭐라고 하셨소?"

뇌음신궁(雷音神弓) 공손표(孔孫彪)가 귀를 후비며 다시 물었다. 그의 얼굴에 놀라움이 가득했다. 그는 자신이 서문종의 말을 잘못 알아들은 것이라고 믿었다.

"노부는 이 빌어먹을 일에 더 이상 관여하지 않겠다는 말이다."

이번에는 확실하게 들었다. 그러나 그것이 공손표를 더 어리둥절하게 만들었다.

"드디어 노망이 든 것이오? 그렇게 많은 수하들을 잃고 체면까지 구겨가면서 이제 와서 그만두겠다니?"

"어쨌든 노부는 그만 한다. 진경이니 뭐니 다 쓸데없다. 네놈 혼자서 그것을 얻어 열심히 익혀서 천하제일의 고수가 되거라."

공손표의 얼굴에 대고 퍼붓듯 한숨에 말해 버린 그가 찬바람을 날리며 돌아섰다.

수하들을 거느리고 떠나는 그의 뒷모습을 잠시 바라보던 공손표가 아침 해를 등진 채 벌판을 건너 휘적휘적 다가오고 있는 말상의 노인을 바라보았다. 처음 보는 얼굴이었다. 허리띠에 느슨하게 매달려 있는 검이 건들거리는 것이 금방이라도 땅에 떨어질 것만 같았다. 몸보다 커서 너풀거리는 도포 자락이 안개를 쓸고 있었다.

"누가 저 늙은이를 아나?"

공손표가 수하들을 돌아보고 물었다. 그는 서문종이 저 못생긴 노인을 유심히 바라보더니 못 볼 것을 보았다는 듯 눈살을 있는 대로 찌푸리고 떠난 것을 생각했다. 그렇다면 내력이 있는 노인이겠지만 자신은 아직 저렇게 생긴 늙은이를 본 적이 없는 것이다.

수하들이 우물쭈물거릴 뿐 누구 하나 똑 부러지게 대답하는 자가 없었다. 공손표가 서문종을 닮은 듯 눈살을 있는 대로 찌푸리고 노인을 뚫어지게 바라보았다. 산책이라도 하듯 한가롭게 걸어 대여섯 장 앞에 이른 노인이 우뚝 멈추어 섰다.

"저 늙은이가 누구야?"

숲 속에 몸을 숨긴 채 엿보던 흑마(黑馬) 남궁적(南宮赤)도 눈살을 있는 대로 찌푸렸다. 그의 곁에 숨마저 죽인 채 웅크리고 앉아 있는 무명자(無名子)가 잔뜩 긴장한 채 뚫어지게 노인을 바라보고 있었다.

"누구냐니까?"

남궁적이 신경질적으로 무명자의 옆구리를 찔렀다. 그제야 움찔 놀란 무명자가 음, 하고 신음을 흘리고 나서 낮고 건조한 음성으로 대답했다.

"유명노괴(幽冥老怪) 장두서(張斗徐)요. 달리 혈선(血仙)이라고도 불린다오."

"유명노괴 장두서? 혈선? 못 듣던 이름인데?"

고개를 갸웃거리면서도 남궁적은 노인에게서 눈길을 떼지 못하고 있었다.

"묘하군."

그가 중얼거렸다. 가만히 바라보고 있자니 볼품없이 생긴 노인에게서 느껴지는 기운이 팽팽하게 당겨진 활시위처럼 가슴에 다가왔던 것이다. 남궁적은 여태까지 이런 기운을 지닌 자를 만나보지 못했다. 그가 마른침을 꿀꺽, 삼키고 나서 다시 물었다. 어느새 그의 음성도 건조하게 가라앉아 있었다.

"고수인가?"

"적어도 대형보다는."

힐끗 남궁적을 바라본 무명자가 다시 건조하게 대답했다.

"염병할 놈."

무명자에게 한 것인지, 장두서라는 노인에게 한 것인지 알 수 없는 욕을 중얼거린 남궁적이 혀를 내밀어 버석거리는 입가를 핥았다. 긴장하고 있을 때의 버릇이었다.

“싸울 생각은 마시오.”

남궁적의 가슴속에 들끓어오르는 투지를 느낀 무명자가 가만히 그의 팔을 붙잡았다. 물기에 젖어 번쩍이는 남궁적의 외눈이 무명자를 뚫어지게 바라보았다.

“왜? 내가 죽을까 봐서? 그럼 더 좋은 일 아냐? 네놈이 대형이 될 테니까 말이야.”

피식 웃는 것으로 대답을 대신한 무명자가 가만히 손을 들어 장두서를 가리켰다.

“조금만 더 지켜보면 내가 왜 대형을 말렸는지 알게 될 거요.”

‘예사 늙은이가 아니다.’

공손표도 장두서의 기운을 온몸으로 느끼고 있었다. 저만큼 떨어진 곳에 우뚝 서서 한가롭게 머리 위의 구름을 바라보고 있는 노인의 모습이 점점 커 보였다.

‘대체 어떤 늙은이란 말인가?’

공손표는 짜증이 났다. 자기 자신에 대한 답답함 때문이었다. 이럴 줄 알았으면 서문종을 붙잡고 물어보기라도 하는 건데 잘못했다는 생각이 들었다.

‘일단 떠보자.’

그렇게 마음을 정한 공손표가 어깨에 메고 있던 강궁을 내려 들었다. 노인의 솜씨를 한번 시험해 보고 싸울 것인지 말 것인지는 그 다음에 결정해도 늦지 않다고 여긴 것이다.

“나는 공손표외다. 노인은 뉘시오?”

슬며시 강전 한 대를 뽑아 시위에 걸며 물어보았다. 적어도 강호에서 행세한 노인이라면, 더욱이 강서 무림에 한 번이라도 발을 들인 적이 있다면 초양문(硝陽門)의 문주이자 뇌음신궁(雷音神弓)으로 명성이 자자한 자신을 모를 리 없었다. 그렇다면 일이 쉽게 해결될 수도 있다고 생각했다.

햇빛을 받아 반짝이기 시작하는 구름을 바라보던 장두서가 천천히 눈길을 돌려 공손표를 보았다. 그의 눈 속 가득 비웃음이 담겨 있었다.

"누가 한가롭게 네놈 이름이나 듣자던? 요즘 어린것들은 당최 마음에 들지 않아. 주제를 알지 못하면 개도 명대로 살기 힘든 법이다."

"무엇이?"

기대에 어긋난 것도 어긋난 것이었지만, 장두서의 비아냥거림이 불 같은 공손표의 성질을 폭발시키고 말았다.

"오냐, 늙은 입에서 어떤 말이 또 나오는지 어디 보자!"

그가 힘껏 강전을 먹인 시위를 당겨 노인의 가슴 복판을 겨누었다. 두 팔에 불끈 일어선 근육이 터질 듯 부풀어 올라 꿈틀거렸다.

번쩍이는 살촉이 눈앞에 있었지만 장두서는 조금도 신경을 쓰지 않는 모양이었다. 그가 턱으로 강전을 가리키며 다시 이죽거렸다.

"참새를 잡자니 너무 커서 안 되겠고, 꿩 잡기에는 매보다도 못할 것 같으니 천하에 쓸모없는 물건이 바로 네놈이 들고 있는 그것이겠다."

우르르르—

멀리서 은은하게 뇌성이 치는 듯한 소리가 허공을 뒤덮었다.

"아!"

그 소리를 들은 소옥이 낮게 비명을 질렀다. 번쩍이는 불빛 한줄기가 그녀의 눈 속을 스쳐 간 것 같았다.

"왜 그러느냐?"

그녀를 들여다보고 있던 광량이 의아하여 물었다. 비로소 초점이 맞추어진 소옥의 시선이 그런 광량의 얼굴에 머물렀다.

"이상하군."

낯선 얼굴이 코앞에 와 있다는 사실을 이제야 깨달은 모양이었다. 중얼거린 그녀의 눈길이 광량을 스쳐 우레 소리가 난 곳으로 향했다. 그리고 무섭게 불타오르기 시작했다. 거기 뇌음신궁 공손표가 있었던 것이다.

"억!"

공손표는 한마디 외침을 내지르고 넋을 잃었다. 그의 얼굴에 믿지 못하겠다는 강한 불신의 기색이 가득했다.

불과 스무 걸음 남짓 떨어진 곳에서 날린 강전(强箭)이었다. 그것이면 눈앞에 버티고 선 저 오만한 늙은이의 가슴을 단번에 꿰뚫기에 충분했다. 공손표는 시위를 놓으며 허풍을 떠는 늙은이가 자신의 뇌음전(雷音箭) 앞에 가슴이 무너져 저승귀가 되고 말 것이라고 철석같이 믿었다.

그러나 그런 흐뭇함은 찰나의 순간에 경악으로 바뀌었다.

보잘것없어 보이는 노인의 허리춤에서 한줄기 번갯불이 번쩍인 순간, 강철의 화살이 흡사 강한 자성에 이끌려 빨려들듯 그것에 붙어버린 것이다. 노인이 검을 휘둘렀다. 한 가닥 몽롱한 기운이 일어 일렁거리더니 검은 보이지 않고 검기만이 살아 있는 듯 꿈틀거렸다. 마치 부드러운 비단 띠가 겹겨 있는 것처럼 보였다. 흰 빛을 몽롱하게 두르고 있는 것 같기도 했다. 그것이 보잘것없는 노인의 검에서 뿜어져 나온 검기(劍氣)라는 것이 믿어지지 않았다.

흡(吸)자결을 한껏 운용한 노인의 검기는 공손표의 화살이 지니고 있는 힘을 끌어당겨 자유자재로 이리저리 움직여 놓고 있었다. 굽은 것으로 곧은 것을 이끌고 부드러움으로 강한 것을 감싸며, 느린 것으로 빠른 것을 누르는 솜씨가 놀라웠다. 손바닥 하나로 굴러 떨어지는 바위를 받아 이리저리 옮겨놓는다는 사량발천근(四量拔千斤)의 묘법을 시범이라도 보이는 듯했다.

한동안 강전을 검에 붙여 몸 주위를 어지럽게 떠돌게 하던 노인이 이얏! 하는 기합성과 함께 그것을 힘껏 뿌렸다. 이번에는 탄(彈)자결이었다. 검신(劍身)으로 한 번 두드리자 강전이 깜짝 놀란 듯 퉁겨져 나가 오히려 공손표의 가슴을 노렸다. 그 기세가 처음 쏘아져 나왔을 때보다 더 빠른 것 같았다.

"멋지다!"

진정으로 그렇게 감탄성을 터뜨린 공손표가 허리의 전통(箭筒)을 두드렸다. 강궁을 기울여 쏘아져 오는 살대를 한 번 누르고 시위를 걸어 당기자 그것이 공손표의 뜻을 알아채기라도 한 듯 얌전하게 전통 속으로 빨려 들어갔다. 원래 있었던 제 집으로 돌아간 것이니 변한 건 아무것도 없었다.

"제법이군."

그것을 본 장두서가 머리를 끄덕이며 칭찬했다.

"대체 노인은 뉘시오?"

공손표의 말투가 한결 조심스러워졌다.

"장두서."

고개를 갸웃거리고 잠시 허공을 보던 공손표의 얼굴이 놀람으로 일그러졌다. 그는 비로소 오래전부터 강호에 떠돌고 있던 한 이름을 떠올린 것이다.

"혈선(血仙) 장 노사(張老師)!"

진작 그 이름을 생각해 내지 못한 자신의 아둔함이 원망스러웠다. 강서 땅에서만 이십여 년을 지내다 보니 의식하지 못하는 사이에 사고와 기억의 폭이 좁아진 모양이었다. 스스로 우물 안 개구리가 되어가고 있었다는 생각에 입맛이 썼다. 이래서 남자는 자고로 큰 물에서 놀아야 한다는 말이 있는 것이리라.

귀수삼선(鬼手三仙)이라면 강북 무림에서 이름이 높은 세 명의 마두(魔頭)들이었다. 그들은 저 멀리 대륙의 북쪽, 음산산맥(陰山山脈) 아래 회족(回族)의 땅에 솟아 있는 육반산(六盤山)을 근거지로 하고 있었다. 가끔씩 대하(大河) 북쪽과 감숙(甘肅), 섬서(陝西), 산서(山西) 지방에 출몰하여 그 특이하고 모진 손속으로 사람들을 놀라게 한 적은 있었지만 강서 땅에는 한 번도 발을 들인 적이 없었다. 그래서 강서 무림에서 자라 그곳에 뿌리를 튼 채 이십여 년을 살아온 공손표의 머리 속에는 그들에 대한 기억도 두려움도 희미해져 있었던 것이다.

그 귀수삼선 중 두 번째로 불리는 유명노괴(幽冥老怪) 장두서(張斗徐)가 바로 눈앞의 볼품없이 생긴 노인이라는 것이 놀랍기만 했다. 직접 겪어보고 나자 비로소 그들이 지난 삼십여 년 동안 강북 무림에 공포의 대상으로 악명을 떨쳐 왔다는 것이 실감되었다.

어떻게 할까, 하고 망설이는데 멀리서 날카로운 고함 소리가 터져나와 공손표의 정신을 더욱 혼란스럽게 했다.

"공손표, 조양강(鳥楊江)에서의 일을 잊지 않고 있겠지!"

힐끗 바라본 공손표의 얼굴에 난색이 떠올랐다. 멀리서도 자신을 바라보는 소옥의 눈 속에 가득한 불길이 똑똑히 보였다. 저 당돌하고 겁 없는 계집을 죽이는 것쯤은 손쉬운 일이라고 여겼다. 문제는 눈앞의 노괴물이었다. 망설이는 그의 눈에 소옥이 움직이는 것이 보였다.

“어디로 가려고?”
그녀에게서 심상치 않은 살기를 읽은 단혼추(斷魂鎚) 광량(廣量)이 무심결에 손을 뻗어 그녀를 붙잡았다.
“비켜!”
소옥이 거칠게 손등을 뿌려 광량의 잡아오는 손을 뿌리쳤다.
“엇?”
의외의 반응에 흠칫 놀란 광량이 손을 바꾸어 다시 소옥을 붙잡았다. 이번에는 단단히 거머쥘 것이라고 여겼으나 마찬가지였다.
“방해하면 가만 놔두지 않겠어!”
외친 소옥이 손목을 뒤집고 손가락을 움켜쥐며 오히려 광량의 맥문을 잡아채 왔다. 그 솜씨가 빠르고 수법이 지독했다. 광량이 눈을 부릅 떴다. 아무리 별 생각 없이 뻗어낸 것이었다고 해도 자신의 손을 그처 럼 간단히 젖히고 오히려 붙잡아 오리라고는 생각하지 못했던 것이다.
또다시 손을 바꾼 광량이 이번에는 작심을 하고 갈퀴처럼 웅크린 다 섯 손가락에 강한 내력을 실어 매섭게 낚아채 갔다. 그 한 번의 손길에 찌르고 뿌리치며 밀고 잡아채고 할퀴는 변화가 모두 들어 있었다. 소 옥이 눈을 크게 뜨고 광량을 노려보며 손을 뚝 떨어뜨려 그 변화를 피 했다. 동시에 그녀 역시 손을 바꾸어 광량의 가슴을 낚아채 왔다.
서로 상대의 수법을 뿌리치고 손을 붙들기 위한 두 사람의 실랑이가 눈 깜짝할 사이에 다섯 차례나 오갔다. 빠르기가 번개 같고 변화가 어지럽게 교차하는 눈부신 드잡이질이었다. 숨결을 느낄 만큼 가까이 마주 서서 손을 뻗고 손목을 뒤집자 서로 손가락이 맞닿고 손등이 부딪쳤다. 이와 같은 수법은 위험하고 지독하기가 도검을 맞댄 것보다 오히려 무서운 것이다. 문득 광량의 가슴속에 서늘한 한기가 들었다.

소옥의 놀람은 더 컸다.

곤륜의 육양수(六陽手) 절기는 권각법(拳脚法)뿐만 아니라 절묘한 추나(推拿)와 금나수법(擒拿手法)을 포함하고 있는 비기(秘技)였다. 그 육양수 중 교묘한 변화와 신랄함을 자랑하는 육타비소(六打飛掃)의 수법을 금나수의 요결로 바꾸어 펼쳤지만 변화가 다섯 번이나 지속되도록 그를 붙잡지 못했다는 것이 그녀를 당황하게 했다.

'이상한 늙은이다!'

내심 부르짖은 소옥이 한 번 맹렬하게 걷어차 그를 떼어놓고 훌쩍 뛰어 물러섰다.

"누구죠? 당신이 뭔데 내 일을 방해하는 거죠?"

매섭게 눈을 흘기며 따져 묻던 그녀가 아, 하고 탄성을 발한 채 눈을 크게 떴다. 비로소 공손표를 가로막고 있는 말상의 늙은이와 상필지를 놀리고 있는 깡마른 늙은이를 본 것이다.

'내가 잠시 멍청해져 있었군.'

문득 찾아온 서로 다른 자아의 상충은 한동안 그녀의 심력(心力)을 무기력하게 만들었다. 그것이 가져다 준 의식의 혼미를 겪고 깨어나자 이해할 수 없는 일들이 눈앞에 펼쳐져 있었다. 소옥은 아주 잠깐 동안 현기증을 느꼈다. 재빨리 적응되지 않은 탓이었다. 이 노인들이 어디서 나타났으며, 자신이 왜 싸움을 하고 있었던 건지조차 알 수 없었다.

"낭자, 조심하시오! 그는 바로 귀수삼선(鬼手三仙) 중 살선(殺仙) 광량(廣量)이오!"

이제는 소옥으로부터 멀리 떨어진 곳까지 밀려나 허우적거리고 있던 상필지가 크게 소리쳐 그녀의 주의를 환기시켰다. 소옥이 멋모르고 달려들었다가 낭패를 당하지나 않을까 하는 안타까움이 가득 실려 있는 외침이었다.

"귀수삼선?"

소옥이 눈앞의 광량을 바라보며 고개를 갸웃했다. 그녀는 아직 그 명호를 들은 적이 없었던 것이다.

"히히…… 요 예쁘고 깜찍한 것아, 골 아프게 이것저것 생각할 필요 없다. 노부는 결코 너를 죽일 생각이 없으니 살선(殺仙)이 아니라 활불(活佛)인 게지. 그러니 저 오두방정을 떠는 놈보다 노부를 따라가자."

광량이 다시 콧구멍을 후비며 너스레를 떨었지만 그의 눈은 소옥의 일거수일투족을 예의 주시하고 있었다. 조금 전처럼 선뜻 다가오지 못하고 서너 걸음 사이를 두고 멈추어 서 있는 것이 그 또한 이 한 번의 다툼으로 크게 놀란 것이 분명했다.

"좋아요. 하지만 먼저 해결해야 할 일이 있으니 노인과의 일은 그 다음에 상의해 보도록 하지요."

소옥이 독이 서린 눈길을 공손표에게 못 박은 채 입으로는 나긋나긋하게 말했다. 광량은 그녀와 공손표 사이에 어떤 원한이 있다는 것을 눈치 챘다. 그녀의 솜씨가 과연 어떨지 궁금하기도 했고, 여차하면 장두서가 나서서 소옥이 공손표의 손에 떨어지는 것을 막을 수도 있을 것이라고 여겼다.

"좋다. 네 뜻이 그러니 따를 수밖에. 자고로 늙은이가 어린것의 고집을 이겨놓으면 사람들로부터 주책바가지라고 욕을 얻어먹느니라……."

광량이 슬그머니 비켜섰다. 기다렸다는 듯 소옥이 검자루를 쥔 채 공손표를 바라보고 맹렬하게 달려나갔다.

"오래 살기가 싫어진 년이로구나!"

소옥이 달려오는 것을 본 공손표가 눈을 부릅뜨고 강전 한 대를 시위에 먹였다. 이십여 장 밖에 있는 소옥을 향하여 힘껏 시위를 당겼다 놓자 은은한 우레 소리와 함께 살이 묵빛을 번쩍이며 벼락처럼 쏘아져 나갔다.

한번 공손표의 뇌음전을 겪어본 적이 있는 소옥은 마음의 긴장을 늦추지 않았다. 살은 쏘아진 순간에 이미 가슴 앞에 다가들고 있었다. 강렬한 기운과 살기가 고스란히 느껴졌다. 마음이 떨렸다. 하지만 공손표에 대한 살의가 두려움보다 컸다. 그녀의 손이 검자루를 불끈 쥐었다.

창—!

낭랑한 검음이 막 떠오른 아침 햇빛을 갈랐다. 살보다 더 빠르게 쏘아져 나가며 휘두른 쾌속한 일검이 군더더기없이 깨끗하고 적절했다.

땅—!

한차례 맑은 쇳소리가 모두의 고막을 찔렀다. 살촉에서 삼 푼 아래쪽을 가격당한 뇌음전이 방향을 잃고 소옥의 옆머리를 스치며 날아갔다. 씨잉—! 하는 날카로운 소리가 귓전을 화끈하게 달구었다. 꼬리 깃이 부르르 떨리고 있는 것이 언뜻 보였다.

그동안에도 소옥은 다시 다섯 걸음을 뛰어 다가서고 있었다. 첫 번째의 화살이 빗나가는 걸 본 공손표가 입술을 질끈 물었다. 그가 눈에

보이지도 않을 만큼 빠른 손놀림으로 세 대의 화살을 한꺼번에 시위에
걸었다.

이제 이것은 자신과 소옥만의 싸움이라는 것을 알았다. '목숨을 걸
었다' 라는 말 따위로는 부족했다. 그것보다 더 크고 중요한 명예와 자
존심이 걸려 있는 것이다. 여기서 계집을 잡지 못하고 당한다면 지난
이십여 년 동안 쌓아놓은 명성이 아침 이슬처럼 녹아버릴 것이었다.
그렇게 되면 애써 다져 놓은 세력의 기반도 송두리째 무너질 것이 뻔
했다.

두타결의 염화신장(閻火神掌) 나문부(羅門腑)가 스스로 정수리를 깨
고 자진(自盡)했다는 말을 들었을 때 그의 멍청함을 비웃었지만, 자칫
잘못하면 자신 또한 그 꼴이 되고 말지도 모르는 일이었다. 그와 같은
후회를 남기지 않기 위해서라도 선배 고수라는 체면 따위는 접어두고
최선을 다하지 않을 수 없었다.

"건방진 계집!"

이를 갈며 시위를 잡고 있던 손가락을 풀었다.

쉬아앙―!

어마어마한 소리가 터져 나왔다.

세 대의 뇌음전이 한 덩어리로 뒤엉켜 빛살처럼 뻗어 나갔다. 그 위
력에 놀란 주변의 공기들이 갈라지고 찢기며 날카로운 비명을 터뜨렸
다. 갑자기 밀려 나가는 기파(氣波)의 여력이 뇌음전의 뒤를 따르듯 소
옥을 향해 쏟아져 내렸다.

우르르르―

멀리서 산이 무너지는 듯한 굉음이 귀를 먹먹하게 하며 들려왔다.

              *   *   *

‘재미없군.’

단목기의 눈살이 살짝 찌푸려졌다. 앞을 가로막고 있는 다섯 명의 사내들은 모두 검을 뽑아 들고 있었는데 하나같이 갈무리하고 있는 기도에서 고수의 기품이 느껴지는 자들이었다.

“돌아가라.”

가운데 있는 자가 차갑고 무심하게 말했다. 턱을 한번 움직여 보고 난 단목기가 그자를 바라보았다.

“왜?”

“왜냐고?”

어이없다는 듯 단목기의 물음을 따라 되물어온 자가 쯧쯧 혀를 찼다.

“저승길을 피해가라고 일러주어도 알아듣지 못하는 답답한 놈이로군.”

“저승길?”

다시 한 번 턱을 움직이고 난 단목기가 고개를 갸웃했다. 그가 사내들 뒤로 뻗어 있는 소로(小路)를 기웃거렸다. 형옥산(熒玉山)을 가깝게 돌아갈 수 있는 지름길이었다. 울창한 잡목들과 웃자란 풀에 가려져 있는 듯 없는 듯한 그 오솔길은 한 사람이 겨우 지나갈 수 있을 만큼 좁고 거칠었다. 그 길을 따라 이제 조금만 더 걸으면 형옥산을 벗어날 수 있는 것이다.

마음은 급했지만 걸음은 한가롭기만 했다. 그 걸음걸이로 콧노래까지 흥얼거리며 축축하게 종아리를 적셔오는 새벽 이슬을 털고 있는데 수상한 자들이 튀어나와 앞을 가로막은 것이다.

"이 길을 따라가면 상덕현(象德縣)이 나오겠지?"

문득 엉뚱한 물음을 던져 오는 단목기를 이상하다는 듯 바라보던 자가 피식 웃었다.

"그전에 저승이 먼저 나올 게다."

그들의 의사가 완강하다는 것을 안 단목기가 다시 한 번 턱을 움직였다. 수상한 자들이라는 생각 뒤에 문득 불길한 느낌이 와 닿았다.

그는 주루의 곽가로부터 소옥이 상덕현에 나타났고 그녀의 뒤를 쫓는 자들이 많다는 것을 들은 뒤 곧 그곳을 나서 상덕현으로 향하던 길이었다. 지난 나흘 동안 두 개의 현성(縣城)과 다섯 개의 촌락을 지나며 많은 무림인들을 볼 수 있었다. 하나같이 무엇에 홀린 듯 들떠 있었다. 단목기는 번들거리는 그들의 눈 속에서 탐욕과 긴장을 읽었다.

'하지만 그녀는 그리 호락호락하지 않을 것이다.'

그렇게 내심 그들을 비웃어주며 나의 사문에 약골은 없다고 자부했다. 저런 떨거지들이라면 백 명이 모여 있다고 해도 소옥 하나를 어쩌지 못할 게 뻔했다. 단목기는 천천히 길을 걸었다. 그가 알고 있기로 무시할 수 없는 자는 오직 산동의 신창 양소문 하나일 뿐이었다. 소옥이 그자와 부딪치지만 않는다면 어려움은 있을지 몰라도 위험은 없을 것이라고 믿었다.

그러던 믿음이 형옥산을 지날 때쯤 앞을 가로막고 선 다섯 명의 사내들 때문에 흔들렸다. 이런 자들이 무리 지어 있다면 소옥에게 충분히 위협이 될 것이라는 생각이 들었다.

"왜? 용화진경 때문인가?"

“허!”

단목기의 물음에 뜻밖의 허를 찔린 듯 사내가 탄성을 발하고 한 걸음 물러섰다. 그의 눈이 더욱 무섭게 번쩍이며 단목기를 뚫어질 듯 바라보았다.

“그렇군. 네놈도 요행수를 바라고 끼어들려는 부나방 같은 놈이었어.”

한껏 비웃은 그가 수하들로 보이는 일행을 돌아보았다.

“한 놈을 처치하면 그만큼 일이 줄어드는 거다.”

쳐라! 하는 명령이 떨어지자 틈을 엿보고 있던 네 놈이 기합 소리도 없이 사방에서 달려들었다. 번쩍이는 검광이 온몸을 에워쌌다. 곧 저승을 보게 될 거라던 사내의 말이 허풍은 아닌 듯싶었다.

검을 휘둘러 네 명이 한꺼번에 달려든다면 활동의 범위가 극히 좁아져 서로 위험에 빠지기 쉬웠다. 하지만 사내들의 검격은 그 점을 충분히 염두에 두고 있었다. 효과적인 합격(合擊)을 익히기 위해 많은 연습을 한 자들이 분명했다.

최대한 휘두르는 것을 자제하고 범위를 좁혀서 찌르고 도려내는 공격을 해오고 있었는데, 검끝이 돌아가는 것이 날카롭고 치밀했다. 하나같이 고수 아닌 자가 없었던 것이다.

“흠.”

검끝이 옷깃에 다가들도록 꼼짝하지 않은 채 바라보기만 하던 단목기가 감탄인 듯 비웃음인 듯 모호한 탄성을 터뜨렸다.

이런 싸움은 찰나의 순간에 끝내 버리는 것이 가장 좋은 방법이라는 것을 그는 잘 알고 있었다. 단번에 네 놈을 쳐버리지 못하면 어느 놈의 손에 당하던지 자신도 함께 당하고 마는 것이다. 그것이 합격을 하는 자들이 노리는 가장 큰 위협 수단이기도 했다. 동시에 몸 가까이 다가 들었으니 두세 놈을 벤다고 해도 남은 놈의 검은 피할 수 없기 때문이 다.

단목기의 눈이 번쩍, 하고 빛났다.

'한 놈을 처치하면 그만큼 그녀가 편해진다.'

사내가 했던 말은 소옥에게도 똑같이 적용되는 말이었다. 단목기의 손이 벽룡도(碧龍刀)의 자루를 잡았다. 순간,

파아악—!

허공을 가르는 날카로운 파공성이 터져 나왔다. 그러나 그것보다 더 빠른 빛줄기가 이미 낙뢰(落雷)처럼 사방을 쪼개며 떨어진 뒤였다.

차창—!

요란한 쇳소리가 비명처럼 높고 날카롭게 울려 퍼졌고 선연한 피보 라가 허공 가득 뿜어졌다. 쾌도난마(快刀亂麻)라는 말은 어울리지도 않 았다. 그것은 분광(分光)의 일도(一刀)였고 천수(千手)의 일격(一擊)이 었다.

"억!"

뒤로 물러나 느긋하게 바라보던 자가 외마디 비명을 터뜨렸다. 한 번 움직여 일시에 네 명을 쪼개 버린 단목기가 여전히 무표정한 얼굴 로 그런 사내를 돌아보았다.

"너…… 네놈은 누구냐?"

사내가 파랗게 질린 얼굴빛을 감추지도 못한 채 단목기를 가리키며 떨리는 음성으로 물었다. 겉으로 보기에는 남들보다 듬직한 덩치를 가 지고 있을 뿐 고수다운 기도를 느낄 수 없었는데, 그의 움직임을 보자

자신으로서는 여태까지 본 적이 없는 절정의 고수라는 것을 알 수 있었다.

사내는 단목기가 벌써 자신의 기도를 안으로 감추고 드러내지 않는 경지에 이르러 있다는 것을 믿을 수 없었다. 그런 사내를 지그시 바라보던 단목기가 피식 웃고는 칼을 거두어들였다. 사내는 그 모습에서 수치심을 느꼈지만 감히 발작할 수가 없었다.

"이 길을 따라가면 상덕현이 나오겠지?"

조금 전과 똑같은 질문이었다. 그러나 사내의 반응은 전혀 달랐다. 그가 정신없이 머리를 끄덕였다.

"그, 그렇소."

"좋아."

턱을 한 번 움직여 본 단목기가 사내를 빤히 바라보았다. 길을 비키라는 무언의 압력이었다. 사내가 주춤거리며 물러섰다. 감히 눈을 들어 마주치지도 못한 채였다.

어깨를 스치며 지나가는 단목기에게서 싱싱한 풀 냄새가 났다. 숨을 멈춘 채 사내는 그가 잡목 숲을 돌아 보이지 않게 될 때까지 움직이지도 못하고 서 있었다.

"휴……."

비로소 길게 한숨을 쉰 사내가 아직도 더운 피를 흘려대고 있는 수하들의 주검을 한 번 바라보고는 머리를 설레설레 저었다. 평생 처음 보는 지독한 쾌도(快刀)였고 지독한 솜씨였다.

건들거리며 울창한 숲을 헤쳐 나가던 단목기가 다시 눈살을 찌푸리고 멈추어 섰다. 숲이 끝나는 곳에 거북이 형상의 커다란 바위 하나가

있었는데, 그 위에 한 사내가 다리를 건들거리며 걸터앉아 빤히 내려다
보고 있었던 것이다.

새집처럼 헝클어진 머리카락 아래 붉은 두 눈이 횃불처럼 이글거렸
다. 턱을 따라 사자의 갈기처럼 어지럽게 자란 무성한 구레나룻이 사
내를 더욱 거칠어 보이게 했다. 단목기는 그가 쥐고 있는 칼을 바라보
았다. 오래된 칼집이 그것의 파란만장했을 내력을 말해 주는 듯했다.

칼은 만월처럼 휘어져 있는 만도(彎刀)였다. 그것을 본 단목기의 머
리 속에 한 사내의 이름이 번갯불처럼 떠올랐다.

전국 각지에 퍼져 있는 끄나풀들이 동창에 제보하고 있는 것은 관이
나 민간에 대한 일들뿐만 아니라 강호의 변화와 인물들의 동정에 대한
것들도 포함되어 있었다. 그것들은 매일매일 넘치는 보고서들 속에 세
세하게 기록되어 올라왔다. 그래서 단목기는 누구보다도 강호의 돌아
가는 사정과 인물들에 대하여 정통해 있었다. 그는 분명히 만주의 패
자(覇者)라는 금적비마(金狄飛魔) 모용탈(慕容奪)이었다.

빤히 내려다보고 있는 그의 눈빛이 화살처럼 와 박혔다. 단목기는
여태까지의 여유로움을 버리고 팽팽하게 긴장하지 않을 수 없었다. 중
원에 발을 들인 이래 아직까지 한 번도 져본 적이 없다는 변황의 야수
가 지금 눈앞에 있었던 것이다.

'또 누가 있는가?'

모용탈이 등지고 있는 숲 속에도 수상한 기운들이 기척을 숨기고 있
었다. 하나같이 날카로운 예기가 온몸으로 느껴지는 것이 예사로운 자
들이 아니었다. 그는 모용탈과 그자들이 자신을 방해하기 위해 기다리
고 있는 거라면 일이 쉽지 않으리라고 생각했다.

"이름이 뭐냐?"

모용탈이 흉흉한 눈빛을 감추지 않은 채 물어왔다. 단목기는 말없이 그런 모용탈을 마주 쏘아보기만 했다. 그는 한편으로 암중에 주변의 동정과 지형에 온 신경을 쏟고 있었다. 만약 모용탈이 저 위에서 공격해 온다면 자신에게는 지극히 불리한 위치였다. 어떻게 해서든 저자를 끌어내려 마주 서게 해야 했다. 그렇지 않으면 이런 싸움은 하지 않는 게 좋다는 판단이 섰다.

"좋아, 스스로 알아보란 말이지?"

한참을 기다려도 대답을 들을 수 없자 모용탈이 그렇게 중얼거리고 씩 웃었다.

이번에는 단목기가 한번 턱을 움직여 보고 나서 물었다.

"어느새 만주에까지 소문이 퍼진 건가?"

"그런 건 상관없어. 난 처음부터 그 따위 곤륜의 진경인지 뭔지에는 관심도 없었다. 내 관심은 오직 나와 칼을 맞댈 수 있는 자가 과연 누구인가야."

느긋하게 대꾸한 모용탈이 천천히 몸을 일으켜 바위 위에 우뚝 섰다. 아래에서 올려다보는 그의 몸집이 더욱 커 보였다. 마치 한 마리 살찐 곰이 서 있듯 위압감마저 느끼지 않을 수 없었다.

한 사람은 바위 위에서, 그리고 또 한 사람은 그 아래에서 한 손으로 칼집을 굳게 움켜쥔 채 서로를 노려보고 있었다. 얽히는 눈빛에서 상대방의 기세를 읽고 나의 그것과 견주어보는 일에 온 신경을 곤두세운 두 사람이었다. 곁에 벼락이 떨어진다고 해도 눈 하나 깜빡이지 않을 것 같았다.

이런 일에는 먼저 시선을 떨구는 자가 지기 마련이었다. 아무리 실력이 좋다고 해도 기세의 싸움에서 선수를 빼앗긴다면 제 솜씨의 반도 제대로 발휘하지 못하는 것이다. 모용탈이나 단목기는 그런 이치를 충분히 터득하고 있었다. 두 사람의 쏘아보는 눈길은 그래서 날 선 칼끝을 맞댄 것보다 더 첨예하고 위험했다.

"해볼 텐가?"

모용탈이 좋은 지형을 차지하고 있는 것을 과시하기라도 하듯 한번 발을 굴러 바위를 차며 다시 씩 웃었다.

'이건 아무래도 좋지 않다.'

가만히 입술을 깨물며 이 상황을 어떻게 자신에게 유리한 것으로 끌어내나 하는 것을 궁리하는데 그런 단목기의 속셈을 안다는 듯 모용탈이 껄껄 웃었다.

"하하…… 아무래도 안 되겠지? 나라도 이런 상황이라면 싸우고 싶지 않을 거다."

그의 말속에는 어느새 팽팽하던 긴장이 사라지고 없었다. 단목기가 내심 안도의 한숨을 쉬며 자신도 슬그머니 두 어깨에 잔뜩 실려 있던 긴장을 풀었다. 적어도 모용탈이 지금 싸우려는 게 아니라는 것을 느낀 것이다.

"보내주겠나?"

"가로막았던 적도 없다. 네놈 혼자서 제풀에 놀라 웅크렸을 뿐이지."

"음, 그랬던가?"

고개를 갸웃한 단목기가 하하 웃었다. 모용탈을 본 순간 그가 싸우려는 것이라고 짐작한 것은 역시 성급한 자신의 생각이었다. 아니면 모용탈이 가지고 있는 야수적인 기운이 은연중에 긴장을 가져다 준 건지도 몰랐다. 어쨌든 상대를 읽는 일에 성급했다는 것을 자책하지 않을 수 없었다.

"아직 내가 수련이 부족한 모양이다."

고개마저 끄덕이며 심각하게 인정하는 단목기를 빤히 바라보던 모용탈이 성큼 바위 위에서 뛰어 내려왔다. 단목기 앞에 선 그가 이글거리는 눈길로 쏘아보았다. 이마에 와 닿는 그의 숨결이 뜨거웠다.

"너는 강하다. 숲에서 한꺼번에 네 놈을 치는 걸 봤지. 그래서 내 가슴이 마구 뛴다."

그가 숨어서 보고 있었지만 자신은 그것을 느끼지 못했었다. 단목기는 이마가 서늘해졌다. 눈앞의 야수 같은 자는 자신의 기도를 마음대로 숨기고 내보일 수 있는 지경에 이르러 있었던 것이다. 소문으로 들어 알고 있던 것보다 훨씬 더 강한 자라는 것을 인정해야 했다.

"네가 이뻐서 보내주는 게 아니다. 두 마리의 범이 서로 물고 뜯는 걸 구경하고 싶어서지."

"두 마리의 범이라고?"

고개를 갸웃한 단목기가 희미하게 웃었다. 흰 이가 살짝 드러나 보이는 차가운 웃음이었다.

"너는 어부지리(漁夫之利)를 노릴 셈이로군?"

모용탈이 순순히 고개를 끄덕여 시인했다.

"힘들이지 않고 먹이를 취할 수 있다면 그건 좋은 일이지."

단목기는 이상한 놈이라고 속으로 중얼거렸다.

"저기 숨어 있는 놈들도 모두 마찬가지야. 그들은 네가 나를 죽여주기를 바라고 있지. 그러면 일이 훨씬 쉬워질 테니까. 하지만 나는 네가 저놈들을 모두 죽여 버리기를 바라고 있다. 그들이나 나나 모두 쥐새끼 같은 놈들이지."

모용탈이 돌아보지도 않은 채 손가락으로 등 뒤의 숲을 가리키며 웃었다. 그는 자기 자신까지 포함시켜 서슴없이 욕하면서도 아무렇지 않은 듯했다. 그것이 또 단목기에게 묘한 강렬함으로 다가왔다.

"모용 형, 그건 너무 지독한 말이지 않소?"

낭랑한 음성이 비로소 대꾸해 왔다. 버석거리며 숲을 벗어 나오는 자는 중년의 청수하게 생긴 사내였는데, 한가롭게 섭선을 부치고 있는 모습이 마치 유람이라도 나온 유생인 것 같았다. 화양선생(華陽先生) 주문룡(朱文龍)이었다.

그를 알아본 단목기가 눈살을 찌푸렸다.

"대체 얼마나 많은 고수들이 산책을 나온 건가?"

"고수라니, 사양하겠소. 설마 노부가 그 이름 높은 동창의 영주 각하만큼 뛰어나겠소이까?"

죽장을 끌고 나오는 허름한 갈의의 노인은 갈의죽장(葛衣竹杖) 악노귀(岳老鬼)였고,

"무량수불. 신룡처럼 소문만 떠돌 뿐, 실체를 알 수 없었던 단목 영주를 이처럼 뵙게 되는구려. 감회가 크오이다."

온화한 얼굴에 미소를 띠고 인사를 건네는 자는 청성(青城)의 마현도장(摩玄道長)이었다.

그밖에 수런거리며 나오는 자들이 더 있었는데, 앞선 자가 신기구편(神技九鞭) 갈평(葛坪)이라는 것만을 알아볼 수 있을 뿐 나머지 네 명의 인물들은 생소했다.

모두 여덟 명이나 되는 사람들이 우르르 쏟아져 나오자 단목기는 적

지 않게 당황했다. 문득 주점의 곽 노인이 했던 말이 머리 속에 가득 떠오른 것이다.

'추살대(追殺隊)!'

단목기의 머리끝이 삐죽 솟았다. 한순간 등골을 타고 오싹한 전율이 달려나갔다.

곽가는 자신을 핍박하는 위추경 등에게 동창의 추살대가 와 있다고 엄포를 놓았었다. 그리고 그것을 이끌고 있는 자가 신창 양소문일 것이라고 했는데 아닌 모양이다. 곽가는 반만 맞춘 셈이었다. 하지만 그것만으로도 대단한 일이기는 했다.

"어? 당신들은 이자와 싸울 생각이 아니었나? 역시 뒷구멍으로 수군 대기나 하는 졸장부들이었군."

모용탈이 의외라는 듯 외쳤다. 악노귀나 마현 도장의 말속에서 그가 생각하고 있던 적의를 읽을 수 없었기 때문이다.

"그것은 모용 형이나 우리나 다 마찬가지 아니겠소? 우리가 어찌 동창의 이름 높은 영주 나리와 칼을 맞대서 서로 상처 입기를 바라겠소? 그를 꺼려하는 것은 모용 형 또한 마찬가지니 우리는 서로를 비난할 처지가 못되는 것 같소."

화양선생 주문룡이 섭선을 부치며 점잖게 말했다. 모용탈의 눈살이 찌푸려졌다.

"흥, 개소리. 누가 누구를 무서워한단 말이냐? 나는 우선 네놈의 그 반질거리는 주둥아리를 뭉개놓고 싶다."

주문룡이 웃으며 모용탈의 눈길을 피했다.

"그것도 좋은 생각이오. 하지만 지금은 때가 아닌 것 같으니 잠시 접어두도록 합시다."

단목기는 그들을 바라보고 가만히 한숨을 쉬었다. 동창에 포섭되어 추살대로 뽑혀 나온 것이 분명한 그들은 모두가 한 지방을 주름잡는 고수 아닌 자가 없었다. 특히 마현 도장 같은 이는 명문정파로 고고한 청성에서도 고인(高人)으로 꼽히는 검술의 종사였다.

그들 개개인은 평소 같으면 전혀 어울리지 않을 사람들이었다. 그런데도 지금 이 자리에는 정파와 사파의 인물들은 물론, 갈의죽장 악노귀같이 홀로 강호를 떠도는 낭객(浪客)마저 함께 모여 있었다. 고집 세고 오만하며 자부심 강한 그들을 추살대라는 이름으로 한데 묶어놓을 수 있는 동창의 힘이 다시 한 번 대단하게 느껴졌다.

단목기는 입맛이 썼다. 자신 또한 그 동창에 몸담고 있었지만, 이처럼 고수로 자부하며 강호를 오시하던 자들이 동창의 조력자로 은밀히 활동하고 있었다는 것이 끔찍하게 여겨졌던 것이다. 이 사실을 사람들은 까맣게 모르고 있을 것이었다. 그들은 이번 일이 끝나면 다시 본래의 자신으로 돌아가 위엄을 갖추며 강호의 도리와 정의를 주장할 것이다. 그리고 여전히 많은 사람들의 존경과 두려움을 받으며 거드름을 피울 것이었다.

한편으로는 그들의 행위가 가증스러웠으면서도 다른 한편으로는 가엽게 여겨지기도 했다. 각자가 흉중에 품고 있는 야망과 이해가 그들을 이렇게 만든 것이다. 세상일은 너무 복잡하고, 한 사람의 흉중에 들어 있는 생각은 그것보다 더 복잡해서 그 사람을 두고 한마디로 '이는 정도를 걷는 자다. 저는 사마외도에 치우친 자다'라고 평가한다는 것은 역시 무리였다.

혀를 차고 그들을 외면한 단목기가 이번에는 한쪽에 가만히 서 있는 낯선 네 명의 인물들을 바라보았다. 그들에게서는 익숙한 느낌이 풍겨 왔다.

'동창……'

그는 그렇게 중얼거렸다. 얼굴이 한층 어두워진 채였다.

그 네 명의 사내들은 동창에서 비밀리에 키우고 있는 암살자들이 분명했다. 그들의 존재에 대해서는 창위들 사이에 은밀하게 말해지고 있었지만, 십이호법사자(十二護法使者)라고 불리는 그자들의 실체를 아는 사람은 몇 되지 않았다.

그들은 당대 동창을 이끌고 있는 제독태감(提督太監) 장가령(長可寧)의 명령만을 듣도록 길들여진 자들로서 장 태감의 비밀 호위이기도 했다. 장가령의 명령이 있다면 서슴지 않고 부모 형제의 가슴에라도 살검(殺劍)을 박아 넣을 자들인 것이다. 환관들의 우두머리인 위충현마저도 그들에게는 조금의 영향력도 행사하지 못했다.

작금에 이르러 그 위세가 황제보다 당당해졌다는 위충현도 동창의 제독태감에게는 한 수 양보하는 바가 있었는데, 바로 장가령이 숨기고 있는 그 십이호법사자들 때문이었다. 위충현은 자신이 장가령을 제독태감의 자리에 앉혔으면서도 이제는 그 장 태감 때문에 목에 가시가 걸린 듯 껄끄러워하고 있었으니 세상일이란 역시 알 듯하면서도 알지 못할 바가 더 많았다.

어쨌든 그자들이 단목기의 신분을 확인해 준 것이 분명했다. 단목기는 평소에 얼굴마저 볼 수 없던 장가령의 호법사자들이 네 명씩이나 나섰다는 사실에 긴장하고 있었다. 겪어보지 않아 알 수 없었지만, 들은 풍문으로는 그들 개개인의 실력이 강호의 절정고수에 견주어 조금도 손색이 없다고 했던 것이다.

'네 명씩이나 보내오다니 이건 과분한 일이다.'

그들을 살펴보며 단목기는 그렇게 중얼거렸다. 그리고 나자 어쩌면 제독태감에게는 자신이 알지 못하는 또 다른 사정이 있는 건지도 모른다는 생각이 들었다. 그렇지 않고서는 그가 아끼는 호위들을 네 명씩이나 한꺼번에 내보낼 리가 없었던 것이다.

단지 추살대로 뽑힌 자들에게 자신의 면목을 확인시켜 주기 위해서라면 홍안령의 창위 중 한 명만 딸려 보냈어도 충분했다. 그랬더라도 자신은 막중한 위험을 느꼈을 것이다. 동창의 이름으로 강호를 횡행하는 추살대의 무서움을 그는 잘 알고 있었다.

여태까지 동창에서는 네 번 추살대를 모집해 강호에서 일을 처리하게 했다. 그리고 한 번도 실패한 적이 없었다. 언제나 표적이 된 자와 견줄 만한 고수들을 가려서 뽑았고, 천하 어느 구석에도 동창의 입김이 미치지 않는 곳이 없기 때문이다. 그래서 단목기는 장가령이 자신을 죽이려고 마음먹었다면 피할 수 없다는 것도 잘 알았다.

그때까지도 서로 언쟁하고 있는 주문룡과 모용탈에게 다시 시선을 준 단목기가 굳은 얼굴로 칼자루를 쥐고 단호하게 말했다.

"너희들은 서로 다툴 것 없다. 나에게 볼일이 있는 자라면 앞으로 나서고 그렇지 않은 자는 물러서 있으면 그만이다."

일이 이렇게 된 이상 꽁무니를 빼고 싶은 마음은 없었다. 몇 놈이 되었든 당당하게 부딪쳐 부수어 버리거나 깨지면 그만인 것이다.

"하하, 영주께서는 듣던 대로 화통한 호걸의 기상이 있으시오."

주문룡이 단목기를 보고 환하게 웃으며 짐짓 엄지손가락을 추켜세워 보였다.

"하지만 우리는 아직 준비가 되지 않았으니 애석한 일이외다. 그것
이 영주에게 복이 있는 건지, 아니면 우리들에게 다행이라고 해야 하는
건지 아직 모르겠소."

묘한 여운을 주는 말이었다. 단목기는 주문룡의 말속에서 그들이 지
금 자신을 치려고 하는 게 아니라는 것을 알았다. 자신을 잡는 것보다
더 급한 일이 있다는 말이었다. 그렇다면 그것 또한 용화진경에 관계
된 것일 게 뻔했다.

'급하게 되었다.'

이자들이 모두 소옥 하나를 두고 가로막는다면 그녀 혼자 몸으로서
는 배겨내지 못할 게 불을 보듯 뻔했다. 한시라도 빨리 그녀를 찾아야
한다는 생각이 그를 서두르게 했다.

"그렇다면 죽고 사는 일은 잠시 접어두기로 하지."

주문룡을 한번 바라본 그가 성큼 걸음을 떼어놓았다. 모용탈이 번쩍
이는 눈으로 단목기를 바라보며 입맛을 다셨다.

"내 차례까지 오겠지?"

"얼마든지."

알쏭달쏭한 모용탈의 말이었고, 역시 알쏭달쏭한 단목기의 대답이
었다. 다른 자들이 모두 고개를 갸웃거렸으나 주문룡만은 그들의 말속
에 담겨 있는 뜻을 알아챘는지 훙, 하고 코웃음을 쳤다.

"과연 그럴까? 나 혼자라면 단목 영주의 칼과 어떨지 모르겠지만 여
기 몇 사람이 더 있으니 아마도 모용 형 당신 차례까지는 가기 힘들 것
같소."

그런 주문룡을 다시 한 번 바라본 단목기가 씩 웃었다.

"곧 알게 되겠지. 그럼 다시 봅시다."

모여 있는 무리들에게 포권하자 그들이 분분히 마주 포권하여 답례 했다. 그러나 동창에서 나온 네 명의 사나이들은 여전히 무표정한 얼굴로 단목기를 빤히 바라보기만 할 뿐이었다. 그들에게 시선도 주지 않은 단목기가 성큼성큼 걸어 숲을 돌아 사라져 갔다.

"휴, 역시 중원에는 인재가 많군. 부러운 일이야."

한동안 그가 사라진 자작나무 너머를 바라보던 모용탈이 중얼거리 듯 말했다.

＊   ＊   ＊

산이 끝나기 전에 만난 또 한 사람은 단목기를 적지 않게 긴장시켰 다. 이 정도 사내라면 결코 모용탈보다 못하지 않을 것이었다. 한 굽이 를 돌았는가 하였더니 이번에는 높은 고개에 가로막힌 셈이었다. 그러 나 미적거리고 있을 수만은 없었다.

"당신이었군."

차갑게 말을 던진 단목기가 가슴을 쭉 펴고 당당하게 앞으로 나서자 그의 눈길이 번갯불처럼 단목기의 전신을 휩쓸고 지나갔다.

그가 입술을 질끈 문 채 어금니 사이로 스산하게 말했다.

"본좌의 수하 넷을 단칼에 베어버렸다고?"

"원한다면 다시 보여줄 수도 있소."

"흠……."

쥐고 있는 창자루에 더욱 힘을 가하며 미끄러지듯 한 발을 내딛는 양소문의 눈빛이 불길을 담은 듯 뜨겁게 달아올랐다.

'온다!'

긴장을 감춘 단목기의 오른손이 가만히 칼자루에 걸쳐졌다.

막 떠오르는 아침 햇빛을 받은 황동 갑옷이 금빛을 찬란하게 뿌려댔다. 눈이 부셨다. 양소문의 검은 수염이 부르르 떨리는 것 같았다. 그의 눈과 단목기의 눈 사이에 놓여 있는 창끝이 물기 머금은 붉은 햇빛을 쨍, 하고 퉁겨낸 듯했다. 단목기는 그 창끝을 통하여 양소문의 눈을 동시에 바라보았다.

눈앞에서 조금씩 흔들리던 창끝이 점점 큰 원을 그리기 시작했다. 흔들림이 커지고 빨라질수록 주위의 공기가 팽창하는 기파를 견디지 못하고 웅웅거리며 울었다. 양소문의 내력이 용음(龍吟) 같은 그 울림을 타고 철벽처럼 단목기의 가슴을 눌러왔다.

"음……."

단목기의 입술 사이로 억눌린 신음이 흘러나왔다.

가슴에 부딪혀 오는 기파의 위력이 점점 강해져 갔다. 단목기는 지그시 어금니를 물었다. 양소문의 커지는 기세에 맞추어 스스로의 내력을 조금씩 일으키자 그의 온몸을 새벽 안개처럼 희뿌연 기류가 감싸기 시작했다. 그것은 아지랑이처럼 몽롱했으며, 먼 데서 바라보는 호수 물빛처럼 은은히 반짝이는 것이 신비하기까지 했다.

"음……."

이번에는 양소문이 단목기가 그런 것처럼 억눌린 신음을 흘렸다. 두 사람의 치열한 눈빛과 기파의 요동이 먼저 부딪쳐 불똥을 퉁겼다.

흔들리던 양소문의 창끝이 한 점을 찍으며 뚝 멎었다.

스르릉—

그와 함께 단목기의 손에 쥐어진 벽룡도가 천천히 칼집에서 빠져나오기 시작했다. 번쩍이는 푸른빛이 그의 몸을 두른 기류와 합해지면서 반쯤 모습을 드러낸 태양 아래 찬란하게 빛났다.

빠르게 밀려나는 산 그림자가 두 사람의 무릎을 쓸며 지나갔다. 그리고 그것을 뒤쫓듯 양소문의 발이 먼저 미끄러져 들어왔다. 기합 소리도, 숨소리마저도 죽인 조용한 다가섬이었다.

그것을 맞이하는 단목기의 움직임도 처자처럼 조용했고 부드러웠다. 허리춤을 빠져나온 그의 칼이 완만한 호선을 그리며 사선으로 쳐올라갔다.

땅—!

느리게 부딪친 두 사람의 칼과 창끝에서 낭랑한 쇳소리가 울려 나왔다. 서로 자석에 이끌리기라도 한 것처럼 붙어버린 칼과 창이 떨어질 줄을 몰랐다. 창대를 쥔 양소문의 두 팔이 잔 경련을 일으키듯 끊임없이 떨리고 있었다. 온몸의 내력을 창끝에 밀어 넣고 있는 것이다. 칼을 그것에 붙이고 있는 단목기의 안색도 창백해져 있었다. 그는 사문의 태청진기(太淸眞氣)를 서서히 끌어올려 칼을 타고 밀려드는 양소문의 굳세고 단단한 내력에 대항하고 있었다.

양소문은 이런 힘든 싸움을 택한 것에 대하여 후회하지 않았다. 그는 단목기를 한번 본 순간 그가 결코 자신의 아래가 아니라는 것을 알았다. 살기를 내뿜고 초식을 펼쳐 달려든다면 한순간에 결판이 나고 말싸움이 될 것이 뻔했다.

단목기의 무위(武威)에 대하여 의심을 품은 그는 그처럼 위험이 많은 싸움법 대신 자신의 두터운 내력으로 그를 제압하겠다고 생각했다. 그리하여 양가 비전의 태양신공(太陽神功)을 십성 창끝에 실어 단목기가 그것에 대항하도록 유도한 것이다.

그러나 결과는 그의 생각처럼 되어주지 않았다. 푸른빛이 은은히 감도는 보도(寶刀)를 타고 전해져 오는 단목기의 내력이 마치 눈사태 같았다. 처음에는 미약하던 그것이 점점 커져 가더니 어느 순간을 넘기자 자신으로서도 감당하기 어려운 힘이 되어 태양신공을 밀어내기 시작했다.

'괴이한 일이다.'

얼굴을 일그러뜨린 채 양소문은 그렇게 속으로 중얼거렸다. 어찌 젊은 나이에 불과한 그의 공부가 자신을 오히려 앞서는 바가 있는지 알 수 없었다. 천하에 흔한 것이 고수이고 기인 이사가 모래알처럼 많다고는 하나 서른도 채 되어 보이지 않는 젊은이가 지닌 내력의 순수함이 이처럼 정순하고 깊다는 것은 믿기 힘든 일이었다.

"야합!"

비로소 우렁찬 기합성을 터뜨린 양소문이 한번 힘껏 내력을 북돋아 밀어내며 훌쩍 뛰어 물러섰다.

'쫓아 들어갈까?'

단목기는 해일처럼 밀려 들어오는 양소문의 내력을 이기차력(移氣借力)의 비결로 끌어들여 허공에 흩쳐 버리며 잠깐 그렇게 생각했다. 하지만 그는 곧 자신의 생각을 떨쳐 버리고 칼을 쥔 채 굳건히 자리를 지키고 서서 다음 움직임을 기다렸다. 뒤에 추살대와 모용탈이 있는데 여기서 양소문을 상대로 헛되이 힘을 소비할 수 없다는 생각에서였다.

양소문은 더 이상 싸울 마음이 없는 듯했다. 그가 거뭇한 턱을 쓸며 단목기를 바라보았다. 그의 눈빛이 무겁게 가라앉아 있었다. 부드러운 아침 햇빛 아래 황동의 갑옷이 찬란하게 번쩍였고 산바람에 쓸려 펄럭이는 전포 자락이 허리를 감았다.

'역시 대단한 자다.'

단목기는 내심 감탄하지 않을 수 없었다. 그 모습만으로도 사람의 가슴을 답답하게 누르는 위압감이 느껴지는 자란 흔치 않았다. 장군부에 앉아 장령들을 호령하고 있어야 어울릴 것 같은 사내, 신창 양소문은 창을 세워 든 채 그렇게 서서 지그시 단목기를 바라보고 있을 뿐이었다.

"그대는 나를 놀라게 하는군."

한참 만에야 양소문이 음울하게 말했다. 나이 사십에 천하를 위진시킬 만한 명성을 얻은 자신을 돌아보고 단목기를 본 것이다.

"몇 살인가?"

듣기에 따라서는 지극히 모욕감을 느낄 수 있는 물음이었다. 그러나 단목기는 아무렇지 않다는 듯 가슴을 폈다.

"스물다섯이오."

"흠……."

양소문이 다시 턱을 쓰다듬었다. 이제는 그의 얼굴마저 어두워져 있었다.

"내 나이 스물다섯 때는……."

단목기를 바라보고 그의 이마를 스쳐 그 너머 어두운 숲 머리에 시선을 둔 양소문이 그때를 회상하는 듯 아득해진 어투로 입을 열었다.

"가친의 뜻에 따라 어쩔 수 없이 가문을 계승했지. 그리고 창법을 수련하는 데 매진했었다."

아련한 눈빛을 했던 그가 다시 이글거리는 눈으로 단목기를 바라보았다.

“그런데 너는 벌써 만인을 발 아래 둘 만한 고수가 되어 강호에 나와 있구나.”

단목기는 그의 말투에서 회한을, 그리고 그의 눈빛에서 질투를 보았다. 자신이 지니고 있는 공부의 깊이를 한눈에 알아보는 그의 안목에 놀라며 마음속으로 어떻게 상대해야 할 것인가를 생각하는데 양소문이 다시 입을 열었다.

“너 또한 곤륜의 진경을 얻기 위해 가는 길이겠지?”

“좋을 대로 생각하시오.”

“나는 진경을 탐내는 자들을 많이 보았다. 하지만 그중 모용탈과 너만이 과연 나와 그것을 다툴 자격이 있다.”

단목기의 반응을 기다리는 듯 한동안 그를 바라보던 양소문이 가볍게 한숨을 쉬고 손을 내저었다.

“그녀는 조왕림(曹王林)을 벗어나 자운강(慈雲江)을 바라보는 화화평(和華平)에 있다.”

“보내주는 것이오?”

“어디에 있든 본좌의 그물 안이다. 결국 다시 만나게 될 텐데 꼭 여기서 힘을 소진할 필요가 없지.”

“그대는 나의 힘이 다할 때를 기다릴 셈인 게로군. 좋은 생각이오.”

단목기의 이죽거림을 듣지 못한 듯 양소문이 짐짓 외면하고 몸을 틀었다. 그 앞을 스쳐 지나가던 단목기가 혼잣말처럼 중얼거렸다.

“어부지리를 꾀하는 자들이 사방에 널려 있으니 누가 과연 이득을 볼지는 알 수 없지. 나 같으면 앞을 막고 있는 덤불들을 쳐내며 곧장 뚫고 갈 것이오.”

　　　　　*　　　　　*　　　　　*

　창―!

　세 개의 강전을 쳐냈지만 소리는 한 번 울렸을 뿐이다. 날아온 살이
번갯불 같았다면 그것을 쳐내는 검격 또한 뇌전을 무색하게 했다.

　"허!"

　사람들의 입에서 일제히 경악의 탄성이 터져 나왔다. 그사이에도 소
옥은 다시 세 걸음을 날듯이 좁혀가고 있었다.

　눈을 부릅뜬 공손표의 손이 재빨리 전통을 더듬었다. 그의 손에 다
시 두 대의 강전이 쥐어졌다. 하나는 끝이 뭉툭한 것이 달걀을 매달아
놓은 것 같았고, 다른 하나는 축 중간에 세 개의 구멍이 뚫린 이상한
모양이었다.

　'죽인다!'

　이를 악문 소옥의 머리 속에 가득한 것은 오직 그 생각뿐이었다. 흠
하나 없이 깨끗한 백옥의 몸에 지울 수 없는 상처를 남겨준 자였다. 그
원한이 뼈에 깊이 새겨져서 이성을 마비시킬 만큼 크고 깊었다.

　"지독한 년!"

　이를 악물기는 공손표 또한 마찬가지였다. 이 한 번에 명예를 건 그
가 힘껏 시위를 당겨 두 대의 강전을 날렸다. 이제 소옥과의 거리는 불
과 스물댓 걸음 남짓이었다. 제아무리 귀신 같은 년이라고 하더라도
피할 수 없을 것이라고 확신했다.

　삐이이이―

　시위를 떠난 순간 끝이 뭉툭한 요두전(妖頭箭)이 귀적전(鬼笛箭)이라

고 불리는 구멍 뚫린 강전의 촉을 때렸다. 그러자 그것이 갑자기 방향을 틀어 높이 치솟으며 요란한 휘파람 소리를 냈다. 그 소리가 어찌나 날카롭고 큰지 수많은 귀졸(鬼卒)들이 하늘을 가득 뒤덮고 소리를 질러 대는 것 같았다.

갑자기 터져 나온 그 소리에 고막이 파열될 것만 같았다. 머리 속에 윙윙거리는 공명음(共鳴音)이 가득 들어차 어지러웠다.

크게 놀라 주춤하는 순간 요두전이 가슴에 부딪혀 왔다. 소옥이 이를 악물고 몸을 틀며 표두격(豹頭擊)의 요령으로 힘껏 검을 내려쳤다. 검수(劍首)가 급히 떨어져 그것의 머리를 쳤다. 다급한 중에 자신도 모르게 유룡검법(遊龍劍法)상의 구명절초(求命絶招)인 교하포룡(橋下捕龍)의 수법을 펼친 것이다.

팍―!

소옥의 검수에 얻어맞은 요두전이 힘을 잃고 떨어지며 폭발하듯 두갑(頭匣)이 부서져 나갔다. 계란이 바위에 부딪쳐 깨지는 듯한 형상이었는데, 그러자 그 안에서 수십 개의 우모강침(牛毛鋼針)이 우산처럼 활짝 펼쳐지며 쏟아져 나왔다. 하나같이 끝에 사독(蛇毒)을 바른 악독한 것이었다.

"아!"

소옥이 비명을 터뜨렸다. 암수가 숨겨져 있으리라고 짐작은 했지만 이처럼 지독한 것일 줄은 미처 생각하지 못했던 것이다.

다급히 숨을 멈추고 유룡신공을 한껏 불러일으킨 그녀가 부풀린 옷소매로 얼굴을 가린 채 다시 한 번 구명절초 중 하나인 용기화무(龍氣化霧)의 수법을 떨쳤다. 갑자기 그녀의 검봉이 천 개, 만 개로 쪼개진 듯했다. 그것에서 쏟아져 나온 검기가 은막을 두른 듯 사방을 감싸고 회오리쳐 돌았다.

천하제일의 검법이라고 자부하는 유룡검법 중에서도 절체절명의 순간에 스스로를 지키기 위해 만들어진 정교한 검초였다. 그것이 한번 펼쳐지자 소옥은 마치 한 겹 은의 장막을 두르고 그 속에 숨어버린 듯했다. 바람 한 올도 빠져나가지 못할 엄밀한 검막(劍幕)이 강침들을 말아 올렸다.

쨍, 쨍, 쨍, 쨍―!

작고 날카로운 쇳소리가 마치 유지(油紙) 위에 빗방울이 떨어지는 것처럼 한동안 요란하게 터져 나왔다. 사방으로 퉁겨져 나가는 강침들이 햇빛을 받아 반짝였다.

눈 깜짝할 사이에 벌어진 그 일에 사람들은 넋이 빠지고 말았다. 그러나 가장 크게 놀란 사람은 공손표였다. 원래 시커멓던 얼굴빛이 죽은 자처럼 변색된 채 몸마저 지나친 놀람으로 뻣뻣하게 굳어버렸는지 멍하니 서 있기만 했다. 그런 공손표의 눈앞으로 소옥의 창백한 얼굴이 갑자기 부딪칠 듯 다가들었다.

"죽엇!"

앙칼진 외침과 함께 그녀의 검이 곧장 목덜미를 노리고 떨어졌다. 씽, 하는 휘파람 소리가 문득 공손표의 정신을 두드려 깨웠다.

"어억!"

크게 놀란 그가 본능적으로 넘어질 듯 물러서며 강궁을 휘둘러 소옥의 얼굴을 때렸다.

"악!"

당황한 비명은 소옥의 입에서도 동시에 터져 나왔다. 막 공손표의 목을 쳐버리려는 순간 갑자기 내력이 끊기면서 제멋대로 치받쳐 오르는 진기로 인해 가슴이 꽉 막혀왔던 것이다. 검을 쥔 손에 힘을 잃어버리고 주춤하는데 공손표의 강궁이 얼굴에 와 닿았다. 그 순간 소옥이 필사적인 힘을 기울여 할 수 있는 일이라고는 가까스로 얼굴을 돌리는 것뿐이었다.

펵—!

둔탁한 소리가 그녀의 머리에서 터져 나왔다. 그리고 아득한 충격과 함께 선연한 선혈이 뿜어져 나왔다. 한쪽 머리가 깨져 버린 채 소옥은 갑자기 끈을 잃어버린 허수아비처럼 앞으로 푹 고꾸라져 버리고 말았다.

'벌써 세 번째 나타나는 현상이야……'

까마득히 멀어져 가는 의식의 끈을 놓는 그녀의 머리 속에 설핏 그런 생각이 스쳐 지나갔다. 유룡검법을 펼쳐 적을 상대하기만 하면 결정적일 때마다 일어나곤 하는 기이한 현상이었던 것이다.

첫 번째는 남창부중에서 동창의 창위를 죽이려 했을 때였고, 두 번째는 우가촌의 장원에서 첩영(疊瑛)의 사부인 화운금검(火雲金劍) 정현사태(精玄師太)와 격렬하게 부딪쳤을 때였다. 그리고 다시 공손표를 죽이려 하자 기혈이 갑자기 막혀 버리는 똑같은 일이 되풀이된 것이다.

'왜……?'

잠깐 그런 의문을 품었을 뿐, 소옥은 이내 의식을 잃고 깜깜한 어둠의 나락 속으로 한없이 추락해 갔다.

제3장

애증험로(愛憎險路)

애증험로(愛憎險路)

"저런 개자식이 내 계집을!"

처음부터 끝까지 그 모든 것을 지켜보고 있던 남궁적이 벌떡 일어섰다. 한쪽 머리에서 붉은 선혈을 내뿜으며 소옥이 넘어져 갈 때였다.

놀란 공손표가 수하들을 돌아볼 새도 없이 무작정 돌아서 도망쳐 오는 것이 보였다. 멀리서도 그의 얼굴에 떠올라 있는 공포가 똑똑히 보였다. 그는 자신이 산 것인지 죽은 것인지도 알아볼 정신이 없는 모양이었다. 어디인지도 모르고 남궁적을 향해 똑바로 달려오고 있었던 것이다. 울창한 숲의 잔가지들이 얼굴을 할퀴고 몸을 때리는 것조차 느끼지 못하는 듯했다.

"대형, 어쩌려고……?"

말리는 무명자의 손을 거칠게 뿌리친 남궁적이 칼을 굳게 움켜쥐고 공손표를 향해 마주 달려나갔다.

“비켜!”

공손표가 초점이 없는 시선을 남궁적 너머로 던진 채 비명처럼 외쳤다. 정신이 혼미한 중에도 곧 부딪칠 듯 마주 달려오는 남궁적의 살기를 느낀 것이다.

“어디 죽어봐!”

남궁적이 무지막지하게 휘둘러 오는 공손표의 강궁을 한쪽 어깨에 실어 흘려 버리며 이를 부드득 갈았다.

씨이잉—!

그의 번쩍이는 칼이 소옥의 검을 대신하여 낙뢰처럼 떨어졌다.

퍽—!

이번에는 공손표의 정수리에서 둔탁한 기음이 터져 나왔다. 정수리를 쪼개고 이마 아래까지 내려와 박혀 버린 칼을 놓은 채 남궁적이 공손표의 가슴을 걷어찼다. 커다란 통나무가 넘어가듯 공손표의 거구가 맥을 잃고 땅에 떨어졌다.

“뭐? 뇌음신궁이라고? 개자식, 순 허풍이었어!”

퉤, 하고 침을 뱉은 남궁적이 그의 얼굴을 흙 묻은 발로 짓밟고 정수리에 박혀 있는 칼을 뽑아냈다. 성큼 공손표의 목을 잘라 허리띠에 매단 그가 넋을 잃은 채 바라보고 있는 수하들을 돌아보았다.

“한 놈도 살려두지 마라! 다 죽여 버려!”

악을 쓰듯 외친 남궁적이 피가 뚝뚝 떨어지는 칼을 휘두르며 곧장 뛰어나갔다. 야수의 부르짖음 같은 괴성이 그의 입에서 터져 나오고 있었다. 그 뒤를 무명자가 창백하게 질린 얼굴을 한 채 따랐고, 비로소 정신을 차린 수하들이 와! 하고 고함을 지르며 일제히 숨어 있던 숲을 박차고 뛰기 시작했다.

"저런!"

잠깐 사이에 소옥이 보여준 놀라운 운신과 검격에 취해 눈앞의 상필지마저 잊고 멍해 있던 염왕자(閻王者) 모상휘(摸常輝)가 경악의 외침을 터뜨렸다.

"저, 저런 백정 같은 놈들!"

유명노괴(幽冥老怪) 장두서(張斗徐)와 단혼추(斷魂鎚) 광량(廣量) 또한 갑자기 펼쳐진 어이없는 광경에 넋을 잃은 채 멍하니 서서 혀를 내둘렀다.

숲에서 뛰어나온 남궁적의 칼에 벌써 네 명의 장한들이 찍혀 쓰러지고 있었다. 그의 칼은 무지막지하기가 소를 때려잡는 백정의 쇠망치와 다를 바가 없어 보였다. 닥치는 대로 찍어대고 후려치는데, 칼빛이 번쩍일 때마다 여지없이 비명과 선혈이 튀었다.

잠깐 사이에 하늘같이 믿었던 문주를 잃은 초양문(硝陽門)의 문도들은 정신을 추스르기도 전에 악귀처럼 닥쳐 든 남궁적의 칼 앞에서 또 한 번 혼비백산하고 말았다. 전열을 정비하고 대책을 세울 최소한의 여유도 가질 수가 없었다.

문득 정신을 차리자 어느새 네 명의 문도가 잔인한 칼에 찍혀 쓰러졌고, 남궁적은 한줄기 매서운 바람처럼 거칠 것 없이 그들 한가운데를 뚫고 나가 버렸다. 그리고 다시 선불 맞은 멧돼지처럼 앞뒤없이 달려나온 삼십여 명의 건달패들에게 무참하게 짓밟혀야 했다.

처절한 비명과 고함 소리가 아침 햇빛을 받아 청명하게 빛나는 유월의 들판을 가득 메웠다. 한 무더기가 되어 구르듯 뛰어든 자들이 산지사방으로 흩어져 나가며 닥치는 대로 도검을 휘둘렀다.

이미 전의(戰意)를 잃은 초양문의 수하들은 변변히 대항 한번 해볼
수가 없었다. 그들의 주검이 발 아래 쌓였다. 그러면 그것을 짓밟고 뛰
어오르며 휘둘러 대는 자들의 도검은 어느새 혈도(血刀)요, 혈검(血劍)
으로 변해 있었다.

"이놈, 게 서라!"

곧장 소옥에게로 달려가는 남궁적을 본 유명노괴 장두서가 버럭 고
함을 지르고 마주 달려나갔다. 그가 소옥과 가장 가까운 곳에 있었던
것이다.

"저 늙은이의 목을 쳐버려! 모조리 다 죽여 버린다!"

남궁적이 뒤를 돌아보고 쉰 목소리로 외쳤다. 그의 외눈이 광기(狂
氣)에 젖어 번들거리고 있었다. 그를 바짝 따르고 있던 무명자의 눈도
번쩍 하고 빛났다. 땅을 한 번 박차는 것으로 가볍게 남궁적을 뛰어넘
은 그가 장두서를 마주 보고 쏜살처럼 달려갔다.

남궁적을 바라보고 똑바로 달려오는 단혼추(斷魂鎚) 광량(廣量)의 걸
음이 나는 듯했다. 젖은 풀잎을 차며 질풍처럼 다가오는 모습이 가벼
워 보이기 짝이 없는 것이어서, 그의 뚱뚱하고 못생긴 모습과는 전혀
어울리지 않았다. 남궁적이 소옥에게 다가가는 그 잠깐의 순간에 그
또한 코앞에 닥쳐들고 있었다.

"이놈!"

광량이 눈을 부릅뜨고 소리쳤다.

"못생긴 늙은이가 감히 내 계집을 넘본단 말이냐!"

남궁적도 하나뿐인 눈을 흰 창이 드러나도록 부릅뜬 채 마주 고함쳤
다.

씨잉―!

소옥을 뛰어넘은 그의 칼이 더 떠들 것 없다는 듯 무지막지하게 광량의 정수리를 노리고 떨어져 내렸다.

"이런 후레자식 같으니. 눈깔이 하나뿐이라서 제대로 보지를 못하는 모양이구나! 감히 노부의 면전에서 지랄발광을 떨다니, 네놈의 목을 뽑아버리고 말겠다!"

그가 노기를 가득 싣고 호통 치는 동안에 남궁적의 칼은 눈부신 빛을 뿌리며 벼락처럼 다섯 번이나 떨어지고 후려쳐져 왔다. 그때마다 몸을 비끼고 주먹을 뻗어 쳐내던 광량이 더 이상 떠들 생각이 나지 않는 듯 입을 꾹 다물었다. 쭉 째진 눈이 더욱 날카롭게 번쩍이는 것이 남궁적의 사나운 기세에 적지 않게 놀란 모양이었다.

"좋다, 어린 놈. 노부의 진면목을 똑똑히 보여주마."

다시 한 번 두 손에서 경력을 뽑아내 남궁적의 칼몸을 쳐 떨어뜨린 광량이 부드득 이를 갈았다.

"네놈은 누구냐!"

호통은 건너편에서도 터져 나왔다.

유명노괴(幽冥老怪) 장두서(張斗徐)가 풍차 돌리듯 검을 휘둘러 전신을 덮어오는 검기의 그물을 떨쳐 내며 놀란 외침을 터뜨린 것이다.

그의 손에 들려 있는 삼 척의 장검이 대답을 대신해 주고 있을 뿐 무명자는 말이 없었다. 그가 검을 끌어안고 반 걸음 물러서자 연꽃처럼 활짝 펼쳐져 눈을 어지럽게 하던 검기의 그물이 씻은 듯 사라졌다.

"너, 방금 그게 무슨 수법이지?"

아직도 얼굴에서 놀람의 기색이 가시지 않은 장두서가 검을 끌어들여 가슴을 가린 채 소리쳤다. 평생을 검과 함께 살아왔고, 독한 수법과 뛰어난 검법 때문에 혈선(血仙)이라는 별호까지 얻은 그였지만 방금 전 자신을 놀라게 한 무명자의 그와 같은 검법은 처음 겪어보았던 것이다.

"나는 당신과 싸우고 싶지 않소."

무명자가 여전히 검을 품에 안은 채 노려보며 무뚝뚝하게 내뱉었다. 나서지만 않는다면 그 또한 더 이상 검을 휘두르지 않겠다는 명백한 뜻이었다. 그러나 장두서는 그만둘 수가 없었다. 해야 할 일이 눈앞에 있었고, 무명자가 보여주었던 검법에 대한 호기심을 참을 수는 더욱 없었던 것이다.

"노부는 반드시 너와 싸우고 말 테다."

이번에는 그가 먼저 미끄러지듯 다가서며 자신의 절기인 칠묘검법(七妙劍法)을 펼쳐 검기를 뿌려왔다. 한 번 손목을 털자 일곱 가지의 서로 다른 변화가 검기에 실려 눈송이가 흩날리듯 가볍고 부드럽게 다가왔다. 유심히 그것을 바라보는 무명자의 얼굴이 엄숙해졌다.

"정말 좋은 수법이오!"

가슴 앞에 밀려든 검기를 감당할 수 없다는 듯 두어 걸음을 성큼 물러선 그가 어깨를 부르르 떨며 소리쳤다. 흥, 하고 코웃음을 날린 장두서가 검봉에 더욱 내력을 실어 뿌리며 다가들었다. 한 걸음을 내딛을 때마다 검에 실려 쏟아져 오는 살기가 그만큼 짙어져 갔다. 그가 여섯 걸음을 쳐들어 왔고 일곱 걸음째를 내딛으며 마지막 변화를 쏟아놓았다.

여섯 걸음을 물러서며 지켜보고 있기만 하던 무명자가 그 마지막 검초를 두려워하듯 얼굴을 굳힌 채 안고 있던 검을 바깥으로 맹렬하게 뿌렸다.

“차합!”

단번에 온몸의 기를 뽑아내는 듯한 기합성이 터져 나왔다.

쉬잉—!

바람을 가르는 소리가 마치 대초명적(大哨鳴鏑)을 쏘아 올린 것 같았다.

굳세기 짝이 없는 한줄기의 검기가 단번에 장두서의 검격을 부수며 쳐들어갔다. 곧장 내려치고 뻗어내는 단순한 검로였지만, 그 안에 실려 있는 경력의 날카로움이 장두서를 놀라게 했다.

“으헛!”

다급한 외침을 터뜨린 장두서가 손목을 뿌려 어지럽게 검을 휘두르며 단번에 세 걸음이나 물러서고 말았다.

쨍쨍쨍쨍—!

날카로운 쇳소리가 뭉치듯 한꺼번에 요란스럽게 터져 나왔다.

“음?”

멀리서 그 소리를 듣고 고개를 돌린 염왕자(閻王者) 모상휘(摸常輝)가 의외라는 듯 고개를 갸웃했다. 그는 눈앞에 멍하니 서 있는 상필지를 보고 다시 자신을 향해 메뚜기 떼처럼 뛰어오고 있는 한 무리의 들개 같은 사내들을 바라보았다. 그의 눈썹이 잔뜩 찌푸려졌다.

“묘한 일이군.”

“과연 그렇소.”

고개를 갸웃하며 중얼거리는 모상휘의 말에 상필지가 두어 번 머리를 끄덕이고 나서 역시 중얼거리듯 대답했다.

“저자는 확실히 묘한 데가 있소.”

그가 검끝을 돌려 무명자를 가리키자 모상휘의 눈빛이 번쩍 하고 빛났다.

"아는 자냐?"

"아니, 소생도 처음 보는 자올시다. 그러니 더 묘하다는 것 아니겠소?"

"그렇군. 정말 묘한 일이야. 이 외진 곳에 장 늙은이의 상대가 될 만한 고수가 숨어 있었다니 알 수 없는 일이군."

모상휘가 턱을 쓰다듬으며 다시 눈빛에 힘을 실어 무명자를 뚫어질 듯 바라보았다. 그사이에 남궁적의 수하들이 밀물처럼 달려들어 상필지와 모상휘를 한꺼번에 에워싼 채 거친 숨을 씩씩 뱉어내고 있었다.

남궁적의 칼에는 두려움이라는 것이 처음부터 존재하지 않는 모양이었다. 그는 자신의 목숨 따위는 전혀 염두에 두지 않는 듯했다. 오직 상대를 찍고 베어버리겠다는 투지가 지나칠 정도로 넘쳐나 광량을 질리게 했다.

"정말 지독한 놈이다!"

광량이 바쁘게 몸을 흔들고 손을 내저어 그런 남궁적의 무지막지한 살도(殺刀)를 뿌리치며 머리를 설레설레 저었다. 어지간한 상대라면 칼을 맞대보기도 전에 그런 저돌적인 기세에 먼저 기가 꺾여 전의(戰意)를 잃어버리고 말 것이 분명했다. 휘둘러 오는 칼에 생기라고는 조금도 없고 오직 살기와 독기만이 가득한 그런 도법이란 전장(戰場)에서나 찾아볼 수 있을 뿐, 강호의 도객(刀客)들에게는 어울리지 않는 무지함이기도 했다.

"음? 늙은이가 대단하군."

여전히 눈에 보이지도 않을 만한 빠르기로 어지럽게 칼을 휘둘러 짓쳐 들어가던 남궁적이 그렇게 감탄성을 터뜨렸다. 살기 가득한 풍우뇌벽(風雨雷霹)의 수법 앞에서 이처럼 맨몸으로 여유있게 운신하는 상대를 아직 겪어보지 못했던 것이다.

'속전속결뿐이다!'

남궁적은 부드득 이를 갈며 그렇게 다짐했다. 이와 같은 상대라면 수법이 많아지고 시간이 지날수록 자신에게 불리할 뿐임을 그는 잘 알고 있었다. 폭풍처럼 몰아쳐 정신을 빼놓고 그 틈에 승리를 취하거나, 안 되면 달아나야 하는 것이다. 이런 상대가 정신을 차리고 차근차근 기선을 잡아온다면 열이면 열 감당할 수 없었다.

칼을 쥔 손에 더욱 힘을 가한 남궁적이 이제는 몸으로도 광량을 눌러 버리겠다는 듯 급하게 몰아쳤다. 벌써 수십 번도 넘게 헛칼질을 하고 있으면서도 그의 힘은 조금도 줄어들지 않았다. 오히려 싸우면 싸울수록 더욱 힘이 넘쳐 나고 정신이 맑아지는 것 같았다.

"허……!"

두 손에 모아둔 경력을 사납게 내뻗어 어지럽게 떨어지는 칼을 쳐내면서 광량이 다시 한 번 탄성을 흘렸다. 오직 죽이고 말겠다는 외길을 치닫고 있을 뿐인 그의 무모함에 감탄했다가 이제는 짜증이 났다. 이놈의 독하기는 결코 자신의 아래가 아니라고 여기자 마음속에서 살기가 폭발하듯 솟구쳐 올랐다.

"오냐, 죽기가 그렇게 소원이라면 들어주지."

따당—!

손목을 떨치고 손가락을 활짝 펼쳐 강맹한 지력을 퉁겨내자 그것에 맞은 남궁적의 칼이 크게 흔들렸다. 재빨리 자신의 칼을 훑어본 남궁적이 충혈된 눈을 부릅떴다. 칼몸에 세 개의 손가락 자국이 찍어낸 듯 박혀 있었던 것이다.

그가 놀라 주춤하는 사이에 광량은 어느덧 품 안에서 자신의 애병(愛兵)인 유성추(流星鎚)를 꺼내 들고 있었다. 그를 단혼추(斷魂鎚)라고 불리게 한 바로 그 물건이었다. 짧은 손잡이에 다섯 자 가량의 가느다란 철삭(鐵索)이 붙어 있었고 그 끝에는 주먹만한 철구(鐵球)가 달려 있었다. 철구를 감싸듯 빽빽이 돋아나 있는 작은 철침(鐵針)들이 흉악스러워 보였다.

접혀 있던 줄을 풀어든 광량이 그것을 허공에 휘둘렀다. 붕붕거리는 소리가 우레 소리처럼 머리 위에서 떠돌았다.

"치잇!"

상대에게 기회를 주고 말았다는 생각에 분한 기운이 뻗쳤다. 남궁적이 칼을 머리 위로 높이 들어 올린 채 벌판이 떠나갈 듯한 고함을 내질렀다.

"우아압!"

짧고 충만한 힘이 실려 있는 그 고함 소리는 단번에 상대의 기를 꺾어놓을 만큼 위협적이었다.

'이놈이?'

광량은 그가 전력을 다해 마지막 공격을 하려 한다는 것을 알았다. 위협적으로 돌려대던 유성추의 줄을 완전히 풀어 들고 더욱 크게 원을 그리며 휘둘러 그의 공격을 기다렸다. 단번에 머리통을 부숴 버리거나, 내려쳐 오는 칼을 감아 돌려 버릴 작정이었다.

눈을 부릅뜨고 두어 걸음을 재빨리 다가서던 남궁적이 갑자기 휙, 소리가 날 만큼 빠르게 몸을 돌리더니 그대로 뒤를 보이고 달아나기 시작했다.

"어?"

그 뜻밖의 일에 광량은 잠시 어리둥절하여 쫓아가야 한다는 생각마저 잊었다.

"하하, 못생긴 늙은이, 오늘은 시간이 없으니 다음에 다시 겨루어보자. 그때는 끝장을 봐야 할걸?"

한 팔로 성큼 소옥을 감아 올려 옆구리에 긴 남궁적이 그대로 땅을 박차고 날듯이 숲을 향해 뛰어갔다.

"저, 저런 쳐 죽일 놈!"

발을 동동 구르던 광량이 남궁적이 사라진 곳을 바라보고 비로소 몸을 날렸다.

"엇?"

놀람의 외침은 염왕자(閻王者) 모상휘(摸常輝)와 유명노괴(幽冥老怪) 장두서(張斗徐)에게서도 동시에 터져 나왔다. 그들은 각기 벌 떼처럼 달려든 남궁적의 수하들과 무명자를 맞아 싸우는 한편 광량과 남궁적의 겨룸을 예의 주시하고 있었던 것이다.

"저런 여우 같은 놈이!"

그중 가까운 곳에 있던 장두서가 여태까지의 자세를 버리고 힘을 다해 일검을 쳐냈다. 검끝에서 일어난 창백한 검기가 살아 있는 것처럼 무명자를 감싸고 조여들었다. 단번에 살과 뼈가 산산이 조각나 흩어질 것만 같은 싸늘함이 등골을 시리게 했다.

"음……!"

처음으로 무명자의 어금니 사이에서 시린 신음이 흘러나왔다. 그는 눈앞의 노인이 여태까지 전력을 다하지 않은 채 자신의 검법을 훔쳐보는 데에만 열심이었다는 것을 깨달았다. 그 일격은 과연 노인이 자신의 진면목을 여실히 보여주는 참된 솜씨였다.

그러나 감탄만 하고 있을 수는 없었다. 싸늘한 검기가 이미 살갖을 아리게 하며 파고들고 있었던 것이다.

"에잇!"

무명자의 입에서 날카로운 고함이 터져 나왔다. 그가 정신없이 물러서며 난주호격(亂走互擊)의 수법으로 맹렬하게 검을 휘둘렀다.

창창창―!

맑은 검명이 진저리를 치듯 연이어 터져 나왔다. 미친 듯 쫓아 들어오고 있는 장두서나, 역시 바람에 날리듯 정신없이 물러서고 있는 무명자의 신법이 다급한 중에도 매끄럽고 우아하기 짝이 없었다. 그들이 춤을 추듯 검을 휘둘러 서로 치고 받자 사나운 기세 속에 절로 부드럽고 고상한 기품이 우러났다. 늙고 젊은 두 사람이었지만 그들은 모두 명가의 검법을 물려받아 더욱 높인 게 분명했다.

살기가 중첩되는 중에도 내뻗고 휘두르며 찌르는 것이 법도에 맞았고, 공격하고 받아내는 것이 한 점의 흠도 없이 깨끗했다.

"대단한 자였군!"

장두서가 자신도 모르게 도도한 흥에 사로잡혀 소리쳤다. 중원에 들어와서 이날까지 이처럼 통쾌하고 멋진 싸움을 해보지 못했던 것이다. 성도 이름도 알지 못하는 눈앞의 젊은 검객에 대한 적의와 사랑이 동시에 솟구쳤다.

"선배, 역시 과연 최고요!"

연신 물러서면서도 무명자 또한 흥을 이기지 못하고 마주 소리쳤다. 그는 자신이 실로 얼마 만에 이처럼 통쾌하게 검을 휘둘러 보는 건지 모른다고 생각했다. 그러자 뜨거운 감회와 감격이 솟구쳐 올라와 절로 목이 메어왔다. 이와 같이 통쾌한 강호에서의 삶을 스스로 저버린 채 두엄자리에 뒹구는 구더기처럼 그렇게 되는대로 살아온 지난 세월에 대한 안타까움이 문득 가슴을 메어왔던 것이다.

그사이에 남궁적의 모습은 이미 시야에서 사라져 보이지 않았고, 그의 뒤를 쫓아 달려가고 있는 광량의 허둥대는 모습이 보였다.

"실례하오, 노선배!"

그것을 본 무명자가 힘껏 검을 내뻗어 장두서의 날카로운 검봉을 밀어내고 몸을 돌렸다.

"이놈! 이름이라도 남기고 가라!"

검봉에 실려 밀려오는 무명자의 굳세고 커다란 기운에 잠시 주춤했던 장두서가 그를 따라 몸을 날리며 그렇게 소리쳤다. 그러나 그때 무명자는 이미 광량의 곁을 달리고 있었다. 번쩍 하는 사이에 이십여 장을 단번에 접어가 광량에게 달려드는 그의 신법이 검법 못지 않게 장두서를 놀라게 했다.

"선배는 가지 못하오!"

무명자가 검을 휘둘러 힘껏 쳐가며 경고를 하듯 그렇게 소리쳤다. 나란히 달리며 힐끗 바라본 광량이 홍, 하고 코웃음을 쳤다.

"내가 가고 싶으면 가고 서고 싶으면 서는 게지 네놈이 감히 이래라 저래라 한단 말이냐?"

그가 유성추의 철삭(鐵索)을 반으로 접어 쥐고 그것으로 무명자의 검을 받아냈다. 쨍, 하는 맑은 울림이 두 사람의 귀를 찔렀다. 전력을 다해 달리면서도 힘을 나누어 무명자의 검을 묶어오는 광량의 솜씨가 또한 보기 드문 것이었다.

"헛!"

놀란 무명자가 검을 빼내며 왼손을 힘껏 뻗어 광량의 턱을 쳤다.

"이놈이 감히 늙은이를 치려고? 알고 보니 후레자식이었구나!"

광량이 걸음을 멈추고 우뚝 서서 눈을 부라리며 호통을 쳤다. 이렇게 두어 번 방해를 받는 동안에 그만 남궁적의 기척을 놓쳐 버린 것이다.

"미안하오, 하지만 욕을 먹어도 할 수 없소!"

무명자가 앞을 가로막고 달려들며 한꺼번에 세 번의 검격을 쏟아냈다. 윙윙거리는 파공성이 광량의 머리카락을 올올이 곤두서게 했다. 한껏 분노한 광량이 유성추의 자루를 뻗어 가까이 다가든 검봉을 쳐내며 손목을 가볍게 비틀었다. 그러자 철삭이 허공에서 살아 있는 것처럼 꿈틀거리며 맴돌아 무명자의 목을 감아왔다. 그 끝에 매달려 있는 유성추도 단번에 뒤통수를 뚫고 틀어박힐 듯 쏟아져 들어왔다.

단번에 세 가지의 공수를 겸한 교묘한 수법을 본 무명자가 허! 하고 감탄성을 발하며 허리를 숙이고 구르듯 일 장을 뛰어 물러섰다.

힐끗 뒤를 바라본 그의 눈에 놀란 메뚜기 떼처럼 산지사방으로 흩어져 달아나고 있는 남창부의 건달패들이 보였다. 여태까지 염왕자 모상휘를 에워싸고 시끄럽게 소리 질러대며 살기등등하게 기세를 올려대던 자들이 남궁적이 달아난 것과 함께 일제히 도주하기 시작했던 것이다.

그들의 허장성세에 잠시 정신이 혼란해져서 멍하니 있던 모상휘가 비로소 속았다는 것을 알고 버럭 소리쳤다.

"이런 쥐새끼 같은 것들이 있나! 게 섰지 못하겠느냐!"

그러나 그 말을 듣고 멈추어 서 있을 멍청한 자는 아무도 없었다. 각기 흩어져 서로 다른 방향을 바라보고 콩 튀듯 튀어 달아나는 者들을 보던 모상휘가 쯧쯧 혀를 찼다. 대체 어느 놈을 쫓아가야 할지 언뜻 판단이 서지 않았던 것이다. 그러는 사이에 삼십여 명이나 되던 자들이 씻은 듯 멀리 사라져 무성한 잡풀들 속으로 숨어버렸다.

"그럼 나도 이만 실례하오!"

검을 거두어들인 무명자가 한 번 고개를 숙여 보이고는 뒤도 돌아보지 않고 달아나기 시작했다. 한 번 땅을 찍을 때마다 두어 장씩 쭉쭉 뻗어 나가더니 숨을 한 번 바꾸어 쉬었을 때는 그 모습마저 숲 속으로 사라져 보이지 않게 되었다.

"허, 정말 날랜 족제비 같은 놈일세그려. 달아나는 재주 하나는 둘째 가라면 서러워하겠군."

혀를 차는 광량 곁에 비로소 내려선 장두서가 분한 숨을 씩씩거리며 허공에 대고 주먹질을 해댔다.

"이놈아, 다음에 다시 만나면 반드시 결판을 내자!"

＊　　　＊　　　＊

"허, 우리들 귀수삼선이 이 나이에 이런 낭패를 당하게 될 줄 그 누가 알았으리요."

다시 모인 세 노인들의 얼굴에 실망이 가득했다. 이제는 완연히 밝아진 하늘을 바라보며 탄식하는 모상휘를 따라 광량이 풀 죽은 음성으로 중얼거렸다.

"세월 앞에 장사 없다더니 이제 우리도 늙은 모양이다."

말을 해놓고 나니 문득 속이 더 상하는 모양이었다. 그가 하늘을 향해 들려 있는 코를 벌름거리며 싸늘한 눈으로 모상휘를 노려보았다.

"망할 놈의 늙은이야, 그러게 내가 그때 뭐랬어? 이쯤 했으면 중원 유람도 실컷 했으니 다 그만두고 고향으로 돌아가자고 했지? 내 말을 듣지 않고 고집 부리더니 흥, 꼴 좋다!"

모상휘가 머쓱해진 얼굴로 혀를 찼다. 광량의 매서운 눈길을 슬그머니 외면하는 그의 얼굴에 씁쓸한 기색이 가득했다.

"어떻게 오랜만에 만난 그의 부탁을 모질게 뿌리칠 수 있겠느냐?"

"제기랄, 그러게 우리가 애초에 그 성질 고약한 늙은 놈과 인연을 맺는 게 아니었단 말이다!"

광량이 여전히 모상휘를 쏘아보며 다그쳤다.

"제기랄, 다 쓸데없다. 그만 육반산(六盤山)으로 돌아가자. 거기서 우리도 쓸 만한 놈을 골라 제자로 삼고 이제는 그놈 가르치는 재미로 여생을 보내자."

장두서가 길게 한숨을 쉬고 나서 역시 풀 죽은 얼굴로 그렇게 중얼거렸다. 무명자와의 일전을 치르고 나자 한껏 오만하던 기세가 많이 꺾인 모양이었다. 모상휘의 낯빛이 어두워졌다. 그가 역시 한숨을 쉬고 나서 머리를 저었다.

"이대로 육반산으로 돌아가 버리면 그놈이 찾아와 있는 대로 성질을 부리면서 또 한 번 음풍곡(陰風谷)을 뒤집어놓을 텐데 그건 어떻게 할 셈이냐?"

"음, 염병할 놈……."

역시 그것이 마음에 걸리는 듯 광량이 가뜩이나 흉하게 생긴 얼굴을 더욱 흉하게 일그러뜨리고 욕설을 내뱉었다.

한쪽에서 그들의 말을 가만히 듣고 있던 상필지는 고개를 갸웃했다. 북방에서 악명 높은 늙은 괴물들이 누군가의 부탁을 받고 이 일에 끼어들었다는 것이 믿어지지 않았던 것이다. 그러자 세상에 누가 있어서 말이 좋아 삼선(三仙)이지, 실은 삼귀(三鬼)라고 해야 마땅할 저 세 늙은이를 부려먹을 수 있는 건지 궁금하기 짝이 없었다.

"소생이 한말씀 드리고 싶은데 괜찮겠습니까?"

"어? 아니, 너 어린것은 아직 혼이 덜 났단 말이냐? 다른 놈들은 죄다 꽁무니를 빼고 말았는데 어째서 너는 아직 거기 있었던 거지?"

아래위로 상필지를 훑어보며 의아해하던 광랑이 쩝, 하고 입맛을 다시고 나서 모상휘와 장두서를 돌아보았다.

"저 어린 놈이 아무래도 우리를 사부로 모시고 싶은 모양이다. 한번 겪어보더니 화산의 그 잘난 검법보다는 우리 음풍곡의 절학이 더 마음에 드는 모양이지?"

광랑의 말을 들은 모상휘와 장두서가 뚫어질 듯 상필지를 바라보았다. 상필지는 어이가 없었다.

'아무려면 내가 강호에 그 이름도 높은 화산 문하를 버리고 너희들 세 괴물에게 구 배(九拜)를 올리겠느냐? 흥, 죽었다 깨어나도 그런 일은 없을 거다.'

내심 광랑의 엉뚱함을 욕하면서도 감히 얼굴에 그것을 담아 보일 수는 없었다. 상필지가 더욱 공손한 표정으로 다시 말했다.

"소생으로서는 감당할 수 없소이다. 강호에는 인재가 많으니 조금 더 찾아보면 소생보다 열 배는 더 뛰어난 후인을 만날 수 있을 것이요."

"됐다. 열 배도 필요없고, 노부는 너만한 놈이면 족하다."

딱 잘라 말한 광량이 그렇게 결정되었다는 듯 얼굴마저 엄숙하게 한 채 연신 머리를 끄덕였다.

"나이가 좀 많기는 하지만 정해량에게 제대로 배워 기초가 착실하니 별로 문제될 것은 없지."

장두서도 구미가 당긴다는 듯 다시 한 번 상필지를 위아래로 훑어보며 머리를 끄덕였다.

정해량(鄭海亮)은 당금 화산파의 장문인으로서 도호(道號)를 묵양자(默陽子)라고 했다. 그는 구파일방의 존장 중 한 명으로 무림인들의 존경을 받는 동시에 매화신검(梅花神劍)으로 이름이 높은 검법의 일대종사이기도 했다. 그는 또한 상필지의 사부이기도 했는데, 상필지는 장두서가 감히 사부의 함자를 입에 올리면서도 조금도 공경하는 기색이 없자 은근히 노기가 치밀어 올랐다.

"아니올시다. 사부님의 검법은 그 뿌리가 깊고 도리가 무궁하여 소생은 단지 열에 하나를 배워 익혔을 뿐인데도 오늘날 강호의 동도들이 남면옥호(南面玉豪)라는 아름다운 명호를 붙여주었소이다. 소생이 일생 동안 과연 사부님의 검법을 다섯만큼이라도 배울 수 있을지 의심스러운데 다른 절학은 욕심내 무엇하겠소? 그러니 세 분 노선배께서는 일찌감치 포기하는 게 나을 것 같소이다."

"음?"

모상휘가 눈을 부릅떴다. 상필지의 말속에 은근히 자신들을 비웃는 기색이 있었던 것이다.

"네 사부가 그렇게 뛰어나다니 그럼 노부가 반드시 시험해 보아야겠구나!"

"아서라. 검법이 그 정도로 고명하다면 내가 시험해 봐야지."

장두서가 모상휘의 말을 가로막고 나섰다. 그것을 본 상필지의 마음이 착잡해졌다. 혹 떼려다가 혹 하나를 더 붙인 격이 되고 말았다고 그는 속으로 투덜거렸다. 이 늙은 괴물들이 정말 화산으로 찾아가 사부님을 괴롭게 한다면 그건 모두 자신의 말 때문이라고 해야 할 것이었다. 나중에 사부님의 꾸지람을 들을 생각에 벌써부터 눈앞이 캄캄해졌다.

"아니올시다. 세 분 노선배의 절기는 이미 후배가 충분히 보고 느꼈소이다. 과연 무림에서 당할 자가 흔치 않을 만큼 고명한데 굳이 다른 사람과 비교할 필요가 있겠습니까?"

한껏 추켜주었지만 이미 구부러진 그들의 마음을 바로 펴기에는 부족한 모양이었다.

"긴말할 것 없다. 우선 화산으로 가서 과연 누가 더 고수인지 따져 보자. 그런 다음에 네놈은 우리를 따라 음풍곡으로 가는 거다."

광랑이 이미 결정되었다는 듯 단호히 말하면서 슬그머니 손을 뻗어 상필지를 잡아왔다. 깜짝 놀란 상필지가 두 팔을 어지럽게 휘저으며 뿌리치려 했으나 척추 아래쪽이 갑자기 뜨끔해지더니 상체가 뻣뻣하게 굳어버렸다.

뒤에서 슬그머니 한 가닥 지력을 날려 상필지의 장문혈(章門穴)을 점해 버린 장두서가 껄껄 웃었다.

"어린것들은 꼭 매를 맞아야만 말을 듣는단 말이야?"

상필지의 손목을 꽉 붙잡은 광랑도 조금 전까지의 시름을 어느새 잊었는지 깔깔거리며 웃어댔다.

"잘되었다, 잘되었어. 화산파의 그 정 뭐라는 늙은 도사 놈에게 실컷 분풀이를 해서 기분을 풀어버리자.”

“비겁하게 뒤에서 암습하다니, 선배로서 부끄럽지도 않소?”

상필지가 분함을 참지 못하고 악을 썼으나 소용이 없었다.

“히히…… 미리 방비하지 못한 네놈 잘못이다. 칼이 언제 눈앞에서만 떨어진다던? 네 사부 늙은이는 강호에 나가면 제일 조심해야 할 게 암습(暗襲)이요, 암계(暗計)라는 것도 가르쳐 주지 않더냐?”

이건 확실히 상대의 비열함을 탓하기에 앞서 자신의 부주의했음을 먼저 뉘우쳐야 할 일이었다. 상필지는 이 늙은이들을 부린 사람이 누군지 알아보고자 했는데 일이 이처럼 엉뚱하게 꼬이고 만 것을 한탄했다.

“좋소. 하지만 노선배들은 신의도 없는 사람들이오.”

“어째서?”

그의 이번 말에는 뜨끔했던지 광량이 빤히 바라보며 물었다.

“누군가의 부탁을 받았으면서 그 일을 해주지는 않고 엉뚱한 생각이나 하고 있으니 그게 신의있는 사내가 할 짓이요?”

그 말을 들은 광량이 얼굴을 벌겋게 달군 채 씩씩거렸다. 수다스러운 그였지만 금방 대꾸할 말을 찾을 수 없는 모양이었다.

“저 아이의 말이 맞다. 우리는 아직 이 일을 해결하지 못했다.”

모상휘가 눈살을 찌푸린 채 퉁명하게 말했다.

“신경 쓸 것 없어!”

한동안 씩씩거리고 있던 광량이 빽 소리를 질렀다.

“언제라도 그 늙고 추악한 놈에게 계집을 데려다 주면 그만 아니냐? 당장 우리 삼선(三仙)의 체면이 걸려 있는데 그깟 일이 문제냐?”

“음…….”

그 말을 들은 모상휘가 침음성을 발하고 쓴 입맛을 다셨다. 눈앞에서 소옥을 빼앗겨 버렸으니 그로서도 할 말은 없었다. 이대로 돌아가 사실대로 말하기가 차마 못할 일인데 어쨌든 핑곗거리가 생긴 것이다. 당분간은 그 고약한 친구를 피해 다닐 구실이 생겼으니 다행인지도 몰랐다.

장두서와 광량 또한 그것을 염두에 두고 저처럼 생떼를 쓰고 있다는 것을 잘 알았다. 여기서 화산까지는 이천 리가 넘는 길이니 그 늙은 중놈이 그곳까지 쫓아오려면 꽤 시간이 걸릴 것이었다.

"좋다. 그럼 가자."

모상휘가 성큼성큼 앞서 걷기 시작했다.

*　　　*　　　*

"가서 물 좀 떠와봐라."

물끄러미 소옥을 바라보고 있던 남궁적이 손을 내저으며 말했다. 뒤에서 눈치만 보고 있던 자들 중 한 명이 재빨리 동굴 밖으로 달려나갔다.

"이봐, 이 계집이 죽는 건 아닐까?"

이번에는 무명자를 돌아보며 물었다. 음, 하고 대답한 무명자가 다가와 소옥 곁에 쪼그리고 앉아 그녀를 물끄러미 내려다보았다.

소옥의 얼굴은 온통 피투성이였다. 한쪽 머리가 깨져 그곳에서 흘러내린 피가 그녀의 얼굴을 적셔놓고 있었던 것이다. 이제 피는 멎어 있었지만 그 모습이 끔찍해 보였다. 아직도 의식을 찾지 못하고 있는 소옥을 한동안 바라보던 무명자가 고개를 갸웃했다.

"왜 갑자기 그놈의 활대에 머리를 부딪친 건지 모르겠소."

그렇게 생각할 수밖에 없었다. 소옥은 충분히 공손표의 활대를 피할 수 있었고, 오히려 단번에 그자의 가슴을 꿰뚫어 버릴 수 있었다. 그녀의 눈부신 몸놀림과 신랄한 검세 앞에 공손표는 반쯤 얼이 빠져 있었던 것이다.

그런데 그녀가 갑자기 맥을 잃어버렸다. 그리고 겁에 질려 아무렇게나 휘두르는 공손표의 활대에 스스로 머리를 부딪쳤다. 그렇게 생각할 수밖에 없는 어이없는 결과였던 것이다. 이건 이해할 수 없는 일이었다.

"그건 나중에 알아보고 우선 좀 깨어나게 해봐!"

무명자가 남궁적의 짜증 섞인 재촉을 흘려들으며 그녀의 손목을 쥐고 지그시 눈을 감았다.

의술에 정통하지 않은 자라도 기공을 익힌 고수라면 기의 흐름과 상태를 맥을 통해 알아보고 그것으로 내상의 경중을 가려볼 수 있는 법이다. 한동안 그녀의 상세를 살펴보던 무명자의 얼굴빛이 점점 흐려져 갔다. 곁에서 지켜보고 있던 남궁적이 조바심을 냈다.

"뭐야? 어떻게 된 거야? 죽는 건가?"

"아니, 그렇지는 않을 것 같소."

여전히 알 수 없다는 얼굴로 소옥의 손목을 놓고 일어선 무명자가 멍하니 동굴 천장을 바라본 채 웅얼거렸다.

"하지만 이건 정말 이상하군. 어째서 그렇게 거대한 기운이 몸 안에 들어 있는 걸까? 그것이 제멋대로 날뛰어 본래의 기혈을 마구 뒤엉켜 놓았다. 그러면서도 경락을 손상시키지 않고 오히려 점차 자리를 잡아가고 있는 것 같으니 이건 또 어떻게 된 조화지?"

“뭐가 그렇게 어려워? 저리 비켜봐!”

무명자의 중얼거림을 들으며 잔뜩 이맛살을 찌푸리고 있던 남궁적이 그를 밀치고 나섰다.

“쳇, 이렇게 피를 뒤집어쓰고 있으니 꼭 나찰(羅刹)의 상호로군. 아무리 내 계집이라지만 이래서는 곤란해. 어디 품을 맛이 나겠어?”

혀를 차던 그가 무명자를 돌아보고 확인하듯 다시 물었다.

“그러니까 기혈이 뒤집어져서 제대로 통하지 못하고 있다 이 말이지? 게다가 설상가상으로 더 단단한 놈이 그 대가리를 꽉 누르고 있어서 숨통이 눌려 죽기 일보 직전이다 이 말 아냐? 간단히 말하면 될 걸 가지고 뭘 그렇게 어렵게 얘기하고 있어?”

“허……!”

무명자가 탄식을 하고 물러섰다. 그에게는 남궁적의 그 얼토당토않은 말이 더 어렵고 복잡해 알아듣기 힘들기만 했다.

잔뜩 인상을 쓰고 소옥을 내려다보고 있던 남궁적이 갑자기 한 발을 번쩍 들더니 힘껏 그녀의 단전을 밟았다.

“엇! 그게 무슨 짓이오!”

크게 놀란 무명자가 급히 남궁적을 잡았다.

“놓지 못해!”

어깨를 털어 손을 떨구어낸 남궁적이 사나운 눈으로 노려보았다.

“이대로 두면 어차피 뒈질 년 아냐! 내 계집을 내 방식대로 해보겠다는데 네놈이 뭔데 나서? 한 번만 더 끼어들면 네놈 먼저 죽여줄 테다!”

살기마저 띤 채 으르렁거린 남궁적이 발끝으로 옆구리를 차 소옥을 뒤집어놓았다. 그리고는 더 생각할 것도 없다는 듯 그녀의 명문을 힘껏 내려쳤다.

“윽!”

소옥의 입에서 짧은 비명이 터져 나왔다.

“봐, 깨어나잖아?”

씩 웃은 남궁적이 이제는 본격적으로 해보겠다는 듯 옷소매를 둥둥 걷어붙이고 그녀의 엉덩이를 깔고 앉았다.

퍽, 퍽, 퍽!

그의 단단한 주먹이 사정없이 소옥의 등줄기를 훑어 올라가며 바수어대기 시작했다. 그때마다 고통을 견디기 힘든 듯 소옥이 자지러지는 비명을 지르며 움찔움찔 몸을 떨었다. 남궁적의 주먹이 때려대는 횟수에 비례하여 그녀의 비명 소리가 점점 높아지더니 그의 주먹이 마지막으로 뒤통수를 갈겼을 때는 목청껏 소리를 질렀다.

“악!”

꺾일 듯 머리를 번쩍 들어 올리고 비명을 질러대던 소옥이 울컥울컥 울혈(鬱血)을 토해내기 시작했다. 바닥이 흥건히 젖을 만큼 피를 토해낸 그녀가 다시 그 피 속에 얼굴을 처박고 늘어졌다.

“이, 이건…… 아무리 무식하다고 해도 어찌 이럴 수가…… 아예 때려죽이는군!”

보다 못한 무명자가 힘껏 남궁적의 두 어깨를 붙잡고 끌어내려 할 때였다.

“그대로 둬. 무식하긴 하지만 그의 방법이 아주 틀린 게 아니다.”

차갑게 가라앉은 음성이 들려왔다. 낯선 음성이었다.

“엇?”

무명자와 남궁적이 동시에 외치고 벌떡 일어섰다.

동굴 안에는 삼십여 명의 사내들이 모여 있었지만 누구도 그가 언제 들어와 자신들 속에 끼어 있었던 건지 알지 못했다.

"웬 놈이냐!"

"수상한 놈이다!"

비로소 놀란 건달패들이 분분히 외치며 물러섰다. 그러자 사내의 모습이 확연히 드러났다. 한 손에 물이 잔뜩 담긴 가죽 부대를 들고 있었는데, 조금 전 물을 떠오라는 남궁적의 호통을 듣고 달려나갔던 자의 것이었다.

"이상한 놈이군."

남궁적이 머리를 갸웃하며 사내를 이리저리 뜯어보았다. 그 곁에서 잔뜩 경계하는 눈으로 지켜보며 검자루를 움켜쥐고 있던 무명자의 얼굴이 조금씩 창백하게 변해가기 시작했다. 그러던 어느 순간, 그가 턱을 덜덜 떨며 피가 나도록 입술을 악문 채 고개를 푹 숙이고 말았다. 사내의 눈길을 똑바로 받고 싶지 않은 모양이었다. 자신의 발끝만 내려다보는 그의 모습이 이상했지만 누구도 그것을 주의해 보는 사람은 없었다.

"뭐야? 네놈은 누구냐? 여기를 어떻게 알았지?"

남궁적이 한 걸음 썩 나서며 험악하게 인상을 썼다. 그의 손은 칼자루를 굳게 움켜쥐고 있었다. 여차하면 우르르 달려들어 단번에 두 쪽으로 내버리겠다는 위협이 고스란히 실려 있는 태도였고 말투였다.

"나는 단목기라고 한다. 그녀의 사형이지."

사내가 씩 웃으며 들고 있던 가죽 부대를 내밀었다.

"음, 그렇군. 그럼 왕팔은 어찌 되었지? 네놈이 죽였나?"

그것을 본 남궁적이 모든 사정을 알겠다는 듯 수하의 안위부터 물었다. 그에게는 사내의 정체 따위보다 그것이 더 큰 관심사인 모양이었다. 단목기의 대답 여하에 따라 칼을 뽑아 후려칠 것이라는 의도가 읽혔다.

"그자를 죽였다면 내가 이곳을 쉽게 찾아내지 못했을 테지."

그래도 믿지 못하겠다는 듯 살기와 경계심을 풀지 않고 노려보는 남궁적을 지그시 바라보던 단목기가 소리쳤다.

"데려와라!"

그 말이 끝나자 저벅거리는 발자국 소리가 동굴 안에 울리더니 세 명의 낯선 사내들이 모퉁이를 돌아 모습을 드러냈다. 앞선 자는 벽력흑모 위추경이었고 그의 뒤를 태원호와 왕추정이 따르고 있었다.

"대, 대형……."

태원호의 손에 단단히 잡혀 있는 자가 울상을 한 채 남궁적을 바라보았다. 그가 살아 있다는 것을 눈으로 확인한 남궁적이 비로소 낯빛을 풀었다.

"놔줘."

그러나 여전히 험악한 그의 말투에 위추경이 단목기의 눈치를 보았다. 단목기가 머리를 끄덕이자 태원호가 손을 놓았고, 왕팔이 그제야 안도하며 우르르 달려와 남궁적 앞에 섰다. 몸이 성한지 아닌지 알아보려는 듯 한번 그의 상태를 훑어본 남궁적이 얼굴을 일그러뜨렸다.

퍽—!

갑자기 날아든 그의 주먹에 턱을 강하게 얻어맞은 자가 얼굴을 감싸쥐고 주저앉았다.

퍽—!

다시 남궁적의 발길이 왕팔의 가슴을 걷어차 버렸다.

"병신 같은 놈! 포로가 되었으면 혀를 깨물고 뒈져 버렸어야지. 멀쩡한 몸으로 누군지도 모르는 놈들을 여기까지 끌어들여? 어디 내 손에 죽어봐라!"

그가 다시 왕팔을 사정없이 걷어차기 시작했다. 픽, 픽! 하는 소리와 비명 소리가 한데 어울려 한동안 동굴 안에 쩡쩡 울려 퍼졌다.

잠시 괴괴한 적막이 흘렀다. 남궁적의 씩씩거리는 거친 숨소리와 한 구석에 처박힌 채 끙끙거리는 왕팔의 신음 소리만이 무겁게 떠돌았다.

"사형이라고?"

저벅저벅 다가간 남궁적이 단목기의 손에서 가죽 부대를 낚아채며 물었다. 단목기가 그의 번쩍이는 외눈을 빤히 바라보았다. 그 눈빛이 서늘했다.

"기다려라."

지기 싫다는 듯 마주 노려보던 남궁적이 인상을 쓰며 그렇게 말하고 돌아섰다. 아무래도 단목기의 시선을 받아내기가 버거운 모양이었다.

가죽 부대를 들고 소옥에게 다가간 그가 다시 그녀를 뒤집어 똑바로 눕히더니 그 얼굴에 물을 부었다. 머리카락이며 볼에 말라붙어 있던 피가 씻겨 나가며 원래의 모습이 드러났다. 그녀의 창백한 볼을 썩썩 문질러 세수를 시켜준 남궁적이 그녀의 입 안에 부대를 들이밀고 물을 먹이기 시작했다.

찬물을 뒤집어쓰고 몇 모금 마시고 나자 이제 의식이 돌기 시작하는 모양이었다. 소옥의 입에서 미약한 신음이 흘러나왔다. 그러자 가죽 부대를 내던진 남궁적이 그녀의 멱살을 잡아 앉히고 투박한 손으로 철썩철썩 뺨을 때렸다.

*　　　*　　　*

　눈앞에 빙글빙글 웃고 있는 남궁적의 얼굴이 크게 보였다. 소옥은 눈도 깜빡이지 않은 채 그를 바라보았다. 그의 외눈 속에 담겨 있는 자신의 모습이 보였다.

　"됐어."

　소옥의 눈에 초점이 잡히는 걸 확인한 남궁적이 흰 이빨을 드러내고 씩 웃었다. 소옥은 온몸에 힘이 하나도 없을 뿐 정신은 평소보다 더욱 맑고 깨끗해져 있었다. 남궁적의 외눈을 들여다보고 있자 문득 그가 자신의 눈알을 파내 발 아래 내팽개치던 그때의 끔찍하던 모습이 떠올랐다. 그리고 이를 갈며 저주처럼 퍼부어대던 그의 쉰 음성도 귓속에 가득 들어차 생생하게 살아났다.

　─계집, 반드시 네년을 벌거벗겨 가랑이를 벌려놓고 말 테다. 그리고 사타구니에서 여덟 점의 살덩이를 뜯어내지 못한다면 나는 사내가 아니다.

　그 말과 그때의 악귀 같던 모습이 떠오르자 부르르 진저리가 쳐졌다. 지금 흰 이를 드러내며 태연하게 웃고 있는 이 사내가 실은 얼마나 무모하고 무지막지한 자인지 소옥은 그것을 잊을 수 없었다.

　"네가 왜 여기 있는 거지?"

　"내가 왜 여기 있냐고? 허!"

　남궁적이 어이가 없다는 듯 실소를 흘렸다.

"네년을 살리기 위해서 내가 몇 사람이나 죽였는지 아나? 자그마치 다섯 명이다, 다섯 명!"

"내가……."

무언가 말을 하려던 소옥은 입을 다물고 말았다. 공손표를 찌르려던 순간에 기혈이 역류하는 고통이 또 찾아왔었다. 그것 때문에 꼼짝하지 못하고 그의 활대에 머리를 얻어맞고 의식을 잃었던 것이 생각났다. 그리고 무슨 일들이 더 있었는지는 알 수 없었다.

'설마 이 짐승 같은 놈이 나를 구했단 말인가? 그럼 상필지는?'

문득 상필지의 단아한 모습을 떠올린 그녀가 그를 찾듯 천천히 주위를 돌아보았다. 자신이 있는 곳이 습한 동굴 속이라는 것을 비로소 알았다. 그리고 많은 사람들이 자신을 바라보고 있다는 것도 알았다.

"악!"

사람들 속에서 단목기를 발견한 그녀가 몸을 굳히며 뾰족하게 비명을 터뜨렸다. 눈이 마주친 단목기가 천천히 머리를 끄덕였다.

"너를 살려준 건 확실히 그다."

"너, 당신이 어떻게……?"

"어? 이건 이상하군?"

소옥의 심상치 않은 안색과 말투를 들은 남궁적이 외눈을 번쩍이며 그녀와 단목기를 번갈아 바라보았다.

"사형이라던데 아닌가?"

"흥!"

짧게 코웃음 친 소옥이 억지로 몸을 일으키려다가 다시 주저앉고 말았다. 다리에 힘이 하나도 들어 있지 않았던 것이다.

'나는 폐인이 되어버린 게 아닌가?'

그런 의문이 그녀를 불안하게 했다. 대체 무엇 때문에 유룡심법만 운용하면 결정적인 순간에 이처럼 커다란 장애가 찾아오는 건지 알 수 없었다.

"이봐, 너 설마 이 어르신 앞에서 거짓말을 한 건 아니겠지?"

심상치 않은 분위기를 느낀 남궁적이 사나운 얼굴로 단목기를 노려보았다. 단목기의 무심한 시선이 그런 남궁적의 얼굴 위에 한동안 머물다가 다시 소옥에게로 향해졌다.

"너의 중상을 치료해 줄 사람은 이곳에서 나 하나뿐일 게다."

'그렇다!'

소옥은 단목기의 말을 듣고 속으로 그렇게 외쳤다. 그가 무엇을 말하고자 하는 건지 그 의미를 그녀만은 즉시 새겨들을 수 있었던 것이다.

"맞아, 그는 나의 사형이다. 그러니 너는 상관할 것 없어."

"그래? 하지만 너는 나에게 빚을 졌다. 그건 갚아야지."

남궁적이 어쩔 수 없다는 듯 한번 어깨를 으쓱해 보이고 입맛을 다셨다. 눈앞에 불쑥 내밀어진 그의 손을 보며 소옥은 난감해지고 말았다. 자신 때문에 한쪽 눈을 뽑아버리고 만 자였고, 그 원한을 꼭 갚고 말겠다고 장담했던 자였다. 그런데 오늘은 그자가 자신의 목숨을 구해주고 이제 그 빚을 갚으라고 재촉하는 것이다.

"뭘 어떻게 해주기를 바라는 거지?"

"네년의 가랑이를 내 앞에 벌려놓고 말겠다고 한 말 잊지 않았겠지?"

"너, 너……!"

붉은 혀를 내밀어 입가를 핥으며 느물거리는 남궁적을 바라보던 소옥의 얼굴이 창백하게 질려갔다.

"이 짐승 같은 놈!"

손을 들어 힘껏 그의 뺨을 후려쳤으나 그것은 마음이었을 뿐, 힘없는 손목이 그의 억센 손아귀에 꽉 틀어 잡혀 버렸다.

"쳇, 성깔머리하고는……. 안심해. 여기서 당장 네년을 어떻게 하겠다는 건 아니니까."

남궁적이 주위를 한번 휘둘러 보고 유감이라는 듯 입맛을 다셨다.

"내가 아무리 철면피라고 해도 지금 여기서 바지를 까내릴 수 있겠어?"

"이, 이 개자식……."

참을 수 없는 모욕으로 턱을 덜덜 떠는 소옥의 눈에서 눈물이 떨어져 내렸다. 어찌할 수 없는 자신의 무력함에 대한 절망 때문이었고, 이 많은 사람들 앞에서 차마 견디지 못할 희롱을 당한 데 대한 분노 때문이었다.

불쑥 두 손을 뻗어 그런 소옥의 볼을 꽉 붙든 남궁적이 혀를 내밀어 그녀의 볼에 흐르는 눈물을 핥았다. 축축하고 뜨거운 그의 숨결과 끈적거리는 혀가 볼에 달라붙었지만 소옥은 그것을 피할 수도, 떨쳐 낼 수도 없었다. 온몸에 소름이 돋았다. 참을 수 없는 증오와 분노, 그리고 수치심 때문에 기절해 버릴 것만 같았다.

"이 정도 가지고 벌써 그렇게 황홀해한다면 곤란하지. 정작 가랑이를 벌리고 나서는 어떻게 감당하려고 그래?"

남궁적이 여전히 느물거리면서 힐끗 단목기의 눈치를 살폈다. 그러나 그것을 지켜보는 단목기의 얼굴에는 처음과 마찬가지로 표정이 없었다.

그 무표정한 얼굴에 더욱 오기가 솟구친 듯, 남궁적이 이번에는 거칠게 소옥을 붙들고 그 입술을 빨았다. 숨이 막혀왔지만 피할 수가 없었다. 그의 불 같은 혀가 입술을 핥고 뺨을 핥고 목덜미를 핥아갔다. 소옥은 모든 것을 체념해 버린 사람처럼 뻣뻣이 굳은 채 눈을 감아버리고 있었다. 그것밖에는 그녀가 할 수 있는 저항의 수단이 없기 때문이기도 했다.

"다들 봤지? 이 계집은 내 거란 말이다."

비로소 그녀를 놓아준 남궁적이 으스대며 일어섰다. 무리들을 휘둘러보며 당당하게 외치는 것이 마치 먹이를 잡아놓은 야수가 그것을 밟고 으르렁대며 자신의 용맹을 자랑하는 것 같았다.

"알았지?"

그가 단목기를 똑바로 노려보며 다시 한 번 으르렁거렸다.

"이제는 그녀를 나에게 보내줄 수 있겠지?"

팔짱을 끼고 선 채 묵묵히 바라보던 단목기가 억양없는 음성으로 낮게 말했다.

"음……."

남궁적은 아무래도 그의 깊이 가라앉아 있는 눈길이 마음에 걸렸다.

'이걸 그냥 확 쳐버릴까?'

그의 도도함이, 그의 무거움이 마음속에 참을 수 없는 충동을 불러일으켰다. 단목기의 그런 모습에서 남궁적은 넘치는 그의 자신감을 보았던 것이다. 그리고 그것은 또한 자기에 대한 경멸과 무시이기도 했다.

지그시 입술을 깨문 채 칼자루를 움켜쥐고 있는 남궁적의 얼굴색이 수시로 변했다. 그는 단목기에 대한 이 참을 수 없는 미움의 정체가 곧 자신의 열등감 때문이고 질투 때문이라는 것을 알았다. 아무리 용을 써도 어찌해 볼 수 없는 상대라는 것을 이성에 앞서서 그의 본능이 온몸으로 느끼고 있었던 것이다.

ㅡ조심해, 조심해. 죽을 수도 있어! 조심해!

본능이 속삭여 주고 있는 소리가 가슴을 타고 울려왔다. 그리고 점점 커지더니 이제는 커다란 종소리가 되어 머리 속을 온통 뒤흔들어 놓고 있었다.

"빌어먹을!"

그런 자기 자신이 더없이 초라해지고 추해보였다. 그것이 또 견딜 수 없었다.

자신의 머리통을 있는 힘껏 쥐어박기를 서너 번 했을까. 비로소 평소의 얼굴색을 되찾은 남궁적이 어깨의 긴장을 풀고 웃었다.

"좋아. 잠시 맡겨두지. 하지만 언제든 내가 달라고 하면 군말없이 돌려줘야 해."

그가 구석에서 시커먼 물건 하나를 집어 소옥의 발 아래로 던졌다.

"가져가. 너에게 주려고 준비한 선물이다."

소옥은 그것이 공손표의 머리임을 알았다. 놀람으로 부릅떠진 눈이 빤히 소옥을 바라보고 있었다. 그것을 마주 보며 소옥은 마음에 이는 착잡한 감정을 떨칠 수 없었다. 처음으로 자신의 몸에 지울 수 없는 상처를 만들어준 자였다. 그 원한이 뼈에 사무쳐서 반드시 죽여 버리고 말겠다고 이를 간 적이 한두 번이 아니었다.

가슴과 허벅지 깊숙한 곳에 나 있는 뇌음전(雷音箭)의 상처 자국을 떠올리자 그때의 고통과 원한이 다시 가슴을 뜨겁게 달구어왔다. 그 상처의 독기 때문에 보름 가까이나 사경을 헤매던 기억이 그녀의 눈에 불길을 피워 올렸다.

"퉤!"

흉한 공손표의 얼굴에 침을 뱉고 그것을 발로 걷어찼다. 하지만 자신의 손으로 죽이지 못했다는 것이 여전히 한이 되었다. 이렇게 복수를 한 것인가? 하고 되뇌자 마음 한구석에 서늘한 바람이 들었다.

"누가 네놈에게 내 일에 참견하라고 했어?"

"어?"

소옥의 독기 서린 눈길을 받은 남궁적이 고개를 갸웃했다.

"고마워할 줄 알았더니 오히려 화를 내는군. 제기랄, 계집의 비위 맞추기란 정말 힘들단 말이야. 역시 사내대장부가 해먹을 짓이 못돼."

그가 골치 아프다는 듯 외면한 채 손사래를 쳤다.

"가, 가. 꺼져 버려. 오늘은 만사가 귀찮으니 그냥 보내준다. 하지만 내 말을 잊으면 안 돼. 어디에 있든지 넌 내 계집이란 말이다."

인상을 온통 찡그린 채 외친 남궁적이 단목기를 바라보고 다시 한 번 못을 박았다.

"내 말 알아들었겠지?"

묵묵히 그런 남궁적을 바라보던 단목기가 소옥에게 손을 내밀었다.

"짐승 같은 놈. 또 내 앞에 나타난다면 그때는 죽어 버리고 말겠다."

표독한 눈으로 노려보며 뽀드득 이를 간 소옥이 단목기가 내미는 손을 잡고 몸을 일으켰다.

그들이 천천히 걸어 동굴을 나가자 남궁적이 쓴 입맛을 다시고 머리를 설레설레 저었다.

"대체 저 암늑대를 어떻게 길들인다지? 내가 괜한 고생길을 자초한 건가?"

"사내대장부가 한 계집에게 마음을 빼앗기면 그 길로 장부의 기개는 물 건너가는 거요. 끝없는 잔소리에다 바가지 긁는 소리에 시달리다 보면 절로 머리카락이 빠지고 맥이 풀려 고개가 땅으로 숙여지는 법이라오. 때문에 진정한 사내대장부는 계집에게 마음을 주는 게 아니라 잠깐잠깐 몸만 주고 떠나는 거지. 그러니 영웅호색(英雄好色)이라는 말이 딱 맞는 거 아니겠소?"

머리가 벗겨진 중년의 건달 한 놈이 제법 인생의 맛을 안다는 듯 점잖게 위로하고 나섰다.

"이런 개자식이!"

그러나 그에게 즉각 돌아온 건 남궁적이 집어 던진 주먹만한 돌멩이였을 뿐이다.

"에코!"

정통으로 얼굴 복판을 얻어맞은 자가 코를 감싸 쥐고 주저앉았다.

"그래서 마누라가 무서워 집도 새끼도 다 내팽개치고 도망 나와 건달이 되었냐? 이 빌어먹을 상판아!"

허리에 손을 얹고 서서 씩씩거리던 남궁적이 '어?' 하고 외마디 소리를 질렀다.

"그런데 무명자 그놈은 어디로 사라진 거야? 내가 물어볼 게 있었는데……."

슬금슬금 눈치만 보는 수하들 중에 무명자의 모습이 보이지 않았다. 눈을 부릅뜨고 다시 한 번 동굴 안을 둘러보았지만 그가 언제 슬그머니 떠났는지 아무도 아는 자가 없었다.

                    *   *   *

　소옥은 단목기의 부축을 받으며 천천히 한가로운 숲길을 걸었다. 지난 아침나절의 그 긴박했던 싸움의 기억들은 어느새 아득히 사라졌고 머리 속에는 온통 겪어온 일들이 뒤엉킨 실 타래처럼 들어차 마음을 심난하게 했다.

　사부의 곁을 떠난 이래 하루도 마음이 편하고 몸이 안락한 날이 없었다. 강호라는 곳이 이처럼 고단하고 위험한 곳인데 사람들은 어째서 그곳을 떠날 생각을 하지 않고 부대끼며 사는 건지 알 수 없었다.

　'은혜와 원한이 뒤엉켜 있고 욕망과 증오가 발목을 붙들기 때문이지.'

　소옥은 자신의 의문에 스스로 대답해 주며 입술을 지그시 물었다. 자기 또한 이제는 홀가분하게 강호를 떠날 수 없게 되었다는 것을 생각했다.

　'원수……'

　자신을 부축하고 있는 단목기의 손을 내려다보며 그렇게 중얼거렸다. 그러자 정수리를 달구는 뜨거운 불길과 함께 마음 한켠에 아련한 아픔과 나른함이 찾아들었다. 눈시울이 뜨거워져 왔다.

　"됐다. 저기서 정양하도록 하자."

　문득 단목기가 손을 들어 앞쪽의 울창한 소나무 숲을 가리키지 않았더라면 그녀는 기어이 눈물을 흘리고 말았을 것이었다.

　우우— 하고 밀려오는 솔바람 소리가 소옥의 머리 속에서 상념들을 일제히 쓸어가 버렸다.

잿빛 땅거미가 어느덧 사위를 덮어오고 있었다. 숲 그늘을 더욱 음
침하게 가라앉히는 무거운 적막이 온몸으로 느껴졌다. 구멍이 숭숭 뚫
린 낡은 벽 사이로 습기를 머금은 바람이 불어 들어와 더위를 식혀주
었다. 비라도 쏟아질 모양이었다.

낡아 금방이라도 무너질 듯 위태로운 사당 안에서 소옥은 단목기를
마주 보고 앉아 있었다. 눈을 지그시 감은 채 미동도 하지 않고 앉아
있는 그의 모습이 마치 깎아놓은 불상인 듯했다. 가끔씩 굵은 눈썹이
파르르 떨리는 것이 마음속에 담긴 어떤 커다란 갈등과 힘겨운 싸움을
하고 있는 것도 같았다. 그 무거운 침묵을 견디지 못한 소옥이 더 참지
못하고 입을 열었다.

"대체 언제까지 이러고 있어야 하는 거지?"

"음……."

눈까풀을 한 번 떨고 난 단목기가 비로소 눈을 떠 그녀를 바라보았
다. 그의 눈 속에 담겨 있는 깊은 어둠이 소옥을 움찔 떨게 했다.

"내 사부님은 천하제일의 고수다."

그의 엉뚱한 말이 소옥을 어이없게 했다.

"뭐라고?"

"천하인들은 강호의 십대고수를 들먹이며 그들의 무공이 제일이라
고 한다. 하지만 그들은 드러나 있는 사람들일 뿐, 강호에는 드러나 있
지 않은 고수가 더 많다."

"……?"

"구파의 장문인들만 해도 결코 십대고수의 아래가 아닐 것이며, 깊
은 산과 골짜기에는 그들보다 더 많은 기인이사들이 세상을 등지고 한

가롭게 노닐고 있지. 그들 중 십대고수를 능가할 자들도 많을 것이다."

단목기의 말을 듣는 동안 소옥은 저도 모르게 고개를 끄덕였다.

그의 말처럼 십대고수는 현재 강호에 나와 활동하고 있는 자들 중 가장 무공이 뛰어난 열 사람을 지칭하는 말이었다. 그러나 그들 중에서도 일승(一僧)으로 불리는 소림의 달마원주(達磨院主) 혜각(慧覺)과 일도(一道)로 꼽히는 무당의 청풍 진인(淸風眞人)은 이미 강호를 떠나 은거한 사람들이나 마찬가지였다. 또한 곤륜용봉(崑崙龍鳳)으로 불렸다던 사부와 사숙은 종적을 감추었으니 현재는 여섯 명만이 남아 천하제일을 다투고 있을 뿐이었다.

"그러나 그 모든 기인이사라는 자들도 단연코 내 사부님을 당하지 못할 것이다."

단목기가 가슴을 펴며 단언했다. 그의 얼굴에 자부심과 오연함이 가득했다.

"그것만으로도 사람들이 우습게 여기고 있는 우리 사문이 얼마나 뛰어난 곳인가를 증명하기에 충분하지."

곤륜은 명문 구파 중 당당히 한자리를 차지하고 있었지만 언제부터인가 세인들의 비웃음과 질시 속에 잊혀져 가는 문파가 되고 있었다. 그 연원이 어느 대에서부터인지는 알 수 없었다. 그러나 더듬어 보면 대략 곤륜용봉이 강호에서 모습을 감춘 무렵부터라고 할 수 있었다.

곤륜이 사람들의 비웃음 속에 잊혀져 가는 문파가 된 첫 번째 이유는 문파의 맥을 계승할 장문인을 내지 못했다는 데에 있었다. 그러므로 곤륜은 있는 듯 없는 듯한 존재가 되어버렸던 것이다. 소옥은 사부로부터 사조이자 십사대 장문인이셨던 수은용사(水銀龍師) 황유학(黃裕鶴)에 대하여 들었을 뿐, 그 후 십오대 장문 직을 계승한 존장에 대하여는 들은 적이 없다는 것을 기억해 냈다. 그렇다면 십사대 이후 곤륜의 맥은 더 이상 이어지지 못했다는 것이기도 했다.

'어째서 사부님 대에서는 장문인이 배출되지 못했을까?'

그러한 의문이 강하게 들었다. 소옥은 곤륜 문하에는 자신의 사부뿐만 아니라 사백과 사숙이 각기 한 분씩 있다는 것을 이제 알게 되었다. 그들 중 한 사람이 사문을 계승하는 것이 옳았다. 그러나 그렇지 못했던 모양이었다. 그 이유가 어쩌면 자신의 가문이 당한 멸문지화와 연관이 있을지도 모른다는 생각이 불쑥 들었다.

"그런데 어째서 선대에는 장문 직을 계승하지 못했던 거죠?"

소옥의 질문을 받은 단목기의 표정이 어두워졌다.

"그 자세한 사정은 나도 알지 못한다. 하지만 짐작이 가는 것은 있다."

"이제 그것을 나에게도 말해 줘요."

"그래야겠지."

그럴 작정이었다는 듯 크게 머리를 끄덕인 단목기가 천천히 입을 열었다.

*　　　　*　　　　*

어둠이 조금씩 덮여올수록 서늘한 기운이 함께 스며 들어와 숲을 침묵하게 했다. 멀리서 부엉이의 울음소리가 바람에 실려왔고, 개똥벌레들이 이리저리 흩어져 날았다. 그 차가운 불빛이 어둠에 밀려 둥둥 떠

흐르는 곳에 세 사람이 웅크리고 앉아 있었다.

"이제 어떻게 되는 거요?"

왕추정의 볼멘 음성이 낮게 가라앉았다. 어둠 속에 희미하게 보이는 사당을 힐끗 바라본 태원호가 부르르 어깨를 떨었다. 그의 눈 속에 밀어낼 수 없는 두려움이 박혀 있었다.

"그러게 내가 뭐랬소? 욕심 내지 말고 뜨자니까 말을 듣지 않더니……."

위추경을 흘겨보며 투덜대는 말투에 불만이 가득했다.

"음……."

평소 같았으면 그런 태원호의 불경스런 태도에 버럭 화를 냈을 위추경이었지만 그는 깊은 신음을 흘릴 뿐 대꾸하지 못했다.

"영주에게 잡혔으니 이제는 꼼짝도 못하는 신세가 되었소그려. 허, 모진 놈 곁에 있다가 정(釘) 맞는 법인데…… 영주와 함께 있으니 우리까지 추살대의 표적이 되고 마는 것 아니오?"

태원호가 다시 볼멘소리로 중얼거리자 곁에 붙어 앉아 연신 사당을 훔쳐보던 왕추정도 왕방울 같은 눈을 디룩거리며 기어이 불만을 터뜨렸다.

"그러게 사람이 욕심을 내도 어느 정도라야지. 그 들개 같은 놈을 쳐 죽이고 계집을 빼앗아 달아났으면 될 일을 가지고 뭘 더 알아볼 게 있다고 꾸물대다가 일을 이 지경으로 만든단 말이오? 이제는 빼도 박도 못하게 되었으니…… 허, 이거야말로 진퇴양난이요 설상가상이 아닐 수 없소이다. 낭패로세……."

그들은 지난 새벽녘에 도착하여 한바탕 드잡이질을 훔쳐보고 있었다. 그러다가 소옥이 공손표의 활대에 맞아 쓰러지는 것을 보고 쾌재를 불렀다. 기회를 보아 들쳐 업고 냅다 튀면 그만이라고 여긴 것이다. 그러나 그들보다 앞서 남궁적이 그녀를 안고 달아나 버렸다.

그때 태원호는 빨리 그놈을 뒤쫓아 소옥을 빼앗자고 닦달했었다. 하지만 무슨 생각이 있었던 건지 위추경은 미적거리기만 했다.

"기다려 봐. 누군지 안 이상 제놈이 뛰어봐야 부처님 손바닥 안이다. 천천히 뒤쫓으면 돼. 그보다 일이 어떻게 마무리되는지 조금 더 지켜보자."

그렇게 고집을 부리며 축축한 땅바닥에 배를 깔고 엎드려 움직일 생각을 하지 않았다. 눈앞에 귀수삼선이라는 괴물들이 있는데 그들의 수작을 끝까지 지켜보지 않는다면 후회가 될지도 모른다는 느낌이 그의 발목을 붙잡았던 것이다. 그것은 오랫동안 동창에 있으면서 몸에 밴 엿보고 탐색하는 습성 탓이었다.

귀수삼선의 출현은 확실히 의외의 일이었고 그들의 행로는 강호에 한바탕 소란을 가져올 것이 뻔했다. 게다가 그들 삼선이 누군가의 부탁을 받고 이 일에 개입했다는 말이 위추경의 호기심을 더욱 자극했다. 중원에 누가 있어 저 세 명의 노마두를 부릴 수 있단 말인가. 그것을 밝혀낸다면 대단한 정보가 될 것이 분명했다.

그렇게 판단한 위추경은 그들이 상필지를 끌고 사라질 때까지 풀숲에 엎드려 꼼짝도 하지 않았다.

드디어 그들이 무성한 잡풀들 너머로 사라지고 이제 혈전이 벌어졌던 숲에는 괴괴한 적막이 감돌았다. 놀라 숨죽이고 있던 새들이 재재거리며 낮게 날기 시작했을 때 위추경은 부스스 몸을 일으켰다.

'화산으로 간다고?'

그것을 알아낸 것만으로도 산채의 젊은 육 공자는 대단히 기뻐할 것

이 분명했다. 자신의 공이 또 하나 늘어난 것이니 더 많은 것을 요구할
수 있다는 생각이 그에게 회심의 미소를 짓게 했다. 신비에 싸여 있는
흑림채(黑林寨)의 두령 자리쯤은 쉽게 얻을 수 있을 것이다. 그렇게 된
다면 흑림채의 실체를 엿볼 더 좋은 위치에 서게 되는 것이고 더 값진
정보를 지니게 될 것이었다.

'그 정도의 성과를 얻어낸다면 다시 동창으로 복귀할 수 있다.'

위추경이 원하는 것은 바로 그것이었다. 그는 제독태감이 마음에 들
어할 만한 정보를 쥐고 그것을 주는 대가로 동창으로의 복귀를 꿈꾸고
있었다.

그가 그런 생각으로 벌판을 떠나려 할 때였다.

"위 두령, 저기!"

곁에 있던 태원호가 외마디 소리를 지르며 그의 옷자락을 붙잡았다.

"뭐야?"

이 쥐새끼같이 약삭빠른 놈이 또 무엇 때문에 호들갑인가 싶어 그
가 가리키는 곳을 돌아본 위추경은 놀람으로 온몸이 뻣뻣이 굳어버렸
다.

거기 웃자란 잡풀들을 헤치며 한가롭게 다가오고 있는 한 사람이 있
었던 것이다. 비록 멀리 떨어져 있었지만, 태원호가 그랬듯이 위추경
도 한눈에 그가 누구인지를 알아볼 수 있었다. 단목기였다.

"여, 영주……!"

이런 곳에서 단목기를 만나게 되리라고는 생각도 해보지 못한 위추
경이었다. 벌써 태원호와 왕추정은 새파랗게 질린 얼굴로 온몸을 부들
부들 떨기만 할 뿐 감히 그를 똑바로 바라보지도 못했다.

"여, 영주를 뵈오!"

가까스로 정신을 차린 위추경이 털썩 무릎을 꿇고 엎드리자 그제야 생각났다는 듯 깜짝 놀란 태원호와 왕추정도 쓰러지듯 그 자리에 엎드려 이마를 젖은 땅바닥에 처박았다.

"음, 너희들도 와 있었군."

그 한마디만 그들의 등 위에 던졌을 뿐, 단목기가 천천히 새벽의 격전장 주위를 돌며 살펴보기 시작했다. 아직도 죽은 자들의 체온이 남아 있었고 그들의 피가 흥건히 고여 있었다. 짓밟힌 풀잎들과 흐릿한 발자국들을 살펴보던 단목기가 비로소 남궁적이 소옥을 안고 사라진 방향을 바라보고 바람의 냄새를 맡듯 몇 번 킁킁거렸다.

"내가 조금 늦었군. 하지만 너희들은 다 보았겠지?"

"예, 옛!"

위추경이 깜짝 놀라 고개를 들었다. 단목기의 무심한 눈이 저만큼 떨어진 곳에서 그런 그를 바라보고 있었다.

"앞장서라. 그녀를 찾아가야지."

그렇게 해서 단목기의 향도가 되어 위추경 일행은 남궁적의 행적을 쫓아 동굴까지 갔었다. 그리고 그곳에서 소옥을 빼내올 수 있었던 것이다.

위추경은 그때의 일들을 하나씩 떠올리며 침묵하고 있었다. 그것을 바라보는 태원호의 얼굴에 답답해하는 기색이 가득했다.

"갑자기 벙어리가 되셨소? 이제 어떻게 할 생각인지 말 좀 들어봅시다."

"아가리들 닥치고 있거라."

참다 못한 위추경이 번들거리는 눈을 부릅뜨고 낮게 외쳤다. 그는 속으로 이놈들이 점점 버릇이 개판이 되어간다고 생각했다. 함께 산채의 소두령이 되더니 이제는 예전의 두려움을 잊어가는 모양이었다. 언제고 단단히 버릇을 고쳐 주겠노라고 내심 다짐하는데 이번에는 왕추정이 투덜대고 나섰다.

"젠장, 일이 이 지경이 되었는데도 호통만 치고 있을 셈이오? 영주는 그렇다 치고 추살대는 또 어쩔 테요? 언제 들이닥칠지 모르는데……."

그가 퉁방울 같은 눈을 굴리며 불안스럽게 사방을 휘둘러보았다. 그의 눈에는 저 숲의 어둠 속에서 지금이라도 악명 높은 동창의 추살대가 튀어나올 것처럼 보였다.

"달아나 버립시다."

태원호가 위추경의 옷깃을 쥐며 속삭였다.

"지금 저 안에서 계집과 뭘 하는지 찍소리도 없으니 이 기회에 살짝 달아나 버리면 그만 아니겠소?"

왕추정도 그 말이 마음에 꼭 든다는 듯 엉덩이를 들썩거리며 채근했다. 하지만 위추경은 아직 그럴 마음이 없었다.

"조금만 더 기다려 보자."

"젠장할, 또 조금만이오? 숲에서는 그러다가 영주를 만나더니 이번에는 누구를 만나고 싶어서 그러는 거요?"

태원호나 왕추정은 자꾸 미적거리기만 하는 위추경이 영 마음에 들지 않았다. 감당할 수 없는 사태가 오기 전에 재빨리 달아나 버리는 것만이 살길이라는 것을 그들은 여러 번 겪어보아 잘 알고 있었다. 하지만 위추경의 생각은 달랐다. 달아날 때 달아나더라도 그전까지는 최대한 버티며 무엇이든 유익한 정보를 얻어내야 했던 것이다. 그것이 동

창에 처음 투신했을 때 그가 꿈속에서까지 닦달받으며 몸에 익힌 훈련
이었고 교육이었다.

"영주는 아직 우리가 동창을 배신했다는 것을 모르는 것 같다. 그렇
다면 그는 자신의 죄가 있으니 함부로 대하지 않을 것이다."

"모른다고?"

왕추정이 머리를 갸웃했다. 그러나 눈치 빠른 태원호는 자신의 무릎
을 쳤다.

"그렇지. 그동안 영주가 동창과 접촉했을 리 없으니 그 사실을 알
턱이 없지."

그들은 단목기가 이미 모든 사실을 알고 있다는 것을 꿈에도 짐작하
지 못했다. 자신들이 주막에서 곽가를 협박하고 있을 때 그곳에 단목
기가 숨어서 보고 있었다는 것을 까맣게 모르는 탓이었다.

왕추정도 비로소 이해가 된다는 듯 머리를 끄덕였다.

"그렇군. 그렇다면 당분간은 안전하겠어. 하지만 추살대가 쫓아오
면 그때는 도망가려고 해도 도망갈 수가 없을 텐데……."

그는 여전히 그것이 두려운 모양이었다. 추살대는 반드시 단목기를
찾아낼 것이고 그때 자신들이 곁에 함께 있다면 모든 것이 들통날 것
이다. 그리고 자신들의 목숨까지도 덤으로 그 사냥개 같은 놈들에게
맡겨질 게 뻔했다.

"조금만 더 참고 있어봐. 잘하면 우리는 큰 공을 세우고 동창으로
복귀할 수 있게 될지도 모른다."

"큰 공?"

"복귀한다고요? 어떻게?"

그 말에는 지대한 흥미를 느낀 듯 태원호와 왕추정이 귀를 세우고

다가들었다.

"잊었어? 동굴 안에서 영주는 분명히 계집의 사형이라고 말했다."

"아!"

"그게 뭐 어쨌다는 거요?"

사당을 힐끔거리며 입을 가리고 조심스럽게 말하는 위추경의 눈 속에 득의양양해하는 기색이 가득했다. 태원호는 즉시 그 말의 의미를 알아듣고 감탄성을 터뜨렸으나 둔한 왕추정으로서는 아직도 그게 어떤 의미인지 이해할 수 없는 듯했다.

"멍청한 놈. 계집은 곤륜의 문하라고 했다. 그래서 우리가 곽가의 말대로 그년을 사로잡아 구양목인지 하는 신비인을 이끌어 내려고 했던 거 아니냐!"

위추경이 눈을 흘기며 그런 왕추정의 눈치없음을 꾸짖었다. 그제야 왕추정도 무언가를 느낀 모양이었다. 그의 얼굴이 진지해졌다.

"맞아. 우리는 아직 영주가 그처럼 고강한 무예를 어디서 익혔는지 알지 못하고 있었지. 그런데 이제 보니 그는 바로 곤륜 문하였군. 그것 참 묘한 일이다. 묘한 일이야. 어째서 구양 뭐시기라는 늙은이 대신 영주가 나타난 걸까?"

"그럼 이게 어떻게 되는 일이오? 설마 영주가 구양목이라는 늙은이와 어떤 관계라도 있다는 거요?"

태원호가 바싹 다가앉으며 목소리를 낮추어 소곤거렸다. 위추경이 조심하라는 듯 입술에 손가락을 대고 더욱 낮게 속삭였다.

"그걸 알아낸다면 산채의 육 공자가 더 좋아하겠지. 하지만 상관없어."

그들은 육지평이 이미 단목기를 잘 알고 있고 그와 사문 또한 같다는 것을 까맣게 모르고 있었다. 육지평이 들었으면 하품을 했을 일이나 그들 딴에는 대단한 비밀 한 가지를 알아낸 듯 의기양양했다.

"좋아. 그럼 위 두령의 말대로 조금 더 기다리며 기회를 엿보도록 합시다."

태원호가 입맛을 다시며 긴장되는지 손바닥을 비벼댔다.

희생(犧牲)

희생(犧牲)

그들이 사당 밖의 어둠 속에 이마를 맞대고 앉아서 그런 꿍꿍이속을 키우고 있을 때 사당 안에서는 소옥과 단목기가 입을 굳게 다문 채 서로를 바라보고 있었다. 두 사람 모두 얼굴이 딱딱하게 굳은 것이 마치 싸움이라도 하고 난 것 같았다.

"흥, 납득할 수 없어요. 그럼 내 사부님께서는 유룡검법을 대성하셨는데 어째서 장문인이 되지 못한 거죠?"

한참 만에야 소옥이 냉랭한 코웃음을 날리고 나서 따지듯 말했다. 단목기가 들릴 듯 말 듯 한숨을 쉬었다.

"유룡검법은 태사조이신 난화선자(蘭花仙子)께서 창안하신 검법이지 네 사부가 창안한 것이 아니다."

소옥은 할 말이 없었다.

"그렇다면 당신의 사부께서는 구룡장(九龍掌)이라는 절기를 창안해

내셨다니 당연히 장문인이 되어야겠군요?"

단목기의 얼굴이 다시 어두워졌다.

"제자들 중에서 새로운 절기를 창안한 자가 서열에 상관없이 장문 위를 계승하는 것이 사문의 규칙이기는 하지만 거기에는 또 다른 조건 이 있다."

"그가 창안한 절기가 사문의 심법을 따르고 선대의 무공을 더욱 발 전시킨 거면 되었지 또 뭐가 필요하단 말이죠?"

"인증(認證)이지."

"인증?"

"그것이 사문에 전승되고 있는 다른 절기들보다 과연 독특하고 뛰어 나다는 것을 동문과 존장들로부터 인정받아야 하는 것이다."

그렇지 못하다면 그것은 새로운 무공은 될 수 있을지언정 새로운 절 기의 창안이라고는 할 수 없을 것이었다. 소옥이 그제야 수긍이 간다 는 듯 고개를 끄덕였다. 곤륜이 대를 거듭할수록 오히려 강해졌던 데 에는 그런 엄격한 규칙이 있기 때문이라는 것을 알았다. 장문인이 되 기 위해서는 사문의 무학을 대성한 후에 독창적이고 독보적인 절기를 창안해야 했던 것이다. 그러므로 곤륜의 장문인은 모두가 일대 종사(宗 師)라고 해도 과언이 아니었다. 그것은 어느 문파에도 없는 규칙이었 다.

"그렇다면 구룡장법(九龍掌法)이 사문의 다른 절기들보다 나을 게 없었던 모양이군요. 그랬기에 당신의 사부께서 장문 직을 계승하지 못 한 것이겠지."

비웃음이 담긴 소옥의 말에 단목기가 머리를 설레설레 저었다.

"그렇지 않다. 단언하건대 사부님의 구룡장법은 여태까지 전해져 온 그 어느 장법보다도 위력과 수법이 뛰어난 천하제일의 장법이다.”

“이상하군요. 그런데도 장문인이 되지 못했으니 나는 이해할 수가 없군요.”

“바로 네가 지니고 있는 그 비급 때문이다.”

“용화진경(龍華眞經)!’

소옥이 깜짝 놀라 외쳤다. 단목기가 그런 그녀를 빤히 바라보며 고개를 끄덕였다.

“사부님께서는 그것에 유룡검법을 새롭게 해주는 비결이 담겨 있다고 말씀하신 적이 있지. 그로 미루어 짐작해 보건대 그 비결이야말로 구룡장에 대항할 수 있는 유일한 천적인지도 모른다. 그렇지 않다는 것을 입증하지 못하였기 때문에 사부님께서 아직 장문 직을 계승하지 못하신 거고.”

‘항룡검법(降龍劍法)!’

소옥은 속으로 부르짖었다. 그때는 흘려 들었던 사부의 말이 갑자기 우레 소리가 되어 그녀의 머리 속에 울려 퍼졌다.

─오직 구룡장(九龍掌)을 조심해라. 하지만 유룡검이 변하여 항룡검(降龍劍)이 된다면 그를…… 그를…… 두려워할 필요가 없겠지…….

풍향곡을 떠나기 전 자신에게 풍향검(風向劍)을 물려주며 사부는 그렇게 중얼거렸었다. 그때는 사부 곁을 떠난다는 서러움 때문에 그 말의 의미를 깊이 생각하지 않았다. 그러나 이제 단목기의 말을 듣고 보니 사부의 그 말속에는 바로 이 비극의 원인이 된 비밀이 숨겨져 있었다.

‘바보. 진작에 사부님께 그 말뜻을 물어 알아냈더라면 가족을 모두 다 잃고 오늘과 같이 처량한 신세가 되지는 않았을 거 아닌가!’

그런 후회가 뼈아프게 밀려들었다. 하지만 이미 지나간 일이었다. 아무리 뉘우치고 후회해도 어느 것 하나 바꾸어놓을 수는 없었다.

“사문에는 태사조님이 창안하신 유룡검법이 있다. 바로 네가 사부로부터 전해 받은 그것이지. 내 사부님께서는 언젠가 지나가는 말처럼 이렇게 말했던 적이 있다.”

그 말을 듣던 때를 상기하듯 한동안 허공을 멍하니 바라보던 단목기의 입에서 낮은 웅얼거림이 흘러나왔다. 소옥은 한마디도 놓치지 않기 위하여 온 신경을 모으고 귀를 기울였다.

“한가로이 노닐던 용이 문득 못을 떠나 하늘에 오르면 구룡의 머리를 두드리고 항복을 받아낼 것이라는 말이 사문에 전해져 온다. 내가 사부의 중얼거림을 엿들은 거지. 하지만 나는 지금도 그 말을 믿을 수 없다. 과연 그것이 가능할까?”

“구룡장…… 항룡검법…….”

단목기의 말이 끝나자 소옥이 무심 중에 그렇게 중얼거렸다. 그 말을 들은 단목기의 눈이 번쩍 빛났다.

“항룡검법이라고? 과연 그러한 것이 존재한단 말이냐?”

소옥은 아차, 하고 자신의 실수를 후회했다. 하지만 이미 엎질러진 물이었다. 단목기의 이글거리는 눈을 슬며시 피하며 그녀가 마지못해 고개를 끄덕였다.

“그래요. 사부님으로부터 들었죠. 유룡검이 변하여 항룡검이 되면 구룡장을 두려워할 필요가 없을 거라고 하셨어요.”

“음, 그랬군. 바로 그 비결이 용화진경에 담겨 있는 거로군.”

사부가 그토록 그것을 찾아내려 하는 이유를 이제 확연히 알 수 있었다. 사부는 그것을 찾아 없애 버림으로써 세상에 항룡검법이 존재하지 못하도록 하려는 것인지도 몰랐다. 그리고 지금 그 진경이 소옥의 품 안에 있었다. 그것을 생각하고 그녀를 바라보는 단목기의 눈에 갈등이 떠올랐다.

"그런데 참 이상한 일이란 말이야……."

소옥이 고개를 갸웃하며 중얼거렸다. 가만히 그녀를 바라보고 있던 단목기의 입가에 흐릿한 웃음이 떠올랐다.

"갑자기 폐혈(閉穴)의 증상이 나타나는 것 말이냐?"

소옥이 고개를 끄덕였다.

"수련할 때는 괜찮았는데 어째서 중요한 싸움에 임해서는 유룡심법이 검법을 펼치는 데 장애가 되는지 모르겠어요."

소옥의 말을 듣고 한참을 머뭇거리던 단목기가 마음을 정한 듯 그녀를 똑바로 바라보며 천천히 말했다.

"나에게 진경을 보여줄 수 있겠느냐?"

소옥은 망설이지 않을 수 없었다. 단목기는 그녀를 지그시 바라다보기만 할 뿐 더 재촉하지도 다른 말로 회유하지도 않았다. 오직 그녀의 결정을 기다리고 있겠다는 듯했다.

진경에는 구룡장을 누를 수 있는 유일한 비결이 담겨 있는 게 틀림없었다. 그것을 단목기에게 보인다는 것은 적에게 내가 품고 있는 비수를 보여주는 거나 다를 게 없었다. 하지만 그가 진경을 원한다면 지금 손을 써 빼앗는다고 해도 자신으로서는 방비할 수가 없었다. 그럼에도 처분만 기다릴 뿐 강요하지 않겠다는 단목기의 태도는 소옥을 혼란스럽게 했다.

한동안 망설이던 소옥이 입술을 깨물었다. 그가 결코 자신에게 위해를 가하거나 진경을 탐내는 마음을 갖고 있는 게 아니라고 판단할 수밖에 없었다. 또 그렇다고 하더라도 흉한 꼴을 보이며 빼앗기는 것보다 순순히 내주고 목숨을 보전하여 다른 기회를 노리는 게 현명한 일이라는 생각도 들었다. 어쨌거나 지금은 내 품에 든 물건이라고 해서 내 것이라고 할 수만은 없는 상황이 분명했다. 지킬 힘이 없다면 내 것이되 내 것인 게 아무것도 없는 법이었다.

"마음대로 보세요."

소옥이 짐짓 태연한 척 마음을 감추며 품에서 용화진경을 꺼내 내밀었다. 그것을 받아 든 단목기가 감회가 새로운 듯 한동안 표지의 글자를 뚫어질 듯 바라보고 그것을 손으로 쓸어보았다.

"음……."

그의 입술 사이로 무거운 탄식이 흘러나왔다. 마음속에 백 가지의 감회가 샘솟듯 일고 있는 모양이었다.

잠시 그렇게 마음의 격동을 가라앉히기 위해 애쓰던 단목기가 흘러드는 달빛을 향하여 돌아앉았다. 흐린 달빛에 의지하여 책장을 넘겨가는 그의 손가락 끝이 가끔씩 파르르 떨리는 것을 소옥은 놓치지 않고 바라보았다. 그녀의 얼굴에 터질 듯한 긴장과 초조가 어렸다.

어느 대목에서는 책을 덮은 채 허공을 보고 멍하니 상념에 잠겨 한동안 스스로를 잊기도 했고, 어느 대목에서는 주먹을 불끈 쥔 채 마음의 격동을 참지 못하기도 했다. 그런가 하면 부지불식간에 아! 하는 탄성을 터뜨리며 무릎을 치고 머리를 끄덕이기도 했다.

"휴, 사문에 이와 같은 반리(反理)가 있었을 줄이야……."

한참 만에야 길게 한숨을 쉬고 난 단목기가 멍하니 소옥을 바라보

있다.

"이것은 정법이 아니다."

그는 그렇게 단정 지었다.

"어째서 태사조님의 심득이 이와 같이 방계(傍系) 외도(外道)의 길에 위태롭게 다가갔던 것인지 모를 일이다."

머리마저 절레절레 저으며 다시 탄식한 그가 진경을 소옥에게 건네주었다. 소옥은 이미 그 안의 강론에 대하여 훤히 꿰뚫고 있었다. 그는 상첩영(商疊瑛)과 그녀의 사부인 화운금검(火雲金劍) 정현 사태(精玄師太)도 진경을 일독하고 나서 그와 같은 취지의 평을 했던 것을 기억했다.

'정말 이것이 정법에서 크게 벗어나 방문좌도(傍門左道)의 길에 가까운 것일까?'

소옥은 그런 의문을 떠올렸다. 그러자 일생 동안 대정지기(大正之氣)를 꼿꼿하게 지켜오신 사부께서 왜 오직 이것에서 비롯된 유룡검법만을 본신 절기로 지니고 있었던 것인지 의심스러워졌다.

'그렇지 않을 것이다.'

사부에 생각이 이르자 그녀는 단호하게 부정했다. 사부가 유룡검법을 배우고 익혔으며, 자신에게도 아무 거리낌 없이 전해주었다면 그것은 결코 방문좌도에 맥이 닿아 있는 것일 리 없었다.

'하지만 사부는 이 책을 보지 않았다.'

또 그런 생각도 들었다. 사부로부터 한 번도 용화진경상의 난맥에 대하여 들은 바가 없었던 것이다. 그 생각을 하자 다시 혼란스러워졌다. 태사조께서는 어째서 유룡검법과 심법을 남겼으면서 따로 정법을 혼란스럽게 하는 이와 같은 비서(秘書)를 남겨서 후인으로 하여금 혼란에 빠지게 한 건지 알 수 없었다.

소옥이 고개를 숙인 채 마음의 심란함으로 상심하고 있는데 단목기가 불쑥 손을 뻗었다.

"어디 보자."

순간, 소옥은 움찔했으나 모르는 척 그의 손에 맥문을 맡겨둔 채 외면했다.

'내 난맥을 고칠 생각 때문에 순순히 너를 따라온 거니 허튼짓할 생각일랑 말아야 할걸?'

그녀는 실눈을 뜨고 가만히 단목기를 훔쳐보며 그렇게 속으로 쫑알거렸다. 동굴 안에서 단목기가 자신에게 '너의 병을 고칠 사람은 나뿐'이라고 못 박았던 것을 떠올렸다. 사문의 신공을 함께 전수받았으니 어쩌면 그가 정말 자신의 이 알 수 없는 증상을 파악하고 고쳐 줄지 모른다는 믿음도 어느 정도 있었다. 사부님께 보이고 치료받는 게 가장 확실하겠으나 지금으로써는 그에게 대신 맡겨두는 수밖에 없기도 했다.

"아직도 나를 원망하고 있나?"

눈을 지그시 감은 채 맥을 통해 소옥의 기운을 느끼고 있던 단목기가 불쑥 물어왔다. 그는 그녀의 말투에서 자신에 대한 적의가 많이 가셨다고 생각했다. 어쩌면 소옥이 사태의 잘못되었음을 인정하고 받아들인 건지도 모른다고 여겼다. 그렇기를 바라는 마음이 간절했다.

"홍, 내가 이렇게 당신의 손에 얌전히 몸을 맡기고 있다고 해서 마음도 그럴 것이라고 착각하면 안 돼요. 나는 아직도 가문에 뿌려진 피의 원한을 잊지 않고 있으니까요. 당신은 언젠가 나에게 그 피의 값을 톡톡히 치러야 할 거예요."

　표독스럽게 입술을 물고 내뱉는 말이었지만 단목기를 바라보는 그녀의 눈 속에는 감출 수 없는 흔들림이 들어 있었다. 어쩌면 그것을 들키지 않기 위해 더욱 앙칼을 떠는 건지도 몰랐다.

　단목기의 입가에 씁쓸한 미소가 떠올랐다. 그러자 그의 어깨가 쓸쓸해 보이는 것이어서 소옥은 더 이상 바라보지 못하고 그를 흉내 내듯 두 눈을 질끈 감아버렸다.

　한동안 소옥의 맥을 살피던 단목기가 그녀의 손을 놓고 비로소 눈을 떴다. 무너진 벽 틈으로 새어드는 달빛이 그의 눈가에 아롱졌다.

　애처로움과 연민과 번뇌를 담은 눈으로 지그시 바라보던 단목기가 느리게 입을 열었다.

　"원래의 미타금강기(彌陀金剛氣)가 크고 굳센 기운으로 가라앉아 있다면 그 위를 한가롭게 노닐고 있는 기운은 바로 유룡진기겠지. 그런데 어찌 된 일인지 구미(鳩尾)와 중정(中庭), 선기(璇璣)가 막혀 있고, 요양관(腰陽關)이 위태로우며 영대(靈臺)와 도도(陶道)의 운행이 답답하다."

　의식이 돌아온 이래 가슴과 목이 울혈에 잠긴 듯 무거웠다. 토악질을 해야 할 듯 속이 편치 못했고, 찌르는 듯한 요통(腰痛)이 있어서 운신이 자유롭지 못했으며, 척추를 따라 내려가는 기력이 다리에 뻗치지 못해 걷기가 힘들었다. 그런 증상들을 더듬어 생각하며 소옥은 단목기의 진단이 과연 신통하다고 생각했다.

　"커다란 진기가 좁은 입구에 한꺼번에 몰렸으니 그것을 뚫지 못하고 뒤엉켜 막은 셈이다. 그것을 풀어 원활히 흐르게 하지 못한다면 시간이 지날수록 굳어져 목숨이 위태로울 것이다."

소옥을 바라보며 말하는 단목기의 얼굴이 엄숙해졌다. 소옥은 어렴풋이 그 이치를 알 수 있을 것도 같았다. 본신의 미타금강기의 기운이 굳세고 커다란데 그 위에 유룡진기가 더해져 그녀의 몸 안에는 두 개의 거대한 진기가 제각기 떠돌고 있는 셈이었다.

그것들이 순리에 따라 제 길을 찾아 흐를 때는 서로 부딪치는 일이 없었으므로 아무 문제가 없었다. 그런데 어찌 된 일인지 유룡심법을 운용하여 갑자기 힘을 북돋우면 미타금강기의 저항이 맹렬해졌다. 그것이 유룡진기의 흐름을 가로막고 붙잡아두었으며, 유룡진기는 또 그것에 대항하기 위해 제멋대로 날뛰었다.

'그렇다면 왜 사부님을 따라 유룡검법을 수련할 때는 그런 충돌이 없었던 것일까?'

그런 의문이 다시 강하게 떠올랐다. 그 이유를 곰곰이 생각하자 다시 사부가 중얼거리듯 했던 말이 생각났다.

—유룡검(遊龍劍) 칠십이식(七十二式)은 살기(殺氣)와 극성(極性)이지만 마음을 깨끗하게 하면 감히 그것을 당해낼 검법이란 천하에 없다고 해도 과언이 아니다.

"살기(殺氣)……."

문득 마음에 집히는 바가 있어 그것이 입 밖으로 튀어나왔다.

"살기라고?"

그녀의 중얼거림을 들은 단목기가 의아하다는 눈으로 바라보았다. 소옥은 곧 머리를 가로저었다.

"그 이유에 대해서는 사부님께 물어볼 수밖에 없어요."

“좋다. 그건 나중의 일이고 지금은 너의 폐혈(閉穴)을 뚫고 관(關)을 부수어 진기의 흐름을 인도해야 한다. 더 이상 굳어지도록 방치하고 있을 수가 없다.”

단목기가 서둘렀다. 소옥은 그만큼 자신의 상태가 위태롭다는 것을 느꼈다. 그의 말대로 조금만 더 방치해 두면 자칫 목숨까지 잃는 화를 당할지 모른다는 불안이 그녀를 떨게 했다.

“밖에 있느냐!”

문득 단목기가 반 넘게 부서져 걸려 있는 사당의 문을 바라보고 소리쳤다. 그러자 곧 위추경의 모습이 나타났다.

“부르셨습니까.”

그가 공손한 모습으로 허리를 숙였다.

“음.”

뜻없는 침음성을 낮게 흘린 단목기가 그의 모습을 일별하고 무엇을 생각하는지 지그시 눈을 감았다. 한참 만에야 눈을 뜬 그가 여전히 공손한 모습으로 서서 하명을 기다리는 위추경을 다시 한 번 쓸어보고 입을 열었다.

“중요한 일을 하려고 한다. 너와 수하들이 과연 나를 위해서 호법을 서주겠는지?”

예전 같으면 목숨을 요구하는 일일지라도 ‘해라!’ 이 한마디만 하면 되었다. 그러나 지금은 그렇지 못하다는 것이 그를 씁쓸하게 했다. 위추경이 더욱 공손히 허리를 숙여 보였다.

“복명!”

그 말을 들은 단목기가 씁쓸하게 웃고 돌아앉았다.

"뭐 하는 짓!"

깜짝 놀란 소옥이 뾰족하게 소리쳤다. 마주 보고 앉은 단목기가 대뜸 두 손을 뻗어 그녀의 가슴 복판 옥당(玉堂)과 배꼽 아래의 기해(氣海)를 지그시 눌러온 것이다.

그 두 곳은 모두 여자들의 수치심이 시작되는 곳이기도 했다. 따라서 남자들은 감히 손을 뻗어 그곳에 댈 생각을 하지 못했다. 아무리 위급한 상황이라고 해도 역시 망설여지는 곳이었던 것이다. 그런데 단목기는 서슴없이 그곳에 뜨거운 손바닥을 붙였다. 소옥의 얼굴이 파랗게 질려갔다.

"조심(調心)!"

단목기가 그런 그녀의 이마에 대고 일갈(一喝)했다. 그와 함께 뜨거운 기운 두 줄기가 각기 둑이 터진 강물처럼 무섭게 밀려들기 시작했다.

"아!"

그 엄청난 힘에 놀랐고 단목기의 의도에 놀란 소옥이 비명을 터뜨렸다. 입술을 악문 단목기가 눈을 부릅뜨고 그녀를 무섭게 바라보았다.

"공을 헛되게 할 셈이냐!"

"다, 당신은 어째서……."

거칠 것 없이 쏟아져 들어오고 있는 그 무지막지한 기운이 단목기의 원신진기라는 것을 느낀 소옥이 당황하여 그의 손을 뿌리치려 했다. 하지만 단목기의 두 손은 그녀의 가슴과 아랫배에 붙어 하나가 되어버린 듯 꿈쩍도 하지 않았다. 그가 다시 소리쳤다.

"어리석은 것! 나는 사형으로서 해야 할 일을 하는 것뿐이다! 너는 소아(小我)에 사로잡혀 스스로를 망치고 나까지 해를 입도록 하려는 것이냐!"

"아!"

소옥이 다시 탄성을 발했다.

어느 사형이 사매의 위급함을 보고만 있을 것인가. 자신의 위험을 감수하고서라도 당연히 사매를 구하기 위해 최선을 다할 것이었다. 지금 단목기의 마음이 그렇다는 것이 그의 불같이 달구어진 손을 통해 절절히 느껴졌다. 그러나 그것이 소옥의 마음을 더욱 혼란스럽게 했다.

"나는, 나는…… 당신의 그 호의를 받아들일 수가……."

설마 그가 이와 같이 무지막지한 방법으로 자신의 폐혈을 뚫으려 들지 몰랐던 것이 실수였다. 소옥은 그가 사문의 오묘한 신공비결로 이와 같은 내상을 다스리는 방법을 알고 있을 것이라고 믿었다. 그러나 단목기는 예전에 아미 정현 사태(精玄師太)가 그랬듯이 자신의 내력으로 부딪쳐 소옥의 폐혈을 강제로 뚫으려 하고 있었다.

한 가지 다른 점이라면, 정현 사태는 그녀의 두터운 내력만을 운용해 소옥의 폐혈을 뚫어주는 데 전력했는데 지금 단목기는 자신의 원신진기까지 아낌없이 쏟아 부어 소옥의 몸 안에 담겨 있는 두 개의 진기를 격동시키고 이끌어 하나로 합쳐질 수 있게 하려는 것이었다.

만약 그것이 성공한다면 소옥은 더 이상 두 진기의 충돌로 인한 고통을 받지 않게 될지도 몰랐다. 그렇다면 마음껏 유룡검법을 펼칠 수 있을 것이고 미타금강기와 유룡진기를 자유롭게 운용할 수 있게 될 것이었다. 그녀의 성취가 두어 단계나 훌쩍 뛰어오르는 것이다.

그러나 과연 그것을 받아들여야 하는 것인지 끝까지 뿌리쳐야 하는 것인지 망설이지 않을 수 없었다. 상대가 다른 사람이 아닌 단목기였기 때문이다. 그런 소옥의 망설임에 초조해진 단목기가 다시 버럭 소리쳤다.

"방법이 없다. 너에게는 이미 크고 굳센 기운이 있으니 그것을 억누르고 통제할 것은 그것보다 더 큰 기운으로 인도하는 방법뿐이다. 다행히 나의 성취가 그것을 시험할 만하다. 어서 사문의 신공비결에 따라 기운을 풀고 나의 진기를 이끌어 운기하라!"

그러는 중에도 단목기의 뜨거운 양강진기는 넘칠 듯 그녀의 경맥 안에 채워지고 있었다. 소옥은 그것 때문에 참을 수 없이 고통스러워졌다. 그녀는 단목기의 말이 하나도 틀리지 않다는 것을 잘 알고 있었다. 당금 무림에서 순수한 내력으로 자신을 누를 수 있는 사람은 그리 많지 않을 것이었다. 그러므로 이와 같은 방법으로 자신을 치료할 사람도 흔치 않았다.

'소아(小我)적인 고집……'

고통 중에도 그녀는 단목기의 꾸짖음을 가만히 생각했다. 나는 과연 고집불통인가? 하는 회의가 들었다. 큰 것을 큰 것으로 보지 못하고 나의 고집스런 눈으로만 재보려 한다면 그것이 바로 대아(大我)를 버리고 소아에 집착하는 유치한 심상일 것이었다.

'나는 역시 소인배(小人輩)에 지나지 않은 것일까?'

그런 자괴감이 생기더니 불끈 오기가 치솟았다.

'좋아, 그가 끝까지 하겠다는데 말릴 필요가 뭐 있어? 그는 내 병을 고쳐 주겠다고 했으니 스스로 약속을 지키는 것일 뿐이지.'

생각은 비뚤어졌으나 단목기의 뜻에 순응한다는 결과는 같았다.

이처럼 자신의 원신진기까지 아까워하지 않고 쏟아 부어버린다면 그는 격체전공(隔體傳功)의 대법이 끝난 뒤에는 탈진 상태에 빠질 게 분명했다. 다시 원래의 기력을 회복하기 위해서는 아무도 없는 심산유곡에 숨어 대여섯 달은 족히 폐관(閉關)하고 운기조식(運氣調息)에 몰두해야 할 것이었다. 그것은 한가로운 삶을 살아갈 수 없는 강호의 낭객(浪客)에게는 지나친 피해이기도 했다.

그것을 감수하면서까지 자신의 난맥을 근원에서부터 바로잡아 주려는 단목기의 뜻과 노력이 조금씩 소옥의 가슴을 적시며 스며들었다.

소옥은 마음을 붙들고 있던 단단한 집착을 버리고 흥분을 가라앉혔다. 사문의 심법비결에 따라 기문을 활짝 열고 그의 진기를 받아들이기 시작하자 감당할 수 없을 만큼 거대한 힘으로 그것이 쏟아져 들어왔다. 마음과 뜻을 하나로 하여 운기삼매(運氣三昧)에 빠져 들어가고 있는 소옥의 눈앞에 거대한 해일이 밀려드는 모습이 보였다.

단목기의 양강진기는 거침없이 소옥의 경혈들을 뚫어가며 한 마리 씩씩한 전마(戰馬)처럼 내달렸다. 그 엄청난 기세와 힘에 서로 뒤엉켜 충돌하고 있던 미타금강기와 유룡진기가 놀란 듯 잠잠해졌다. 그것을 억누르고 아우르던 단목기의 내력이 하나의 뚜렷한 줄기가 되어 그 두 개의 진기를 차근차근 풀어내기 시작했다.

수줍은 듯, 경계하는 듯 머뭇거리던 두 개의 진기가 드디어 단목기의 태청진기(太淸眞氣)에 이끌려 어지러움을 버리고 순하게 따르기 시작했다. 벌판 가득 흩어져 있던 양 떼가 잘 훈련된 목양견(牧羊犬)과 목동의 막대기에 순응하여 한곳으로 모이더니 드디어 질서를 이루고 줄지어 우리를 찾아 들어가는 것 같았다.

소옥과 단목기는 어느덧 혼연일체가 되어 무아지경(無我之境)에 들어 있었다. 이제 소옥은 단목기가 되었고 단목기는 소옥이 되었으니 소옥의 몸 안에 흘러든 내력이 단목기의 것인지 그녀의 것인지조차 모호해졌다.

그런 상태에서 단목기는 더욱 신공을 북돋우어 자신의 내력을 소옥의 내력에 더하고 그 모든 것을 뜻대로 이끌어가기 시작했다. 그것은 비탈에서 구르는 눈덩이가 갈수록 커지는 것처럼 점점 더 부풀고 굳세어져 이제는 천하에서 그보다 더 크고 강성한 진기가 없을 만큼 되었다.

단목기가 이끄는 진기의 운동이 대주천(大周天)을 두 차례나 하고 나서 다시 기해(氣海)에 모여 무엇을 기다리듯 웅크리기 시작했다. 소옥은 마치 거대한 산 하나를 단전에 담아둔 듯 온몸이 무겁고 나른해졌다. 그것은 마음이기도 했고 신령(神靈)이기도 했다.

깊고 깊은 바다 속으로 끝없이 가라앉아 가는 듯한 무력감이 그녀의 영기신(靈氣身)을 더욱 무겁고 나른하게 침몰시켰다. 그러자 끝을 알 수 없고 두께를 알 수 없는 어둠이 심령(心靈)을 가득 뒤덮었다. 처음 겪어보는 그러한 상태가 견딜 수 없는 두려움을 가져다 주었다. 숨조차 쉴 수 없는 그 두려움 앞에서 소옥은 손가락 하나 까닥일 수 없는 무게에 짓눌린 채 다른 물건을 보듯 자신을 내려다보았고 자신의 영혼 속에 들어와 있는 듯한 단목기를 내려다보고 있었다.

그때 태산의 무게에 또 그만큼의 무게를 더하며 고요히 가라앉아만 있던 진기들이 갑자기 머리를 들고 맹렬하게 도약하기 시작했다. 마치 이 한 번의 도약으로 하늘을 꿰뚫어 버리고 말겠다는 듯 거칠 것 없는 기세였다. 그것은 전장(戰場)에서 한 무리의 용맹한 전사들이 가만히 웅크려 온 힘을 모은 다음에 단번에 적진을 뚫어버리려고 갑자기 뛰어나가는 듯한 그런 사납고 무서운 돌진이기도 했다.

그것은 아무 거리낌도 두려움도 망설임도 없이 단번에 독맥(督脈)을

뚫고 올라갔으며 임맥(任脈)을 타고 내달렸다. 관문이 가로막으면 단번
에 부수어 버렸고 맥도(脈道)가 닫혀 있으면 서슴없이 차 열었다. 그리
고는 곧장 십이중루(十二重樓)로 치달아올랐다.

　임맥(任脈)과 독맥(督脈)은 기경팔맥(奇經八脈) 중의 중요한 경락으
로써 일원이지(一源二枝)라 하였는데, 기경팔맥은 또 원양(元陽)과 진음
(眞陰)에 속해 있다. 임맥 중에서 가장 중요한 혈은 전중(膻中)과 중완
(中脘), 기해(氣海)였는데, 그것들은 각기 상초(上焦), 중초, 하초의 중앙
에 위치하고 있었다. 그 세 개의 혈이 뚫리자 그 다음부터는 무인지경
을 달리는 천마(天馬)의 기세였다.
　소양(少陽)에서 시작된 그 돌파는 무서운 기세로 전족궐음간(轉足厥
陰肝)을 관통해 버렸고, 상족양명위(上足陽明胃)와 이족태음폐(移足太陰
肺)를 뚫어버렸다. 그러면서 더욱 거세어진 그 뜨거운 기운이 충수소
음삼초(衝手少陰三焦)로 밀려 나갔다.
　소옥은 단목기가 이 기회를 빌어 자신의 임독 양맥을 타통시키는 것
은 물론, 생사현관(生死玄關)까지 뚫어버리려는 것임을 알았다. 그건
일생에 다시 맞기 어려운 기연이었고, 행운이었다.
　십이중루를 차례로 돌파해 간 진기가 긴소음심(緊少陰心)을 거쳐 마
지막으로 하수태양소양(下水太陽少陽)에 부딪쳐 갔다. 거칠 것 없어 보
이던 진기도 그쯤에서는 많이 지쳤던지 주춤거렸다. 다시 웅크려 힘을
모으던 진기가 맹렬하게 달려나가자 소옥은 마치 뜨거운 불줄기 하나
가 경락을 태워가는 듯한 고통스러움에 놀랐다.
　꽝―!
　머리 속에서 우렁찬 폭발음이 들렸다. 창백하게 시린 빛무리가 백회

를 태울 듯 정수리를 뒤덮었다.

그 순간 소옥은 자신의 무게를 잊었고 실체마저도 잊었다. 그녀는 영(靈)만으로 떠도는 허상인 것처럼 스스로 가벼워진 몸과 마음을 느꼈다. 사람이 어떻게 하면 신선이 되어 우화등선(羽化登仙)할 수 있다는 건지 종내 의심스러웠는데 이제는 그것을 알 수 있었다.

드디어 생사현관마저 뚫려 버린 것이다.

'말로만 듣던 개정대법(開頂大法)이란 바로 이런 것인가?'

무의식 중에도 그런 생각이 번갯불처럼 그녀의 머리 속을 스치고 지나갔다.

"이리 와봐. 저게 뭐 하는 거지?"

갈라진 벽 틈에 눈을 붙이고 있던 태원호가 돌아보지도 않고 손짓을 했다. 하릴없이 사당 주변을 어슬렁거리고 있던 위추경과 왕추정이 무슨 일이냐는 듯 느릿느릿 다가왔다.

"저길 좀 보라구. 이상하지 않아?"

태원호를 밀어내고 그곳에 눈을 갖다 붙인 위추경과 왕추정이 '억!' 하고 억눌린 신음을 흘렸다. 어두운 사당 안에 단목기와 소옥이 마주 보고 앉아 있었는데, 단목기의 두 손은 각기 소옥의 가슴과 하복부에 닿아 있는 채였다. 그 민망한 모습에 왕추정이 눈을 떼며 쯧쯧, 하고 혀를 찼다.

"영주께서 바야흐로 그 일을 치르시려는 모양이다. 하긴 야밤의 을씨년스러운 사당 안에서의 방사(房事)도 색다른 운치가 있을 거야."

"그게 아니다."

위추경이 황급히 왕추정의 입을 막고 낮게 속삭였다.

"무언가 요긴한 일을 하고 있는 중인 것 같다."

"글쎄, 그 일보다 더 요긴한 게 뭐 있겠소? 사내는 너나없이 사흘 굶
으면 다 게걸스러워지는 법 아니오?"

"닥치고 있어!"

시큰둥한 왕추정을 매섭게 몰아세우고 난 위추경이 다시 벽 틈에 눈
을 붙였다. 단목기의 온몸은 땀으로 젖어 있었고, 그 앞에 지그시 눈을
감고 앉아 있는 소옥 또한 땀으로 미역을 감은 듯했다. 그녀의 어깨가
가늘게 떨리고 있고 가슴이 크게 오르내렸다. 조금 더 자세히 보자 단
목기와 소옥의 정수리 위에서 안개처럼 뿌연 기체가 모락모락 피어 오
르고 있는 것이 보였다.

"내상을 치료해 주고 있는 모양이다."

눈을 뗀 위추경이 중얼거리듯 그렇게 말했다. 그 말에 다시 눈을 갖
다 대고 주의 깊게 살펴본 태원호와 왕추정도 머리를 끄덕였다.

"음, 그런 것 같군."

그들은 아직 이체전공(異體傳功)의 대법(大法)이 무엇인지 알지 못했
다. 하지만 단목기가 자신의 내력으로 소옥의 내상을 치료해 주고 있
다는 것은 알 수 있었다. 그리고 그런 일에는 무엇보다 집중이 중요하
고 많은 내력이 소모된다는 것도 잘 알았다.

"그래서 호법을 서달라고 했던 거야……."

위추경이 가만히 고개를 끄덕였다. 저 두 사람은 지금 가장 요긴한
순간에 와 있는 것이 분명하다고 생각했다. 소옥은 말할 것도 없고, 단
목기 또한 외부에 대해서는 전혀 방비할 수가 없는 상태인 것이다. 저
런 상태에서는 어린아이라도 쉽게 다가가 그들을 해칠 수 있었다.

'일생에 두 번 다시 오지 않을 기회다!'

속으로 그렇게 외친 위추경이 이를 악물었다. 그의 눈에 흉흉한 살기가 떠올랐다. 그의 한 손이 칼자루를 굳게 잡았다. 그것을 본 태원호와 왕추정이 깜짝 놀라 그의 팔을 붙들었다.

"대형, 미쳤소? 무슨 짓을 하려고?"

"지금이 아니면 기회가 없다."

위추경이 그들의 팔을 뿌리치며 단호하게 말했다.

"생각해 봐라. 우리가 추살대보다 먼저 영주의 목을 들고 북경으로 돌아간다면 이것보다 더 큰 공을 세울 수는 없을 게다. 우리는 죄를 사면(赦免)받을 뿐만 아니라 다시 복직하게 될 게 틀림없다. 어쩌면 태감으로부터 덤으로 큰 상까지 받게 될지도 모르지."

"음……."

위추경의 말을 가만히 듣고 있던 태원호가 마른침을 삼키고 나서 깊은 침음성을 흘렸다. 왕추정 또한 들뜬 얼굴이 되어서 연신 손바닥을 비벼대고 있는 것이 회가 잔뜩 동하는 모양이었다.

"게다가 우리에게는 몇 가지 값진 정보도 있다."

마지막으로 위추경이 못을 박았다. 태원호가 주위를 힐끔거리며 입술을 핥고 나서 조심스럽게 입을 열었다.

"하지만 대형은 처음에 우리에게 뭐라고 했었소? 그까짓 동창에 있는 것보다 산채(山寨)를 꿰차고 들어앉아 두령 노릇을 하거나, 방회를 세워 한 지방을 호령하는 게 훨씬 낫다고 하지 않았소? 그런데 이제 와서 다시 동창으로 돌아가겠단 말이오?"

위추경의 변심을 따진다기보다 그의 의중을 좀 더 확실하게 알아보겠다는 의도였다. 태원호도 할 수만 있다면 동창으로 다시 복귀하게 되기를 속으로 간절히 바라고 있었던 것이다.

"그때는 돌아가면 죽을 게 뻔했으니 살자고 그랬던 것 아니냐? 하지만 이제 돌아갈 구실이 생겼는데 그것을 마다한단 말이냐?"

"그것보다는 강호가 생각보다 만만치 않다는 것을 알았기 때문 아니오? 처음 생각과는 달리 우리는 물론 대형의 실력으로도 감당할 수 없는 자들이 너무 많단 말이야. 그러니 강호에 남아 있어봐야 별 재미가 없는 거지. 그럴 바에는 다시 창위(廠衛)가 되어서 검은 옷을 입고 거들먹거리며 북경 거리를 활보하는 게 훨씬 매력적이지. 그렇지 않소?"

곁에서 그들의 수작을 빤히 바라보던 왕추정이 그렇게 이죽거렸다. 제 딴에는 바른말을 한답시고 으스대며 한 말이었으나 분위기를 영 읽지 못한 바보 같은 짓이었다.

그가 좀 미련스럽고 고집 센 데는 있었지만 이처럼 앞뒤를 모르는 얼간이일 줄은 몰랐다는 듯 태원호가 잔뜩 눈살을 찌푸린 채 쳇, 하고 혀를 찼다. 상대하고 싶지도 않다는 얼굴이었다.

"뭐야?"

위추경이 불끈 핏대를 세웠다. 어느새 그의 손아귀에 왕추정의 목울대가 꽉 잡혀 있었다. 왕추정이 숨을 쉬지 못하고 끅끅댔다. 손아귀에 조금만 더 힘이 가해지면 목 동맥과 함께 울대가 부서져 버리고 말 상황이었다.

"오냐, 내 뜻을 따르고 싶지 않다면 그렇게 하도록 해. 하지만 그전에 먼저 저승부터 다녀오거라."

왕추정의 얼굴이 시뻘겋게 달구어져 갔다. 숨이 넘어갈 듯 끅끅대는 그의 얼굴에서 두 눈이 곧 튕겨져 나올 듯했다.

"대형, 그쯤 했으면 그도 알아들었을 거요. 이렇게 시간을 보내고 있느니 한 가지라도 확실하게 후딱 해치웁시다."

보다 못한 태원호가 달려들어 좋은 말로 달래며 위추경의 팔을 가까스로 뜯어냈다.

"멍청한 친구야, 그게 어디 대형 혼자만 잘되자고 하는 일이냐? 다 두루 좋자고 그러는 거잖아. 그렇게 말귀를 못 알아들어서야 어디, 쯧쯧……."

가까스로 죽음의 문턱에서 벗어난 왕추정의 얼굴이 붉으락푸르락했다. 그가 한동안 거친 숨을 씩씩거리고 나서 위추경을 외면한 채 기어들어가는 음성으로 말했다.

"잘못했소. 대형의 뜻대로 하시오."

하지만 그의 마음속에는 이제 위추경에 대한 원망이 지울 수 없도록 각인되었다. 그는 언젠가 기회가 온다면 기필코 오늘 일을 잊지 않고 되돌려주겠노라고 단단히 다짐했다.

소리가 나지 않도록 최대한 조심하면서 사당 문틈으로 비비적거리고 들어온 위추경이 잠시 숨을 멈추고 단목기의 동정을 살폈다. 그의 뒤에서 태원호와 왕추정 또한 바짝 긴장한 채 숨조차 쉬지 못하고 있었다. 그들에게 단목기는 아직도 두려움과 존경의 대상이었다. 그를 해칠 생각을 품고 서 있다는 것만으로도 가슴이 터질 듯이 쿵쾅거렸다. 만약 일이 잘못된다면 살아날 길이 없다는 것을 그들은 잘 알았다. 기회는 오직 한 번뿐이었다.

단목기로부터 아무런 기척이 없자 위추경이 용기를 내어 조금씩 다가갔다. 그의 손은 칼자루를 굳게 움켜쥐고 있었다. 태원호가 그 뒤를 조심스럽게 따랐고 왕추정은 아직도 미적거리며 그 자리에 서 있었다. 태원호가 그를 돌아보고 눈을 부라렸다. 그러자 왕추정이 손가락을 들어 바깥을 가리키고 자신의 발 아래를 가리켰다. 자기는 이곳에서 망을 보겠다는 의사 표시였다.

'쳇, 꼴답지 않게 잔머리는……'

태원호가 그런 그를 흘겨보며 속으로 욕을 퍼부었다. 일이 잘못될 기미가 보이면 저 먼저 달아나겠다는 뜻이었던 것이다. 하지만 오십보백보(五十步百步)였다. 일이 실패한다면 단목기의 칼에 목이 떨어지기는 마찬가지일 것이었다.

소옥은 한창 내력을 운기하여 몸 안에 들끓고 있는 거대한 기운을 하나씩 끌어들이고 있는 중이었다. 언제나, 무슨 일에나 마무리 단계가 가장 중요했다. 이제 막 임독양맥이 뚫리고 생사현관이 타통되었으나 마무리를 제대로 하지 못한다면 오히려 그전보다 더 나빠질 것이었다.

마음과 뜻을 하나로 모아 조식(調息)하면서 그녀는 위추경 일행의 기척을 느꼈다. 가만히 실눈을 뜨고 보자 쉴 새 없이 주위를 두리번거리며 조금씩 다가오고 있는 위추경의 음침한 모습이 보였다. 한눈에 그가 좋지 않은 뜻을 품고 있다는 것을 알 수 있었다.

'큰일이다!'

마음이 급하고 초조해져서 오로지 조식에 몰두할 수가 없었다. 막 성질을 죽이고 엎드리려던 맹수가 다시 흉성이 폭발하여 이빨을 드러내고 날뛰려 하듯, 경락을 따라 잠잠해져 가던 진기가 다시 거칠게 뛰기 시작했다.

'억!'

속으로 다급한 비명을 터뜨린 소옥이 깜짝 놀라 조식(調息)과 조심

(調心)에 온 정신을 모았다. 진땀이 이마를 적시며 흘러내렸다. 그 이마에 단목기의 서늘한 눈길이 느껴졌다. 소옥은 다시 가만히 실눈을 뜨고 바라보았다. 단목기의 흔들리는 눈빛이 바로 앞에 있었다. 그 눈속에도 당황하는 기색과 낭패감이 가득했다. 그도 알고 있었던 것이다.

단목기는 움직일 수가 없었다. 여전히 소옥의 가슴과 아랫배에 손을 붙인 채 이제는 실낱같이 미약해진 마지막 기력을 남김없이 뽑아 그녀의 운기를 돕고 있었던 것이다. 온몸에 기력이라고는 하나도 남지 않았다. 그는 껍질만 남은 거나 마찬가지였다.

드디어 위추경이 단목기 곁에 섰다. 그가 힐끔힐끔 바라보며 허리를 굽실해 보였다. 오른손은 여전히 칼자루를 잡고 있는 채였다.

"영주, 괜찮으십니까?"

"음……."

단목기가 입을 꾹 다문 채 건성으로 대답했다. 그의 등줄기로 서늘한 땀방울이 흘러 떨어져 내렸다.

"밖에 누가 찾아왔는데…… 꼭 지금 영주를 뵈어야 한다기에……."

얼버무리며 다시 한 번 단목기의 눈치를 살피는 위추경의 얼굴에 조금씩 득의의 미소가 번지기 시작했다.

"음……."

단목기는 여전히 입을 열어 대꾸하지 못했다. 위추경이 굽히고 있던 허리를 폈다. 그의 얼굴에 이제는 두려움이 없었다.

"하하, 하지만 영주가 싫다고 하시니 그만두지요. 그보다 비직(卑職)이 영주께 볼일이 있소이다."

그의 오만방자한 말투와 모습을 느끼며 단목기는 진땀만 흘리고 있었다. 소옥에게는 시간이 필요했다. 뜨거운 차 한 잔을 마실 정도의 시간은 더 있어야 할 것이다. 하지만 보아하니 이놈에게는 촌각의 시간도 아까운 모양이었다.

스르릉—

위추경이 서슴없이 허리에 차고 있던 칼을 뽑아 들었다. 그 번쩍이는 빛이 잠깐 단목기와 소옥의 얼굴을 비추고 지나갔다. 소옥의 숨결이 거칠어져 갔다. 안색마저 창백해지고 있는 그녀를 바라본 단목기가 욱! 하고 안간힘을 다하여 그녀의 몸에 달라붙어 있는 손을 떼어내었다.

비로소 손을 거두어들인 단목기의 상체가 위태롭게 휘청거렸다. 그의 모습에 힘이라고는 하나도 없어 보였다.

"대공을 이루었다. 제발 마음을 굳게 하여 동요하지 말아라. 사형의 마지막 부탁이다."

그가 속삭이듯 중얼거렸다. 소옥의 눈썹이 파르르 떨렸다.

"흠, 옛 수하가 말을 하는데 일어서지도 않다니…… 버릇없는 상관이로군."

역시 두려움을 잊고 가까이 다가온 태원호가 되지도 않는 말로 트집을 잡았다. 그가 빙글빙글 웃으며 단목기와 소옥을 번갈아 바라보았다.

"할 거면 빨리 해치우고 어서 뜹시다! 제기랄. 그래도 모시던 영주인데 그렇게 놀릴 것까지는 없잖소?"

여전히 문가에 엉거주춤하게 서 있던 왕추정이 버럭 소리쳤다. 힐끗 그를 바라본 단목기가 한번 턱을 끄덕여 보였다. 위추경과 태원호가 자신을 희롱하는 것을 못마땅해하는 왕추정의 마음이 그래도 조금은 정답게 여겨졌던 것이다.

단목기가 겨우 위추경을 향하고 돌아앉아 그를 똑바로 바라보았다. 힘이 담겨 있지는 않았지만 그의 눈은 여전히 이글거리는 듯했다. 그 것을 마주 본 위추경이 자신도 모르게 주춤했다. 마음속 깊이 자리 잡고 있는 두려움이 그를 밀어낸 것이다.

"내 목을 들고 동창으로 돌아가면 장가령(長可寧), 장 태감(太監)이 너희들을 받아들여 줄 거라고 생각했나?"

"억!"

위추경이 놀람의 탄성을 터뜨렸다. 그가 어떻게 자신의 마음을 알았는지 모를 일이었다.

"그럴지도 모르지."

스스로 묻고 답해준 단목기가 공허한 눈으로 허공을 보았다.

"한 가지만 묻자. 너희들은 어째서 곤륜파의 존장을 찾고 있었던 거지? 소옥을 붙잡고 있으면 그가 과연 너희들 앞에 나타날 것이라고 믿나?"

"억!"

대경한 위추경이 이번에는 두 걸음이나 주춤거리며 물러섰다.

"다, 당신이 어떻게 그것을……."

그렇다면 단목기가 이미 모든 것을 다 알고 있으면서도 자신들에게 호법이라는 막중한 일을 맡겼다는 말이 되었다. 위추경의 이마에 진땀이 배어났다.

"당신…… 영주는 이미 다 알고 있었구려? 그러면서도 우리를 믿었던 것이오?"

단목기가 희미하게 웃었다.

"내가 몸소 배신의 모범을 보였으니 너희들을 나무랄 수도 없지. 한때 생사를 함께했던 너희들을 믿은 것에 대해서는 후회하지 않는다."

"음……."

양심에 일말의 가책을 느꼈던지 위추경이 길게 신음했다. 칼을 쥔 그의 손아귀에서 힘이 빠져나갔다.

"기꺼이 내 목을 내주지. 그전에 나의 그 궁금증을 풀어다오."

"그것은……."

머뭇거리던 위추경이 마음을 정한 듯 다시 눈빛을 흉악하게 했다.

"좋소. 저승 가는 길이 지루할 테니 마음이라도 홀가분하게 해드리지. 그것은 흑림채(黑林寨)의 한 공자로부터 부탁을 받았기 때문이오. 그는 이번 일을 해주면 우리의 신분을 보장해 주겠다고 약속했소. 하지만 이제는 다 필요없게 되었지. 우리는 동창으로 복귀할 테니까 말이오."

"흑림채? 정강령에 있다는 그것 말이냐?"

단목기가 머리를 갸웃했다. 마음속에 조급함을 가득 담아둔 채 운기에 여념이 없던 소옥도 한쪽 귀를 열고 귀를 기울였다. 정강령(鼎岡嶺)이라는 말에 그녀의 마음이 쿵, 하고 내려앉았던 것이다.

"맞소. 허, 역시 영주는 모르는 것이 없었구려?"

"그 공자의 이름이 혹 육지평(陸知坪)이 아니더냐?"

"어허!"

위추경의 놀람은 이제 도를 넘어설 지경이 되었다. 그는 단목기가 몰래 자신들의 뒤를 따라다니며 모든 것을 보고 들은 게 아닌가 하는 생각까지 해보았다.

“음……."

이번에는 단목기가 깊은 침음성을 흘리고 소옥을 힐끗 돌아보았다. 그녀의 눈까풀이 파르르 떨리고 있는 것이 그녀 또한 마음의 격동을 참기 위해 무진 애를 쓰고 있는 모양이었다.

“그는 어떻게 하든 시간을 끌려 하고 있소. 그의 술수에 넘어가서는 안 되오!"

한쪽에서 지켜보고 있던 태원호가 버럭 소리를 지르고 달려들어 위추경을 밀어냈다. 그 말에 문득 정신을 차린 위추경이 어금니를 악물었다.

“맞다. 나는 그것을 잊었다!"

단목기의 얼굴에 당황해하는 기색이 가득 떠올랐다. 소옥에게 조금 더 시간을 벌어주어야 하는데 이제는 그럴 수 없게 된 것이다.

“당신은 이 계집이 그새 운기요상(運氣療傷)을 끝내고 벌떡 일어나 우리를 처치해 주기를 기다리고 있겠지? 그렇다면 나는 먼저 후환을 없애겠소!"

의기양양하게 외친 태원호가 검을 뽑아 들고 더 말할 것 없이 힘껏 휘둘렀다.

씨잉—!

그의 검이 날카로운 바람 소리를 내며 소옥의 정수리 위로 떨어져 내렸다.

“안 돼!"

그것을 본 단목기가 태원호의 검풍 속으로 구르듯 몸을 던졌다. 지금 소옥의 몸에는 조그만 충격도 가해져서는 안 되었다. 소옥을 가로막은 그가 한 팔을 번쩍 들어 올려 태원호의 검을 받았다.

퍽─!

둔탁한 울림이 터져 나왔고 태원호의 검이 방향을 잃고 곁으로 흘렀다. 그와 함께 비스듬히 잘려진 단목기의 왼팔이 가까스로 어깨에 매달린 채 덜렁거렸다. 한 가닥 힘줄만 남아 있는 채였다. 붉은 단면과 그 속의 허연 뼈가 고스란히 드러나 보였다. 그리고 곧 선연한 피가 흘러나오더니 분수처럼 내뻗어 태원호를 뒤덮어 버렸다.

"이런!"

아뜩해지는 단목기의 눈에 피를 뒤집어쓴 얼굴을 온통 일그러뜨린 채 물러서는 태원호의 모습이 보였다.

단목기는 어금니를 악물었다. 자신의 고통과 이 처지에 대한 한심함보다는 어떻게 하면 소옥에게 조금이라도 시간을 끌어줄 수 있을까 하는 것이 먼저 걱정되었다.

손으로 피를 훔쳐 내는 태원호의 얼굴빛이 창백해져 있었다. 그의 눈에 번쩍이는 건 살기(殺氣)이면서 광기(狂氣)이기도 했다.

"하하하……!"

태원호가 자신의 가슴에 피 묻은 손을 문질러 닦으며 미친 듯이 웃었다. 위추경마저 돌변한 그의 모습에 놀란 듯 기세를 잃고 주춤거리며 물러서고 있었다.

"내가, 내가…… 당신을 죽이지 못할 줄 알았겠지? 난 누구라도 죽일 수 있어! 다 죽여 버린다!"

태원호에게는 감추어진 잔인함이 있었다. 단목기는 그를 수하에 거느리고 있을 때부터 그것을 잘 알고 있었다. 그 잔인함은 스스로의 약함을 불만스러워하는 자들이 그것을 보상받기 위해 지니고 있는 것이기도 했다. 그런 자들은 강한 자 앞에서는 굽실거리고 눈치를 보지만

약한 자 앞에서는 지나치다고 할 정도로 매정하고 심술 사나워지기 마련이었다.

게다가 태원호는 자신이 그토록 두려워하던 영주를 자신의 손으로 해쳤다는 것에 충격을 받고 있었다. 걷잡을 수 없는 두려움과 될 대로 되라는 자포자기의 감정이 그의 이성을 흩쳐 놓았다. 그런 이상 지금의 그는 누구보다도 위험하고 무서운 자가 아닐 수 없었다.

그런 태원호가 광기에 젖어 번들거리는 눈으로 다시 다가오기 시작했다. 단목기는 그가 자신과 소옥을 능히 죽일 것이고 더 나아가 난자(亂刺)해 댈 것임을 짐작했다. 스스로의 두려움을 가학적(加虐的)인 행위로 풀어버리는 것이 그런 상태에서 흔히 보여지는 일인 것이다. 평소에 심약하고 주저하던 자가 한번 그런 광기의 상태에 빠져 버리면 아무도 말릴 수가 없었다. 어느덧 이성을 잃어버린 채 하나의 끔찍한 마귀가 되어 있기 때문이다.

"흐흐…… 천하의 홍안령주(紅眼領主) 단목기도 별수없는 인간이었구나!"

그가 검을 번쩍 치켜들었다. 이번에는 소옥이 아니라 똑바로 단목기를 겨눈 채였다.

"어, 어……?"

그의 뜻밖의 행동에 놀란 위추경이 당황한 외침을 거푸 터뜨리며 물러섰다.

"저, 저런!"

문가에 서서 그것을 바라본 왕추정이 그를 가리키며 어쩔 줄 모르고 발을 굴렀다.

"죽엇!"

태원호가 자신이 무슨 짓을 하는 건지 생각해 보지도 않은 채 검을 내려쳤다. 단목기는 눈을 부릅뜬 채 그런 태원호의 눈을 끝까지 바라보았다. 자신의 목이 떨어지는 순간을 똑똑히 봐두려는 듯했다.

"멈춰!"

태원호가 검을 휘두른 것과 동시에 날카로운 고함 소리가 터져 나왔다. 떨어져 나가 버린 사당의 둥근 창문 밖에서였다.

쉬앙─!

그리고 번개가 번쩍이는 것을 무색케 할 엄청난 속도로 무엇인가가 쏘아져 들어왔다. 그것은 지척에서 쳐 내리고 있는 태원호의 검격보다 열 배는 더 빠르고 신랄했다.

땅─!

그것에 맞은 검이 요란한 소리를 내며 뚝 꺾여 내팽개쳐졌다. 무지막지한 힘으로 태원호의 검을 꺾어버리고 맞은편 벽에 깊이 박혀드는 것이 작은 나뭇가지 한 개라는 것을 단목기는 빠른 눈으로 알아보았다.

그것의 뒤를 따르듯 검은 인영(人影) 하나가 매끄럽게 창문을 뛰어넘어 쏘아져 왔다. 형체를 살펴볼 수 없을 만큼 빠르고 가벼운 신법이었다.

"어?"

태원호의 입에서 놀람의 외침이 터져 나왔다. 그리고 그의 목이 흰호선을 그리며 떠올랐다. 다시 한 번 선연한 피보라가 무지개처럼 어두운 허공에 걸렸다.

"엇!"

태원호로부터 서너 걸음 떨어져 있던 위추경은 순식간에 벌어진 그 일을 똑똑히 볼 수 있었다. 그가 당혹성을 터뜨리고는 그대로 몸을 돌려 달아났다. 한 번 땅을 박차자 그의 신형이 쏘아진 살처럼 문을 바라보고 뻗어 나갔다. 괴인은 그제야 단목기 곁에 내려서고 있었다.

"이놈!"

장검을 번쩍 들어 올려 달아나는 위추경의 등을 향해 다시 한 번 검기를 쳐내려던 괴인이 멈칫했다.

"달아나!"

위추경이 그렇게 소리치며 막 왕추정 앞에 내려섰을 때였다.

"가긴 어디로 가!"

버럭 소리친 왕추정의 허리춤에서 창백한 검광이 번쩍였다.

"억!"

위추경이 놀람의 외침을 터뜨렸다. 가슴이 서늘해지더니 후끈 달아올랐다. 그 느낌이 곧 찌르는 듯한 고통이 되어 정수리까지 치달아올랐다. 그가 눈을 부릅뜬 채 왕추정을 바라보고 천천히 자신의 가슴을 내려다보았다. 그곳에는 자루까지 박혀 들어가 있는 검 한 자루가 있었다.

"저 개자식은 잘 뒈졌어. 너도 마찬가지야. 살아 있을 필요가 없는 인간이지."

왕추정이 턱을 덜덜 떨며 그렇게 중얼거렸다. 분노와 실망과 두려움이 그의 이성 또한 빼앗아 가버린 모양이었다.

"퉤!"

위추경의 얼굴에 침을 뱉은 왕추정이 그의 배를 걷어차며 등을 뚫고 나온 검을 힘껏 잡아 뽑았다. 뜨거운 피가 분수처럼 뻗어 나와 가슴과 얼굴을 덮어씌웠지만 느끼지 못하는 듯했다.

"더러운 놈! 개만도 못한 자식!"

그가 아직도 남아 있는 분풀이를 하듯 한 발을 번쩍 들더니 천천히 무릎을 꺾고 있는 위추경의 턱을 다시 힘껏 올려찼다.

퍽—!

그 한 번의 사정없는 발길질에 턱이 산산이 부서져 너덜거렸다. 그러나 위추경은 이제 그런 고통에서 자유로워진 몸이었다. 그가 뒤로 날려가 한쪽 벽에 뒤통수를 찧고 처박혔다. 외로 꺾인 머리가 왕추정에게 향해져 있었다. 부릅뜬 그의 눈이 놀람과 두려움을 아직도 떠올린 채 빤히 왕추정을 바라보고 있었다.

"종 사형, 역시 당신이었군요……."

단목기의 입가에 비로소 희미한 웃음이 피어 올랐다. 갑자기 뛰어들어 그를 구해준 사람은 무명자(無名子)였다.

"내가 망설이느라고 한발 늦어 그만 이런 결과를 불러들이고 말았구나. 하— 예나 지금이나 망설이기만 할 뿐 결단력이 부족해서 매번 일을 그르치니 그것도 나의 타고난 업보인가 보다."

탄식한 무명자가 단목기의 어깨에 있는 몇 군데 혈도를 짚어 지혈을 하고 힘줄만 붙어 덜렁거리는 팔을 들어 올렸다.

서걱—

그의 검이 무 밑동을 쳐내듯 단목기의 어깨에서 그것을 잘라 버렸다. 단목기는 멍한 시선으로 자신의 무릎 앞에 떨어진 팔을 바라보았다. 이십오 년 동안이나 내 몸으로 함께해 온 그것이었지만 이제는 아니었다. 낯선 물건을 보는 것 같았다.

"마음을 온통 떼어내 버리고도 아직 살아 있는 사람도 있다. 까짓 팔 하나쯤은 아무것도 아니지."

무명자의 말에 단목기가 창백해진 얼굴로 고개를 끄덕였다.

"그렇소. 사형의 처지에 비하면 이까짓 것은 아무것도 아닐 것이오."

"나를 알아보았나?"

무명자가 의아해하는 눈길로 단목기를 바라보았다. 동굴 안에서 한 번도 그의 주목을 받은 적이 없었다고 생각했다. 그런데 단목기는 자신을 유심히 살펴본 모양이었다. 단목기가 쓸쓸하게 웃어 보였다.

"십오 년 전의 일이지만 소제는 똑똑히 기억하고 있다오. 어찌 내가 종 사형을 잊을 수 있겠소?"

"그렇지."

무명자가 침울한 얼굴로 머리를 끄덕였다.

"내가 한시도 너와 사부님을 잊지 못했는데…… 어린 너 또한 아직 나를 잊지 못하고 있었구나. 그것이 벌써 십오 년 전이라니……."

말끝에 길게 탄식한 무명자가 오히려 단목기보다 더 쓸쓸한 얼굴이 되었다.

"사부님께서는 강녕(康寧)하시냐?"

단목기가 말없이 머리만 끄덕였다. 그사이에도 그의 얼굴빛은 점점 창백해져서 이제는 백지장처럼 하얗게 탈색되어 있었다.

"종유상아, 종유상……. 너는 결국 스스로를 잊지 못하고 감추지 못했구나. 무슨 낯으로 다시 나타났단 말이냐."

스스로를 탓하며 가슴을 두드린 무명자가 단목기의 창백해진 뺨을 어루만졌다.

"이왕 이렇게 나타날 것이면 조금 더 일찍 올 것을……. 내가 너무 늦어 너를 이렇게 만들고 말았구나."

눈물까지 글썽이는 것이 단목기 자신보다 오히려 더 안타까워하는 것 같았다. 단목기는 턱밑에 구레나룻이 거칠한 우람한 체구의 장한이었다. 그런 그를 아이 쓰다듬듯 하는 무명자의 손이 가늘게 떨리고 있었다. 단목기도 자신의 처지를 잊은 듯 무명자의 손길에 볼을 맡긴 채 지그시 눈을 감고 있었다. 그 얼굴에 고통은 씻은 듯 사라졌고 편히 잠들기라도 하는 사람처럼 평온함과 안락함이 가득했다.

"당신도 곤륜 문하인가요?"

길게 숨을 내쉬고 천천히 눈을 뜬 소옥이 담담한 음성으로 말했다. 그 음성을 듣고 힘겹게 머리를 든 단목기가 무명자의 품에 안긴 채 소옥을 유심히 바라보았다. 무명자가 가만히 고개를 가로저었다.

"아니다. 곤륜에 어찌 나같이 패역(悖逆)한 자가 있겠느냐? 나는 곤륜 문하가 아니다."

"그렇다면 저리 비키세요."

흐느낌을 가까스로 참는 음성이었다. 소옥이 무릎걸음으로 다가와 무명자를 밀쳐 내고 단목기를 빼앗아 품에 안았다. 기어이 그녀의 볼을 타고 뜨거운 눈물방울이 떨어져 창백한 단목기의 이마를 적셨다.

"사…… 형……."

그녀를 만난 이래 처음으로 그 소리를 들은 단목기의 입가에 흐릿한 미소가 떠올랐다. 그가 이제는 하나뿐인 팔을 힘겹게 들어 소옥의 볼을 훔쳐 주었다.

"축하한다."

소옥이 그의 차가운 손을 꼭 붙잡았다.

"사형, 이번에는 내가 사형을 살려내겠어요."

단목기가 힘없이 머리를 저었다.

"시간이 많지 않다. 그를 나에게 다오."

곁에서 지켜보던 무명자가 다시 무표정한 원래의 얼굴로 돌아와 건조하게 말했다.

"그를, 그를…… 어떻게 하려는 거죠?"

"나의 사부님만 모셔올 수 있다면 그는 죽지 않는다. 하지만 불편해지겠지. 그리고 어쩌면…….."

"어쩌면?"

불길함을 느낀 소옥이 부르르 몸을 떨고 반문했다.

"허약한 촌부로 평생을 살아가야 할지도 모르지."

무공을 잃어버린다는 말이었다. 소옥은 그게 어떤 건지 잘 알았다. 그건 차라리 죽는 것보다 더 잔인한 일일 수 있었다. 단목기가 그렇게 된다는 것이 견딜 수 없었다. 모든 것이 자기 때문이라는 자책감이 그녀를 괴롭혔다. 소옥은 입술을 악물었다. 한마디도 말을 할 수가 없었다. 입을 벌리면 왈칵 울음이 터져 나올 것 같았기 때문이다. 그런 꼴을 보이고 싶지 않았다. 그녀가 애써 입술을 일그러뜨리며 어색한 웃음을 피워 올렸다.

"그렇지 않아요. 그를 형산의 사부님께 데려가면 그분께서 치료해 주실 거예요. 그러니 당신은 상관 말고 갈 데로 가세요."

빼앗기지 않으려는 듯 한 팔로 단목기를 더욱 굳게 끌어안은 채 소옥이 한 손을 내저었다. 무명자의 무표정한 얼굴이 그런 소옥과 단목기를 내려다보기만 했다.

"사매……."

단목기의 힘없는 음성이 소옥으로 하여금 기어이 다시 눈물을 흘리게 하고 말았다.

"사형……."

그녀가 가까스로 참고 있던 울음을 터뜨렸다. 낮은 흐느낌이 이제는 멈출 줄을 몰랐다. 그녀를 바라보는 단목기의 얼굴에 무명자를 보았을 때처럼 또 한 번 행복한 미소가 떠올랐다.

"나는 종 사형을 따라가겠다. 이제는 그와 떨어지지 않으려고 한다. 사문에 어려운 일이 많다. 그것을, 그것을……."

차마 말하기 어려운 듯 망설이던 단목기가 소옥을 외면하고 가까스로 다시 입을 열었다.

"이제는 너 혼자서 모두 감당해야 한다는 것이 마음에 걸린다."

소옥이 입술을 악물었다.

"하겠어요."

그게 어떤 일인지는 하나도 제대로 아는 게 없었다. 하지만 무엇이 되었든 기어이 해내고 말겠다는 결심부터 모질게 했다. 단목기가 지고 있던 짐이라면 이제 그것을 자신이 대신 짊어지는 게 당연했다. 소옥이 더 이상 부끄러워하지 않고 옷소매를 들어 눈물로 얼룩진 얼굴을 닦았다. 그리고 무명자를 바라보았다. 그녀의 눈빛이 어두운 호수처럼 가라앉아 있었다.

"그를 어디로 데려갈 거죠?"

"가장 안전한 곳."

단목기를 받아 안은 무명자가 성큼성큼 걸어 사당을 나갔다. 문 곁에 엎드려 있는 왕추정에게는 눈길 한 번 주지 않은 채였다.

"산채(山寨)로 돌아가. 가서 육지평에게 전해. 내가 곧 찾아간다고 말이야."

그를 스쳐 지나가던 소옥이 문득 걸음을 멈추고 싸늘하게 말했다.

*　　　*　　　*

"뭐야? 온다 간다 말도 없이 제멋대로 꺼지더니 이따위 산송장 하나를 데리고 와서 나더러 뭐 어떻게 하라고?"

남궁적이 손가락을 들어 단목기를 가리키며 버럭 악을 썼다.

"무엇이?"

소옥이 발끈하여 나서려 하자 가만히 그녀의 옷깃을 붙잡아 뒤로 물린 무명자가 공손히 두 손을 모으고 서서 머리를 조아렸다.

"대형, 내가 대형을 따라다닌 지 어느덧 오 년이 되었소."

나이가 많아도 남궁적보다 열 살은 많은 무명자였다. 그럼에도 이제 겨우 서른 살이 되었을까 한 남궁적을 대형으로 섬기면서 그동안 한 번도 불편한 심기를 드러내 보인 적이 없었다. 남궁적도 그것을 잘 알았다. 자신을 따르는 건달패들 중에는 나이가 지긋한 자도 더러 있었는데, 그들은 나이 많은 것을 내세워 가끔 자신을 얕보고 대들기도 했다. 하지만 무명자만큼은 조금도 그런 기색이 없었다. 내심 그것을 고맙게 여기고 있기도 했던 터라 남궁적은 입을 다물고 말았다.

"그동안 한 번도 대형에게 작은 부탁도 해본 적이 없으며, 해를 입힌 적도 없소."

"음……."

얼굴에는 여전히 불쾌한 기색이 남아 있었지만 눈빛은 많이 풀어져 있었다. 무명자가 그 앞에 털썩 무릎을 꿇었다.

"어, 어?"

한쪽에 물러서서 어떻게 되나 하고 지켜보던 자들이 모두 놀라 외쳤다. 소옥도 깜짝 놀라 무명자의 어깨를 붙잡았다.

"이게 무슨 짓이에요!"

힘써 일으키려 하였으나 무명자의 몸은 천 근의 바위가 된 듯 요지부동이었다. 그가 땅바닥에 머리를 찧으며 간절하게 말했다.

"이렇게 부탁하오. 대형만이 오직 그를 보름 동안 지켜줄 수 있소. 그 뒤에는 나의 사부가 와 그를 데려갈 테니 상관없소. 나의 처음이자 마지막 부탁이오."

"음……."

난처하다는 듯 외면했던 무명자가 번쩍이는 눈으로 소옥을 바라보자, 한번 표독스럽게 그를 노려본 소옥이 슬며시 외면했다.

"좋다. 저 계집도 내 앞에 무릎을 꿇고 부탁한다면 들어주지."

"뭐야?"

소옥이 발끈하여 나서려 하자 무명자가 한 손을 뻗어 그녀의 종아리를 꽉 움켜쥐었다.

"목기를 죽일 셈이냐?"

"어째서 저자가 아니면 안 된다는 거죠? 차라리 당신이 그를 지켜주면 더 마음이 놓이겠어요. 아니면 내가 보름 동안 그의 곁에 있으면 되잖아요!"

"그렇게 일렀건만 내 말을 그새 잊었단 말이냐!"

무명자가 엄한 얼굴로 꾸짖었다.

"나는 사부님을 모시러 가야 하고, 너는 하루라도 빨리 형산으로 돌아가 네 사부님을 뵈어야 한다."

"쳇!"

코웃음을 치며 외면했지만 소옥은 대꾸할 말을 떠올리지 못했다.

다시 동굴로 돌아오는 동안 그녀는 무명자로부터 그동안의 일들에 대하여 대략 들어 알고 있었다. 무명자로 불리는 종유상(鐘裕相)이 무슨 이유로 단목기로부터 사형이라는 호칭으로 불리는 것인지는 그들이 끝내 말하지 않았으므로 알 수 없었다. 다만 그가 곤륜과 연관이 있는 게 틀림없다는 짐작을 했을 뿐이다.

무명자는 자신의 사부가 와야 단목기를 살릴 수 있다고 말했다. 그의 말에는 사람을 믿게 하는 힘이 있었다. 소옥은 반드시 그럴 것이라고 믿어 의심치 않았다.

"당신의 그 사부는 단 사형의 사부인가요?"

넌지시 떠보자 무명자가 단호히 머리를 저었다. 그러면서 그는 엉뚱한 말을 했다.

"너는 이렇게 한가로울 시간이 없다. 한시라도 빨리 네 사부에게 돌아가라. 그렇지 않으면 크게 후회할 일이 닥칠 것이다."

"그게 뭐죠?"

서두르는 무명자의 기색을 보며 문득 마음에 불안한 생각이 들었다. 무명자가 그녀를 쫓아내듯 손을 저었다.

"네가 늦으면 늦어지는 만큼 네 사부는 위험에 처하게 될 것이다."

"억!"

놀란 소옥이 가슴을 누르고 그를 쏘아보았다.

"당신은 그것을 어떻게 알죠?"

"내 사부님께서 너에게 전하라고 하신 말씀이니 틀림없다."

"대체 당신의 사부가 누구시길래 곤륜의 일을……."

"차차 알게 될 것이다."

입술을 잘근잘근 깨물며 잠시 생각한 소옥이 단호하게 말했다.

"좋아요. 나는 당신이 사형을 어떻게 하는지 보고 난 뒤에 형산으로 향하겠어요."

그가 과연 단목기를 어떻게 하려는 것인지 궁금했다. 중상을 입은 그를 데리고 사부를 찾아다니지는 않을 것이니 어딘가에 숨겨두거나 아니면 누구에게 부탁하여 맡겨둘 것이라고 짐작은 했다. 그렇다면 그게 누구인지 알아둬야만 마음이 놓일 것이었다. 그런 소옥의 마음마저 막을 수는 없다고 여겼던지 무명자가 한숨을 쉬고 발길을 재촉했다. 그리고 그녀를 데리고 온 곳이 바로 남궁적이 머물고 있는 이 동굴이었던 것이다.

단목기를 따라 동굴을 떠났던 소옥은 결국 다시 그곳으로 돌아온 꼴이 되고 말았다. 그리고 이번에는 자기가 아닌 단목기가 남궁적에게 목숨을 맡기게 되었다. 그녀는 속으로 이 짐승 같은 놈과의 인연이 참으로 지겹도록 질기다고 중얼거렸다.

"어떻게 할 테냐!"

남궁적이 외눈을 번쩍이며 재촉했다. 소옥은 그 눈알마저 파내 버리고 싶은 충동을 가까스로 눌러 참아야 했다.

'쳐 죽일 놈!'

속으로는 그렇게 욕했지만 그녀도 어느덧 무명자 곁에 무릎을 꿇은 채 엎드리고 있었다. 단목기는 자신을 살리기 위해 서슴없이 목숨을 내던졌다. 그런데 잠깐의 굴욕을 견디지 못해서 그에게 해가 되도록 할 수는 없었다.

"와하하하……."

엎드려 머리를 조아리는 소옥의 날렵한 등을 내려다보던 남궁적이 동굴이 떠나가라고 크게 웃어댔다.

"좋아, 그의 목숨을 내가 책임져 주지. 하지만 보름뿐이다. 더 이상은 안 돼!"

"감사하오. 대형의 은혜는 잊지 않을 것이오."

무명자가 비로소 안도한 얼굴로 일어섰다.

"그런데 이자가 어쩌다가 이 지경이 되었지? 강해 보이던데 순 허풍이었나?"

남궁적이 태평한 얼굴로 단목기 곁에 쪼그리고 앉아 그의 잘려진 팔을 기웃거려 보며 중얼거렸다.

"흥, 너 같은 놈은 열 명이 있어도 그의 한칼을 당해내지 못할 것이다!"

그 앞에 무릎을 꿇고 말았다는 분함을 참지 못한 소옥이 화풀이하듯 소리쳤다. 당연히 화를 낼 줄 알았던 남궁적이 멀뚱한 눈으로 바라보기만 했다. 소옥은 제풀에 싱거워지고 말았다.

"그게 정말이냐? 나보다 훨씬 강한 자였나?"

그가 무명자를 바라보며 고개를 갸웃하고 물었다. 소옥과는 상대하기 싫은 모양이었다. 그가 과거형으로 말하고 있다는 것을 안 무명자가 쓴웃음을 지었다.

"사실이오."

"그럼 너는?"

남궁적이 갑자기 돌변하여 곧 달려들기라도 할 듯 벌떡 일어서더니 무섭게 노려보며 다시 물어왔다.

"귀수삼선이라나 뭐라나 하는 늙은이와 어울려 싸우는 걸 똑똑히 보았다. 너는 결코 그 늙은 귀신들보다 못하지 않더군. 그런데 어째서 한 번도 그런 솜씨를 보여준 적이 없었지?"

"음, 그것은……."

망설이던 무명자가 깊은 눈빛으로 남궁적을 한번 보고 바닥에 누워 있는 단목기를 보았다.

"정 원한다면 보여주겠소."

그가 곁에 놓아두었던 검을 쥐었다. 그때까지 눈을 꼭 감은 채 말이 없던 단목기가 힘겹게 눈을 뜨고 무명자를 올려다보았다.

"사형, 조심하시오."

무명자가 단목기의 창백한 볼을 한번 쓸어주었다. 그의 입가에 흐릿한 미소가 떠올라 있었다.

"십오 년이라는 세월이 흘렀다. 그동안 내가 어떻게 달라졌는지 너도 보고 싶지 않나?"

단목기의 창백한 얼굴에도 한줄기 미소가 피어 올랐다.

"그때도 사형은 내가 미치지 못할 만큼 뛰어났었는데 굳이 확인할 게 뭐 있겠소?"

"뭐야? 뭐라고 속삭이고 있는 거냐구. 설마 나에게 도전하겠다는 건 아니겠지?"

남궁적이 의아한 듯 외눈을 두리번거리며 물었다. 단목기를 안고 일어선 무명자가 턱으로 동굴 바깥을 가리켰다.

"그가 찾아왔소."

"누가 왔다고?"

두리번거리던 남궁적이 비로소 무엇인가를 느낀 듯 칼을 움켜쥐고 허리를 쭉 폈다.

"제기랄. 들켰으니 또 이사를 가야겠군."

"나를 찾아온 자라면 내가 맞아야 하지 않겠어요?"

소옥이 무명자의 옷깃을 잡으며 눈을 빛냈다. 무명자가 그런 소옥의 손을 가만히 털어냈다.

"그는 두 가지를 다 욕심 내고 있다. 그러니 내가 맞아도 무방하지."

"사매, 이번 일은 종 사형에게 맡겨두거라. 그는 너를 위해 어려운 일 한 가지를 처리해 주려는 거다."

단목기도 미약한 음성으로 그렇게 거들었다. 소옥은 더 고집을 부릴 수 없었다.

남궁적이 외눈을 두리번거리며 그들을 차례로 둘러보았다.

'이것들은 벌써부터 알고 있었군.'

밖에 찾아와 있는 자의 존재를 자신은 무명자의 말을 듣고서야 비로소 깨달았는데, 단목기나 소옥은 그렇지 않았던 것이다. 그의 머리 속에 섬뜩한 두려움이 스치고 지나갔다.

소옥이야 그렇다고 쳐도 단목기는 보아하니 몸에 지녔던 무공을 모두 잃은 모양이었다. 그런데도 그 감각이 자신을 오히려 능가하고 있다는 것이 놀라웠다.

무명자를 따라 동굴 밖으로 나와본 남궁적은 두 번째로 놀라고 말았다. 이번의 놀람은 더욱 큰 것이어서 그의 입에서 억! 하는 비명이 튀어나오고 말았다.

"억! 저, 저자는……."

동굴 앞 비탈 아래에 한 사람이 뒷짐을 진 채 서서 오연하게 턱을 치켜들고 하늘을 바라보고 있었다. 번쩍이는 황동의 갑옷이 달빛 아래 무겁게 가라앉아 보였다. 산동의 신창(神槍) 양소문(楊召雯)이었다.

그는 무명자가 대여섯 걸음 앞에 다가올 때까지 어두운 하늘 멀리 둔 시선을 거두지 않았다.

"용케 찾아왔구려."

포권해 보인 무명자가 가볍게 말을 던지자 그제야 그의 눈길이 무명자에게 향했다.

"너는 누군가?"

물어보는 음성이 담담했다. 그의 오만함을 물끄러미 바라보던 무명자가 피식 실소를 흘렸다.

"이름도 없는 자올시다. 들어도 알지 못할 것이오."

"나는 이름없는 자는 상대하지 않는다. 그녀를 내놓는다면 이대로 물러가겠다."

그가 짜증스럽다는 듯한 시선을 한번 무명자에게 던진 뒤 손가락을 들어 비탈 위를 가리키며 외면했다. 그곳에는 남궁적과 소옥이 그들을 바라보며 서 있었다. 그의 지적을 받은 소옥이 입술을 깨물었다. 신창 양소문이라면 만만히 여길 상대가 아니라는 것쯤은 그녀도 잘 알고 있었다. 어떻게 해야 할 것인지 잠시 생각하는데 무명자의 무거운 음성이 들려왔다.

"양 대협이 나를 꺾는다면 당연히 그녀가 나설 것이오."

"음, 그런가."

무명자의 말에 여전히 짜증이 난다는 듯 그를 흘겨본 양소문이 세워 들고 있던 창을 지그시 눌렀다. 그러자 단단한 땅을 뚫고 창대가 한 자나 박혀 들어갔다. 마치 깃대처럼 꼿꼿이 선 그 모양이 신기했다. 무명자는 양소문이 아무것도 아니라는 듯 가볍게 보여준 그 한 수에서 그의 고강한 내력을 보았다.

"과연 대단하오."

웃으며 말하는 무명자의 얼굴을 물끄러미 바라보던 양소문이 고개를 갸웃했다. 그의 얼굴에서 진정으로 감탄하고 두려워하는 빛을 찾아내지 못한 탓이다. 적어도 이 정도의 신위(神威)를 보여주었으면 스스로 어려움을 알고 물러서리라고 여긴 모양이었다.

아직 진정한 무공의 깊이를 모르는 하수이거나, 아니면 이 정도쯤은 아무렇지 않게 여길 만한 고수일 것이라고 생각했다. 하지만 어디로 보아도 고수 같은 기색은 없는 자였다. 무림에 저런 자가 있다는 말을 들어본 적도 없었다.

'하룻강아지로군.'

양소문은 내심 비웃음을 흘렸다. 어느 정도 무공에 조예를 쌓은 자라면 상대의 한 동작만 보아도 그 깊이를 가늠할 수 있고, 고수라고 불리는 자들은 상대의 보이지 않는 기세에서 벌써 승부를 점치는 법이었다. 그렇지 못하다는 건 그만큼 배움이 일천하다는 반증인 것이다.

양소문은 맥이 풀려 버리고 말았다. 때문에 눈앞에 버티고 선 무명자의 기도를 읽는 일에 소홀했다. 그건 무명자가 철저히 자신의 기세를 죽이고 감춘 때문이기도 했다. 그는 양소문의 방심을 최대한 이용할 생각을 하고 있었다. 그건 어둠 속에서 비수를 품고 다가오는 것과 같이 지독한 암수이기도 했고, 일격필살(一擊必殺)을 획책하는 무서운 노림수이기도 했다.

"와라."

양소문이 뒷짐을 진 채 느긋한 얼굴로 그렇게 말했다. 그를 바라보는 무명자의 얼굴이 무표정해졌다.

"후회하지 않겠소?"

"후회?"

머리를 갸웃한 양소문이 흰 이를 드러내고 웃어 보였다.

"그럼 실례하오."

몇 마디 한가롭게 주고받는 사이에 무명자는 조금씩 발끝을 내밀어 한 걸음 반을 다시 좁혀오고 있었다. 그러나 양소문은 그것마저 눈치 채지 못했는지, 아니면 알고도 무시해 버린 것인지 조금도 신경을 쓰지 않는 것 같았다.

이제 두 사람 사이의 거리는 다섯 걸음 남짓이 남아 있었다. 한 번 뛰어들면 서로 이마를 맞댈 수 있는 거리였다.

가소롭다는 듯, 아니면 귀찮다는 듯, 양소문의 비웃음을 담은 시선이 무명자를 스쳐서 그 뒤 동굴 입구에 서 있는 소옥에게로 힐끗 향했다. 그곳에 건달 한 놈의 부축을 받으며 서 있는 단목기의 모습이 보였다. 창백한 안색과 피에 젖은 옷자락이 심상치 않아 보였다. 그것을 본 양소문의 얼굴에 언뜻 의혹이 떠올랐다.

바로 그때 무명자가 움직였다.

팟—!

발끝으로 가볍게 땅을 박찬 순간 그의 몸이 빛살처럼 쏘아져 들었다.

'엇!'

와락 다가드는 상대에게서 비로소 치열한 기세와 살기가 읽혀졌다.

'아차!'

양소문은 그 순간 자신의 커다란 실수를 느꼈다. 그는 급히 호흡을 끊으며 손을 뻗어 꽂아놓은 창을 잡으려 했다. 그러나 그림자처럼 소리없이 닥쳐든 무명자의 발끝이 창대를 걷어차는 것이 손가락 마디 하나의 차이만큼 더 빨랐다.

핑—!

그의 발에 걷어차인 창대가 크게 휘어지더니 탄력을 받아 퉁겨졌다. 부르르 떨며 진동하는 창대를 잡는 것이 쉽지 않았다. 양소문이 눈살을 찌푸렸다. 요란하게 떠는 그것을 잡는 데 다시 반 호흡의 시간을 놓치고 만 것이다.

씨잉—!

그 순간에 무명자의 검이 창대와 양소문 사이의 공간을 끊어내며 곧장 후려쳐 왔다.

"윽!"

양소문의 입에서 당황과 절망의 외침이 낮게 터져 나왔다. 손 안에 가득 잡혀들던 창대의 떨림이 갑자기 사라졌다.

그는 팔꿈치에서부터 깨끗이 잘려 허공에 걸린 자신의 오른팔을 보아야 했다.

'물러서야 한다!'

그의 본능이 그렇게 소리쳤다. 그리고 무서운 눈으로 옆으로 빠져나가는 무명자의 검로(劍路)를 보았을 때 옆구리에 서늘한 느낌이 박혀들었다.

"욱!"

그의 입에서 다시 격한 신음성이 흘러나왔다. 갈빗대 사이를 파고든 무엇인가가 폐부에 깊숙이 박혀드는 느낌이 가슴을 저리게 했다. 그가 불신이 가득한 눈으로 그것을 보았다. 어깨를 붙이듯 바싹 파고든 무명자의 숨결이 느껴졌다. 언제 뽑아 들었던 것인지, 그의 왼손에 잡혀 있는 단검 하나가 옆구리에 깊숙이 박혀들고 있었다. 그곳은 갑옷의 매듭이 있는 곳으로 호신갑(護身鉀)의 보호를 받을 수 없는 사각(死角) 이었다.

"이, 이, 교활한……!"

그의 분노에 찬 외침은 더 이어지지 못했다. 단검을 놓은 채 물러서 는 무명자의 무표정한 얼굴이 언뜻 보인 순간 싸늘한 휘파람 소리를 내며 다시 꺾여 돌아온 검이 목에 박혀들고 있었던 것이다.

"어, 어? 저, 저거……!"

호기심을 가지고 그들의 대치 상태를 지켜보고 있던 남궁적이 외마 디 소리를 지르며 무명자와 양소문을 가리켰다. 눈 깜짝할 사이에 벌 어진 그 일을 그는 믿을 수 없었다. 자신이 헛것을 보았다고 생각했다.

설마 천하 십대고수와 비견되는 신창 양소문이 무명자의 일검을 당 하지 못하고 쓰러지리라고는 꿈에서도 생각해 보지 못한 그였다.

'대체 저자는 스스로를 감추고 있던 검귀(劍鬼)였단 말인가?'

그런 의문이 그를 답답하게 했다.

"사형은 훨씬 더 무서워졌군."

단목기도 머리를 설레설레 저었다.

"그는 대체 누구죠? 그는 자신이 곤륜 문하가 아니라고 했는데 당신 은 어째서 그를 자꾸만 사형이라고 부르는 거죠?"

소옥이 눈살을 찌푸리며 물었다. 단목기가 휴, 하고 길게 탄식했다.

"차차 알게 될 것이다. 내 입으로는 차마 말을 꺼내기 어렵다. 형산 에 돌아가거든 네 사부님께 여쭈어보아라. 종유상(鐘裕相)이라는 이름을 들으면 그분께서 이 일에 대해서도 말해 주실 거다.”

그 몇 마디의 말을 하는 데에도 숨을 가쁘게 쉬더니 기침을 해댔다. 소옥이 그를 부축하기 위해 손을 뻗어 무의식 중에 왼쪽 팔을 붙들었다.

“아!”

깜짝 놀란 그녀가 탄성을 발하고 불에 데인 듯 손을 떼었다. 단목기의 팔이 허전한 것을 새롭게 느낀 것이다. 단목기가 쓰게 웃었다.

“너는 놀랄 것 없다. 팔 하나를 잃고 사매를 되찾았으니 그것이 내게는 오히려 다행스러운 일이다.”

“사형…….”

마음의 갈등이 그녀를 흔들었다. 이번에는 소옥이 이마를 짚고 비틀거렸다. 눈앞에 어머니와 동생들의 부패한 주검과 음습한 뇌옥 안에서 자신의 품에 안겨 참혹한 모습으로 죽어가던 아버지의 모습이 어른거렸다. 은원(恩怨)의 복잡한 감정이 그녀의 얼굴에서 핏기를 빼앗아갔다. 오히려 단목기보다 더 창백해진 얼굴로 바라보는 그녀의 볼을 타고 눈물이 흘러내렸다.

“휴…….”

그것을 보고 길게 한숨을 불어낸 단목기가 하나뿐인 손을 내뻗어 그녀의 차가운 손을 잡았다.

“은원이라는 것은 그것을 하나하나 따지고 설명하기가 너무 복잡해서 몇 마디의 말로 밝힐 수가 없다. 세상일이 엉킨 실 타래처럼 복잡하니 그 속에서 살아가는 사람들의 은원은 더욱 얽히고설키기 마련이다. 그러니 누가 그것을 옳다 그르다고 할 수 있으랴. 다만 세월이 흘러 그 모든 것들이 스스로 분명해질 때를 기다릴 수밖에…….”

처연한 음성으로 말끝을 흐린 단목기가 문득 생각났다는 듯 소옥의 손을 놓고 무명자를 가리켰다.

"그가 한 번 검을 휘둘러 승리를 취한 까닭을 생각해 보았느냐?"

어색해진 분위기를 바꾸려는 단목기의 의도가 엿보였다. 소옥이 눈물을 훔치고 애써 태연한 얼굴을 했다.

"그는 빠르고 강해요. 게다가 상대의 허를 찌를 줄 아는 심기까지 지녔으니 과연 끔찍할 만큼 무서운 사람이 틀림없군요."

"네 말은 반만 맞았다."

"……?"

"종 사형은 과연 예전보다 훨씬 더 무서워졌고, 그의 독특한 수법을 완성한 듯 보이니 대단한 일이다. 그러나 양소문이 죽은 것은 스스로의 교만이 그렇게 한 것이나 다름없다. 그러니 역시 교만보다 무서운 적은 없다고 해야 할 것이다. 때문에 적을 상대함에 있어서는 언제나 겁 많은 처자처럼 두려워하고 경계하여 마음에 후회가 남지 않도록 해야 한다."

단목기의 말에서 소옥은 자신을 돌이켜 볼 수 있었다. 몸에 지닌 사문의 절기에 대한 자부심이 커서 그동안 적들을 경시하고 가볍게 여긴 적이 많았다. 그럼에도 아직 한 번도 패하지 않을 수 있었던 것은 무명자와 같이 무서운 심기를 지닌 자를 만나지 못해서일 것이었다. 만약 그랬다면 자신은 벌써 저 양소문처럼 목이 잘린 끔찍한 주검이 되어버렸을 것이라고 생각하자 온몸에 소름이 돋았다.

"마음에 쳐버리겠다는 결심이 섰으면 망설이고 주저할 이유가 없다. 과감함이야말로 나의 부족함을 가려주는 훌륭한 수단이 되기도 한다. 한번 검을 휘둘렀으면 살고자 하는 마음을 버리는 것이 묘법이다. 죽이지 못하면 죽을 뿐이라는 독한 뜻이 일지 않는다면 차라리 달아나는 것이 낫다. 그렇지 않고 꼭 부딪쳐야 할 상대라면 그의 눈과 귀와 느낌을 속이고 마음이 풀어졌을 때 갑자기 들이쳐 승리를 손에 넣어야 한다. 그 기회마저도 놓쳤다면 다음으로는 최대한 상대를 가깝게 끌어들여 함께 죽는다는 각오로 일격을 노려라. 그렇게 하면 대개는 나의 살을 내주고 상대의 뼈를 깎을 수 있는 길이 열린다. 그것도 할 수 없다면 처음부터 검을 버리고 항복하는 것만이 목숨을 부지하는 길이지.”

단목기는 마치 자상한 사부처럼 소옥에게 그의 심득을 설명해 주었다. 소옥은 그의 말속에서 검을 들고 싸운다는 것의 치열함과 야비함을 비로소 실감했다. 그것이 강호에서 검객으로 살아남는 세 가지 방책이라는 것도 깨달았다.

싸움이라는 것은 어쨌든 상대에게 깊은 상처를 주게 되는 일이었다. 그렇지 못하면 내가 그것을 받아야 했다. 말로 하는 싸움도 마찬가지인데, 하물며 도검(刀劍)을 들고 목숨을 다투는 일은 더 말할 것도 없었다. 죽이지 못하면 죽는다. 그것만이 검끝에 닿아 있는 유일한 길이다. 그리고 그러한 사실을 자각하는 것이야말로 진정한 검객의 길에 들어서는 첫걸음이었다.

“잘 알았어요.”

소옥이 입을 꼭 다문 채 머리를 끄덕였다. 그녀의 표정이 한결 비장해지고 냉엄해졌다. 한악격렬(悍惡激烈)이라는 구결(口訣)의 오의(奧義)가 깨달아졌던 것이다.

‘이상한 일이다.’

곁에서 그 말을 엿듣던 남궁적이 고개를 갸웃하며 단목기를 훔쳐보았다.

'어째서 그의 말이 답답하던 내 마음을 시원하게 해주는 걸까?'

남궁적은 가만히 그 이유를 생각해 보았다. 단목기의 말은 자신이 깨우치기 위해 그토록 몸을 아끼지 않으며 매진해 오고 있는 단혼도법(斷魂刀法)의 요체와 너무도 잘 맞았던 것이다.

남궁적은 오래전, 그의 나이 열 살 때 감숙(甘肅)의 공동파에 입문한 적이 있었다. 그는 곧 타고난 근성과 자질을 인정받아 공동파의 삼대 스물여덟 제자들 중 가장 촉망을 받았다.

나이 열네 살 나던 해에 청성파(靑城派)의 장로 하란노도(夏蘭老道)가 공동파에 와 육 개월을 머물렀다. 그때 남궁적은 사조의 명을 받아 하란노도의 시동(侍童)으로 그를 모시는 일에 전념했다. 남궁적의 근면함과 특이한 자질을 마음에 들어한 노도는 공동산을 떠나기 전 그에게 청성파의 검법인 칠십이파검(七十二破劍)을 전해주었다.

남궁적은 사문의 복마검법보다 그 칠십이파검법이 더 마음에 들었다. 무겁고 변화가 단순하며 한 초식 한 초식이 위력적인 그것은 그의 기질과 꼭 맞았던 것이다. 그때부터 남궁적은 사문의 절기보다 그것을 익히는 데 더 열심을 기울였다. 그것이 사문의 검법 수련에 방해가 된다는 것을 깨달았을 때는 이미 늦어 있었다.

공동검의 특성을 받아들이려면 칠십이파검법의 무거움이 방해가 되었고, 칠십이파검법을 제대로 운용하려면 사문의 복마검법이 가지고 있는 날카로움이 방해가 되었다. 한단지보(邯鄲之步)라는 고사처럼 남궁적은 자신의 본분을 잊은 채 이것도 저것도 아닌 어정쩡함으로 멍청해져 버리고 말았다. 그에게 처음 찾아온 시련이었다.

더욱이 그의 뛰어남을 질투하던 사형에게 그 원인을 발각당하면서

부터는 사부와 시숙들로부터 모진 꾸지람을 들었고 급기야 폐관이라는
중한 징계를 받기에 이르렀다. 그의 나이 열다섯 때의 일이었다. 스스
로를 다스리기에는 아직 어린 나이였을 뿐더러, 심성이 굳세고 외곬수
인 남궁적은 일 년을 견디지 못했다. 그는 결국 마음에 지독한 한을 품
은 채 참회동(懺悔洞)을 뛰쳐나와 그 길로 사문을 등지고 말았다.

　사문의 패륜아가 된 그는 사부의 진노가 두려워 스스로 군문(軍門)
에 투신하여 몸을 숨겼다. 그리고 변방을 떠돌며 수없이 많은 싸움을
치렀다. 남쪽 해안에서는 잔인하기 짝이 없는 왜구들을 상대로 하여
싸웠고, 북쪽 장성 밖에서는 아직 거친 기세가 남아 있는 몽골과 부딪
쳤다. 그리고 동쪽으로 나가서는 용감한 만주의 부족들을 상대로 하여
피를 흘렸다.

　하루하루가 고단하고 위태로운 삶이었다. 그러나 그것은 남궁적에
게 더없이 좋은 기회를 가져다 주기도 했다. 남궁적은 자신의 야성과
폭발적인 투지를 마음껏 불태웠고, 그것은 또한 그의 무공 수련에 더없
이 좋은 실전의 경험이 되기도 했다.

　갑주를 몸에 두르면서 남궁적은 검 대신 칼을 들었다. 그리고 그만
의 도법을 찾아가기 시작했다. 스스로 단혼도법(斷魂刀法)이라고 이름
지은 그것은 치밀함과 화려함 대신 살벌함과 실용적인 비결로 무장된
실전의 도법이었다. 그는 비로소 공동에서 배웠던 검법과 하란노도로
부터 배운 청성의 검법을 서로 융합 발전시켜 갈 수 있게 되었던 것이
다.

　칠 년을 남에서 북으로, 다시 북에서 남으로 전장(戰場)을 찾아 떠도
는 동안 그의 칼은 무적이 되어 있었다. 그의 용맹과 아수라 같은 도법
앞에서는 뛰어난 왜구의 검법도, 이름 높은 몽골과 만주의 무장(武將)

들도 상대가 되지 않았다.

그렇게 명성을 날릴 때 그는 점점 부패해 가고 나약해져 가는 군문에 회의를 느끼고 감군(監軍)으로 와 있던 악명 높은 환관 최흘을 단칼에 쳐 죽인 다음 미련없이 갑주를 벗어 던졌다. 그의 나이 스물셋 무렵의 일이었다. 그리고 한 마리 거친 들개가 되어 강호를 떠돌았다.

그동안 공동산에서는 장문이 바뀌고 사부가 죽었다는 소식이 들렸으나 그는 다시는 산으로 돌아가지 않았다. 대신 남창부에 머물면서 그를 따르는 건달패들과 함께 거칠지만 자유로운 삶을 살아가고 있었던 것이다.

죄를 짓고 쫓기는 자들과 범죄자들에게 강호라는 세계는 매력적인 곳이었다. 그곳에서는 정의보다 힘이 우선하였고, 국법(國法)보다 사문(師門)이나 의리가 중하게 여겨졌다. 남궁적은 크게 흑도(黑道)와 백도(白道)로 나뉘고 있는 그런 강호의 틈바구니에서 나름대로 이도 저도 아닌 한 세력을 형성하며 잘 견뎌갔다.

그의 관심은 정의도 아니었고 부귀도 아니었다. 그는 오직 자신의 단혼도를 완성시켜 천하제일의 도법으로 만드는 데에만 온몸을 던지고 심혼(心魂)을 기울이고 있었던 것이다.

'나의 칼은 아직도 저 계집 하나 당하지 못하고 있다.'

소옥을 힐끔거리며 그는 생각했다. 그녀의 검법이 매섭고 사나워서 자신의 단혼도가 당할 수 없다는 건 이미 겪어보아 알고 있었다. 그런데 단목기의 말을 듣자니 그는 소옥보다도 더 공부가 깊고 넓다는 것을 알 수 있었다.

가슴 깊은 곳에서부터 음, 하고 신음을 흘린 남궁적이 비탈 아래에서 있는 무명자를 바라보았다. 그는 막 양소문의 주검에서 단검을 뽑아 그것에 묻어 있는 피를 죽은 자의 옷자락에 문질러 닦고 있었다.

'정체를 알 수 없던 저자 또한 알고 보니 곤륜과 연관이 있는 자였어. 이자들은 하나같이 초인들이란 말인가?'

그런 의문으로 남궁적은 더욱 우울해졌다. 대체 곤륜 문하들은 절정의 고수 아닌 자가 없으니 어찌 된 것인가 하는 생각이 그를 의기소침하게 했던 것이다.

"독하지 못하면 장부가 아니지. 마찬가지로 마음이 모질지 않고서는 강호의 유협(遊俠)으로 살아갈 수 없다."

그 말을 끝으로 입을 다문 단목기가 더 견디기 어려운 듯 자신을 부축하고 있는 건달의 어깨에 머리를 기대고 헐떡였다. 소옥은 마음속으로 가만히 단목기의 말을 음미해 보았다.

상대를 선택하고 수단을 모질게 할 자를 결정하는 것에는 검을 쥔 자의 심성과 가치관이 큰 영향을 끼치는 법이다. 그리고 그것은 자신의 배움에 따르는 바가 또한 컸다. 그러한 것들이 그 사람을 악하다는 평을 듣게 하기도 했고 협의지사(俠義之士)라는 말을 듣게 하기도 했다.

소옥은 이제 그것을 자기 자신이 오직 결정할 뿐이라는 것을 알았다. 그리고 그러한 결정이 자신의 검을 사부님과 같이 협녀(俠女)의 검으로 만들어주든지, 아니면 독녀(毒女)의 검으로 만들어줄 것임도 알았다. 그러자 마음이 무거워졌고 어깨가 내려앉았다.

'나의 길……'

가만히 중얼거려 보자 그것이 어떤 것인지 어렴풋이 보이는 것도 같았다. 소옥은 입술을 굳게 물었다. 나는 나의 결정에 따르고 내가 선택한 길을 갈 뿐이라는 생각이 그녀의 주먹을 불끈 쥐어지게 했다. 그 결과에 따른 책임도 이제는 홀로 질 것이고 마음속으로라도 사부님과 사문에 의지하려는 생각을 버려야 한다는 것도 알았다. 그러자 갑자기 망망대해에 내던져진 듯한 고독감이 밀려 들어와 그녀를 떨게 했다.

단검을 다시 품 안에 갈무리한 무명자(無名子) 종유상(鐘裕相)이 아래쪽의 숲을 바라보고 손짓했다.

"이리 오너라."

그러자 숲 속에서 장한 한 명이 머뭇거리며 나왔다. 멀리서 그를 바라보며 소옥은 양소문이 오직 수하 한 명을 시종 삼아 데리고 왔다는 것을 알았다. 그건 무모한 짓이 분명했다. 역시 지나친 자신감과 오만이 그런 실수를 하게 했으리라.

"가져가라."

무명자가 검을 거두고 물러서자 그자가 냉큼 양소문의 머리를 들어 겉옷에 싼 다음 그것을 안고 뒤도 돌아보지 않고 달아났다. 올 때는 위무도 당당하게 왔겠지만 갈 때는 머리통만 덩그러니 들려 수하의 품에 안긴 채 떠나갔다. 버려져 있는 양소문의 처참한 주검이 무상(無常)함을 그대로 보여주는 듯했다. 소옥은 그것을 외면하고 말았다.

다시 휘적휘적 비탈을 올라온 무명자가 남궁적에게 포권해 보였다.

"이제 나는 떠나오. 그동안 대형의 그늘에서 몸과 마음이 편했소. 늘 그 은혜를 잊지 않으리다."

남궁적도 예전의 가득하던 심술기와 가벼움을 버린 채 정색하고 정중하게 무명자를 향해 허리를 숙였다.

"과분하오. 그대 같은 사람을 수하로 거느리고 오 년 동안이나 부릴 수 있었으니 그것만으로도 세상은 이제 나를 높이 보게 될 것이오. 훗날 강호에서 다시 만나게 된다면 비록 적으로 마주 선다 하더라도 지난 일을 생각해서 한 번은 반드시 양보해 드리겠소.”

남궁적은 이제 무명자를 더 이상 수하로 대하지 않겠다는 뜻을 말속에 분명히 담아 보여주었다. 무명자가 처음으로 얼굴 가득 서운한 감정을 드러내 보이고 쓰게 웃었다.

“그대는 뜻이 굳고 마음이 독하니 반드시 일문(一門)의 도가(刀家)를 일으킬 것이외다. 부디 당부하건대 모질고 악한 심성만 조심하시오. 언제나 말하고 행함이 떳떳하다면 부끄러움이 없으리다.”

그도 이제 더 이상 남궁적을 대형이라고 부르지 않았다. 그것이 무명자로부터 받는 마지막 충정이라는 것을 안 남궁적이 흠, 하고 탄식하고 나서 다시 한 번 깊이 허리를 숙여 공손하게 그 말을 받아들였다.

“명심하리다. 그럼 보름 후 구련산(九蓮山) 오압사(五壓寺)에서 봅시다.”

구련산은 광동과 강서의 접경에서 남쪽으로 일백여 리 떨어진 곳에 솟아 있는 미려(美麗)한 산이다. 그것은 남령산맥(南嶺山脈)의 남쪽에 사천이백여 척(尺)의 높이로 우뚝 솟아 있는 험산(險山)인데, 기암괴석(奇巖怪石)이 중첩된 산세와 깎아놓은 듯한 절봉(絶峰)이 끈질기고 강인한 남방의 기질을 느끼게 해주는 산이었다.

구련산 오압사라고 입 안에서 가만히 웅얼거려 기억해 둔 무명자가 머리를 끄덕이고 단목기에게로 돌아섰다.

“사제, 보름 후 다시 오겠다.”

그가 단목기의 창백한 볼을 어루만지며 애틋한 정을 실어 말하자 단목기가 희미하게 웃어 보이는 것으로 작별 인사를 대신했다.

“가자.”

마음의 미련을 떨쳐 버리려는 듯 횅하니 돌아선 무명자가 등 너머로 짧게 말했다. 소옥의 흔들리는 눈길이 단목기에게 멎었다. 잠시 그녀를 마주 바라보던 단목기가 눈을 감아버렸다. 그러자 그의 얼굴이 더욱 창백하고 핼쑥해 보이는 것이어서·소옥은 다시 가슴이 아파왔다.

“한 걸음이 늦으면 네 사부께서도 그만큼 위험에 처하게 될지 모른다. 서둘러라.”

저만큼 내려가 있던 무명자가 돌아보며 재촉했다. 소옥은 그 말에 정신이 번쩍 들었다. 그녀가 아무 말 없이 단목기의 파리한 손을 한번 꼭 쥐어주고 돌아섰다. 비로소 눈을 뜬 단목기가 멀어지는 그녀의 등을 바라보았다. 눈가에 잔 떨림이 스쳐 지나갔다.

제5장

칠십이파검주해(七十二破劍註解)

칠십이파검주해(七十二破劍註解)

"뭐야? 정말 그렇단 말이냐?"

낡은 관제묘(關帝廟) 안에서 놀람에 가득 찬 음성이 터져 나왔다.

묘(廟)는 울창한 참나무와 밤나무 숲 가운데 들어앉아 있었는데, 한여름의 짙은 나뭇잎들이 햇빛을 가려주어서 서늘했다.

"아무리 할 일이 없기로 소생이 이런 일에도 허풍을 칠 사람으로 보이오?"

화양선생(華陽先生) 주문룡(朱文龍)이 턱을 쓰다듬으며 심각한 표정을 지어 보였다. 그를 바라보는 사람들의 얼굴에 하나같이 놀람의 기색이 가득 떠올랐다. 어둠 속에 숨듯이 서서 미동도 하지 않고 있던 네 명의 죽립인들도 어깨를 흠칫 떨었다.

한구석에 말없이 누워 있던 금적비마(金狄飛魔) 모용탈(慕容奪)이 그 큰 몸을 천천히 일으키며 낮게 깔리는 음성으로 말했다.

"아무래도 네 말은 믿기 힘들어. 내가 직접 들어야겠다."

"맞아. 모용 형의 말대로 우리 모두 직접 들어보자."

처음 의문을 제시했던 갈의죽장(葛衣竹杖) 악노귀(岳老鬼)가 그렇게 거들었다. 한번 혀를 찬 주문룡이 밖으로 나가더니 겁에 질려 있는 장한 한 명을 데리고 다시 묘 안으로 들어왔다. 사람들의 눈길이 일제히 장한의 얼굴을 스쳐 그의 품에 소중하게 안겨 있는 겉옷을 주시했다. 무엇을 싸 담았는지 제법 묵직해 보였는데 흑의(黑衣)의 아랫자락이 더욱 검게 보이는 것이 피에 젖어 있는 게 틀림없었다.

"음…… 정말 그가 당했단 말인가?"

그가 안아 들고 있는 것을 유심히 바라보던 악노귀가 탄식을 하고 머리를 저었다. 그는 이제 더 볼 것도 없다는 듯 외면한 채 다시 구석진 곳으로 돌아가 낡은 벽에 등을 기대고 주저앉아 버렸다.

"여기 있는 모두에게 다시 한 번 똑똑히 말해 보아라."

주문룡이 장한에게 눈을 부라리며 을렀다. 그가 겁먹은 눈길로 주문룡을 한번 바라보고는 머리를 떨구었다.

"젊은 형제, 우리는 그대의 말을 듣기 원할 뿐이네. 그대에게 결코 아무 일도 없을 것임을 빈도가 보장하지."

청성(靑城)의 마현 도장(摩玄道長)이 인자하게 웃으며 말하자 비로소 장한의 얼굴에 가득하던 두려움이 걷혔다. 그가 우선 마현 도장에게 머리를 숙여 보이고 나서 조심스런 어조로 자신이 지켜본 것을 말하기 시작했다.

그의 말을 듣는 동안 사람들은 모두 숨마저 죽인 채 귀를 곤두세우고 있었다. 그러다가 양소문의 목이 떨어지는 대목에 이르러서는 그것이 마치 자신의 일인 양 흠칫 놀라 어깨를 떨기도 했다.

"……그래서 저는 급히 장각사(藏覺寺)로 달려가다가 이분 대협을
만나게 되어서 이렇게……."

그가 주문룡을 힐끔 바라보며 말끝을 흐렸다. 근거지로 삼고 있는
그 낡은 절로 돌아가던 길에 주문룡의 눈에 띄어 이곳으로 잡혀온 것
이 분명했다. 그는 마음이 급한 듯 말을 마치고 눈을 불안하게 굴리며
안절부절못했다. 하긴 이 엄청난 소식을 동료들에게 한시라도 빨리 알
리는 것보다 중요한 일은 없을 것이었다.

"어디 보자."

그때까지 아무 말도 없이 지켜보기만 하던 신기구편(神技九鞭) 갈평
(葛坪)이 선뜻 나서서 장한이 굳게 움켜쥐고 있는 겉옷을 잡아당겼다.

"아!"

놀란 장한이 그것을 빼앗기지 않으려고 힘을 주자 매듭이 풀리며 안
에 들어 있던 것이 바닥에 굴러 떨어졌다.

"아!"

"어허!"

"이런, 이런……."

그것은 분명히 신창 양소문의 머리였다. 사람들이 모두 크게 놀라
외치며 분분히 물러섰다. 먼지 낀 천장을 노려보고 있는 양소문의 두
눈이 모두에게 두려움으로 다가왔던 것이다.

"어허, 이런 일이……. 아무리 동창의 영주라지만 설마 그가, 그가
그토록 강했단 말인가……."

탄식한 마현 도장이 진언(眞言)을 중얼거리며 외면했다. 모두의 가
슴속에 서늘한 바람 한줄기가 스쳐 지나갔다. 천하 십대고수와 비견될
만한 자의 주검이 눈앞에 있는 것이다.

장한은 차마 양소문이 이름도 모르는 자의 일검에 당했다는 것을 말할 수 없었다. 그래서 그는 마침 그곳에 있던 단목기를 팔았다. 이곳에 있는 고수들 모두가 실은 단목기를 칠 목적으로 와 있다는 것을 알고 순간적으로 떠오른 생각이었다. 하지만 그 말을 들은 자들은 모두 그렇게 믿고 조금도 의심하지 않았다.

동창의 두 영주가 절정의 고수들이라는 것은 강호에 익히 알려져 있는 일이었다. 하지만 역시 단목기가 양소문의 목을 쳐버렸다는 것은 놀라운 일이었다.

"그래서 그자 또한 한 팔을 잃는 중상을 입었단 말이지?"

주문룡이 가장 먼저 정신을 차리고 다그쳐 물었다. 장한이 정신없이 머리를 끄덕였다. 그는 숲 속에 숨어서 분명히 보았던 것이다. 단목기는 한 팔을 잃은 채 창백한 안색을 하고 있었다. 몸조차 제대로 가누지 못하는 것이 심각한 중상을 입은 게 틀림없었다.

"음…… 양소문의 목 값으로 팔 하나를 내주었다면 크게 이익을 보았다고 할 수 있지."

주문룡이 고개를 끄덕이며 중얼거렸다. 그들은 누구도 이제 더 이상 양소문을 양 대협이라고 높여 부르지 않았다. 살아서는 대협이었지만 이처럼 죽어서는 아무 짝에도 쓸모없는 흉물에 불과한 것이다. 그 생각이 모두의 가슴에 덧없음을 가져다 주었다. 잠시 무거운 침묵이 흘렀다.

"어떻게 하겠소?"

문득 감상에서 깨어난 주문룡이 일행을 돌아보며 말했다.

"흘흘……. 그렇다면 길가에 떨어진 물건을 줍는 거나 다름없는 일인데 망설이고 말고 할 게 없지."

악노귀가 음충맞게 웃으며 낡은 옷자락을 털고 일어나 죽장을 움켜
쥐었다.

"계집은?"

주문룡이 눈살을 찌푸리고 물었다. 결정하기가 쉽지 않은 모양이었
다.

"멀리 있는 보물도 중요하지만 우선은 가까이 있는 물건부터 챙긴
다음에 먼 것을 탐내는 게 순서인 게다."

악노귀가 눈을 흘기며 말했다. 그 말이 옳다는 듯 마현 도장이 머리
를 끄덕였고 주문룡도 덩달아 찌푸렸던 낯을 폈다. 소옥이 벌써 떠났
다니 지금쯤은 꽤 멀리 갔을 것이었다. 그 뒤를 쫓는 것보다 먼저 단목
기의 일을 마무리 짓는 게 역시 바른 순서라는 생각이 모두에게 들었
다. 그가 움직일 수 없다니 손쉽게 해결할 수 있을 것이기 때문이다.
단목기의 목을 취한 다음에 힘을 내서 소옥의 뒤를 쫓는다고 해도 늦
지 않을 것이었다.

그들이 여태까지 망설이고 있었던 것은 단목기가 무시할 수 없는 고
수라는 것 때문이었다. 그를 잡기 위해서는 자신들 중 적어도 두세 명
은 희생당할 것을 각오해야 했다. 그 희생자가 자기가 될지도 모른다
는 것 때문에 다들 꺼려하고 있었으나 이제는 그럴 필요가 없었다. 오
히려 먼저 나서서 공을 세울 좋은 기회였다.

"좋아. 가보자구."

갈평이 앞서서 성큼성큼 묘 밖으로 나갔다. 그 뒤를 악노귀와 주문
룡이 서둘러 따랐고 마현 도장이 장한을 놓아 보낸 다음에 천천히 걸
어나갔다. 그때까지 말없이 구경만 하고 있던 모용탈도 허리에 차고
있는 만도를 추스르며 일어섰다. 그의 눈에 그림자들인 것처럼 소리없

이 묘를 빠져나가고 있는 네 명의 죽립인들이 보였다. 그것을 본 모용탈이 쩝, 하고 입맛을 다셨다. 제독태감(提督太監) 장가령(長可寧)의 호법사자(護法使者)라는 그자들이 아무래도 마음에 걸렸던 것이다.

묘 밖으로 나오자 저만치 앞서 달려가고 있는 주문룡 일행이 보였다. 그러나 어디에도 그 네 명의 강시 같은 놈들의 종적은 보이지 않았다. 언제나 흔적없고 소리없이 행동하는 놈들이니 또 어느 곳에선가 몸을 감춘 채 연기처럼 뒤따르고 있을 것이 틀림없다고 생각했다. 하지만 여전히 기분은 좋지 않았다.

"쳇, 귀신 같은 놈들이란 말이지? 좋아."

모용탈이 한번 차갑게 웃고 나서 일행이 사라져 간 곳을 바라보고 느긋하게 걸음을 떼어놓았다.

＊　　　＊　　　＊

동굴 안에 음침한 어둠과 적막이 더욱 짙어져 갔다. 번쩍이는 남궁적의 외눈이 그 어둠 속을 무섭게 노려보고 있었다.

"쳇, 더러운 놈들. 퉤!"

한참 만에야 그가 한마디를 던지고 탁한 가래침을 발 아래 뱉었다.

"그러니까 한 놈도 없단 말이지?"

다시 한 번 확인해 보았지만 여전히 답답한 침묵만 되돌아왔다. 서른 쌍의 눈들은 빛을 잃은 채 이리저리 벽을 더듬기만 할 뿐 누구 하나 남궁적을 똑바로 바라보는 자도 없었다.

"에라, 이 치사한 놈들. 의리라고는 쥐똥만큼도 없는 망할 종자들 같으니. 내가 네놈들을 수하라고 믿고 데리고 있었다는 게 창피해 미치겠다. 다 꺼져 버려! 비겁한 놈들은 나도 더 이상 필요없다!"

빈정거리던 남궁적이 말을 할수록 화가 치밀어 미치겠던지 마지막 말을 했을 때는 칼자루를 움켜쥔 채 눈에서 살기마저 내쏘고 무리들을 노려보았다.

"대, 대형. 그게 아니라 몸이 좀 안 좋아서……."

"내게는 처자식과 팔순 노모가 있단 말이오. 그들에게 말도 없이 먼 길을 떠날 수 없다는 건 대형도 잘 알잖소."

"솔직히 난 생전 처음 보는 자를 위해 우리가 왜 그런 위험을 무릅써야 하는 건지 잘……."

둘러서 있던 자들이 저마다 몇 마디씩의 변명을 하며 서둘러 물러섰다. 그 바람에 동굴 안이 왁자한 소리들로 시끄러워졌다.

"시끄러!"

빽 소리친 남궁적이 두 손을 마구 내저었다.

"다 필요없으니까 어서 꺼져 버리기나 해! 다시는 의리없고 배짱없는 네놈들과 상대하지 않겠다!"

그가 몸을 굽혀 단목기를 부축해 일으켰다.

"제기랄. 둘뿐이라 심심하기는 하겠지만 까짓 어때? 오붓하고 좋지 뭐. 빌어먹을."

단목기의 허리를 안고 그의 한 팔을 어깨 너머로 둘러 기대게 한 남궁적이 그를 끌듯이 하며 나섰다. 앞에 있던 자들이 우르르 흩어져 물러섰다.

"잘 처먹고 잘 살아라 난 갈란다."

동굴 벽에 바짝 붙어선 채 눈알만 굴리고 있는 패거리를 흘겨본 남궁적이 다시 한 번 침을 뱉고 나서 미련없이 나갔다.

　남궁적은 자신과 함께 단목기를 데리고 구련산(九蓮山)까지 갈 자를 가려 뽑으려고 했다. 처음에 '나와 함께 갈 자는 나서라!' 하고 당당하게 외쳤을 때는 서른 명의 수하들 모두가 앞다투어 나설 것이라고 믿어 의심치 않았다. 그러면 그중에서 발이 빠르고 건장하며 제법 솜씨가 있는 자들 열 명만 선발할 생각이었다. 그들에게 수레를 밀게 하고 자신은 편하게 어슬렁거리며 뒤따를 속셈이었던 것이다. 그러나 정작 선뜻 나서는 자가 한 명도 없었다. 그것이 남궁적을 미칠 듯이 화가 나게 만들었다.

　"정말 어쩔 수 없는 놈들이라니까. 의리라고는 약에 쓸려고 찾아도 안 보이는 놈들이니 날마다 저 모양 저 꼴이지. 재수없는 놈들."

　어쩔 수 없이 손수 수레를 미는 동안 내내 투덜거리는 소리가 가시지 않았다.

　단목기는 흔들리는 수레 위에 반듯하게 누워서 하늘에 흐르는 구름을 덧없이 바라보았다. 아득히 높아 보이는 낙엽송들의 가지 끝에 걸렸던 그것이 빠르게 밀려나고 있었다. 그 구름 아래 매 한 마리가 한가롭게 원을 그리며 떠 있었다. 먹이를 찾는 그놈의 밝은 눈에는 자신의 모습도 고스란히 보일 것이었다. 단목기는 그 매가 어쩌면 자신을 비웃고 있을지도 모른다고 생각했다. 그러자 절로 한숨이 나왔다.

　"왜? 불편해? 젠장. 그래도 할 수 없지."

　문득 수레를 멈춘 남궁적이 단목기를 들여다보며 그렇게 투덜댔다. 단목기가 신음하고 있다고 여긴 모양이었다.

　"제기랄. 이 더운 날에 수레를 미는 놈도 있는데 뭘 그래? 정 못 참겠으면 벌떡 일어나서 걸어가던가. 그러면 나도 편하지."

비 오듯 흐르는 땀을 닦으며 여전히 투덜대는 남궁적을 빤히 바라보던 단목기가 풀썩 웃었다.

"그렇게 힘들면 나를 놔두고 혼자 가지 그러나."

"빌어먹을. 이 흑마 남궁적을 뭘로 보고 그 따위 말을 하는 거야? 난 한 번 한다면 죽어도 해!"

남궁적이 적삼 사이로 훤히 드러난 두툼한 가슴을 탕탕 두드리며 크게 소리쳤다.

"의리없는 그런 놈들과 함께 취급하지 말란 말이야! 나는 신의를 아는 사나이라고!"

단목기의 웃음이 더욱 짙어졌다. 그는 속으로 이놈은 엉뚱한 데가 있고, 손속이 무정하기는 하지만 제법 사내다운 기개와 협의지심(俠義之心)이 있는 놈이라고 생각했다. 그러자 여태까지 가지고 있던 그에 대한 경계심과 꺼림칙하던 마음이 씻은 듯 가셨다.

"좋아. 내가 어떤 놈인지 확실하게 보여주고 말겠어!"

다시 한 번 다짐한 남궁적이 손바닥에 침을 뱉어 썩썩 문지르고 나서 다시 수레를 밀며 달리기 시작했다. 그의 걸음은 나는 듯 빨랐다. 거친 산길 협로(峽路)를 달려가면서도 다리 힘이 조금도 줄지 않았다. 좋은 체력이었다. 단목기는 그런 남궁적을 바라보며 이놈은 잘만 다듬으면 크게 될 만한 재목이라고 생각했다.

해가 떨어질 때쯤은 벌써 삼십여 리나 떨어진 곳까지 달려와 있었다. 그때까지 쉬지 않고 달려온 남궁적이 이제는 지치는지 풀무처럼 거친 숨을 헐떡이며 멈추었다.

적막한 산중이었다. 저무는 해가 벌써 산 너머로 가라앉았고, 멀리서부터 빠르게 밀려오고 있는 땅거미를 보며 재재거리고 우는 풀벌레들이 밤을 재촉하고 있었다. 그 적막 속에서 씩씩거리는 남궁적의 숨소리가 더 크게 들렸다.

"잠시 기다리시오."

어느 정도 숨을 가라앉힌 남궁적이 휑하니 숲을 뚫고 사라졌다.

단목기는 수레 위에 가만히 누워서 물소리를 들었다. 잡목 숲 건너 어느 비탈 아래 맑고 시원한 개울이 흐르고 있는 모양이었다. 부스럭거리던 남궁적의 기척마저 사라지자 숲은 온전한 적막과 어둠으로 덮였다. 머리 위에 걸려 있는 반달이 더욱 밝게 빛났다. 은은한 숲의 향기가 한낮의 햇빛 아래 뜨겁게 데워졌던 이마를 시원하게 적셔주었다.

그 한가롭고 적요(寂寥)하며 서글픈 감회(感懷)마저 일게 하는 깊은 고요 속에서 단목기는 한 조각 돌 부스러기가 되어 자꾸만 가라앉아 갔다.

'후회하는가……?'

한참 만에야 그는 자기 자신에게 조용히 물어보았다. 그리고 다시 한참이 지나서 머리를 가로저었다. '내가 선택한 길'이라고 중얼거렸다. 마음에 가득한 아픔이 밀려들었다. 그 길은 순탄치 않을 것이고, 그 길은 끝이 너무도 멀리 닿아 있는 아득한 길이 분명했다. 하지만 그것은 분명 옳은 길이었다. 단목기는 그렇게 확신했다.

'나는 해야 할 일을 했다.'

복잡한 감정을 다스리지 못한 채 흔들리는 눈길로 자꾸 뒤돌아보고 또 돌아보며 떠나던 소옥의 거친 얼굴이 가슴 가득 내려앉았다.

"사형……."

그렇게 불러주던 그녀의 음성이, 그때의 흔들리던 눈길이, 그리고 떨리는 손끝이 생생히 되살아났다. 그녀는 자신을 사형이라고 불러주었던 것이다. 얼마나 듣고 싶었고 얼마나 기다려 왔던 그 말이었던가. 나에게도 이제 사매가 있다는 생각이 잠시 단목기의 마음을 들뜨게 했다.

나이 다섯에 부모님의 처참한 주검을 보고 세상에 내던져져 이날 이때까지 오직 혼자 살아온 스물다섯 해의 인생 여정이었다. 그 외로움과 쓸쓸함 끝에 이제 자신을 사형이라고 불러주는 사람을 만난 것이다. 단목기의 얼굴에 밝은 미소가 떠올랐다.

"그녀는 나의 사매다."

그렇게 소리 내어 말하는 그의 눈이 반짝였다. 그러나 그것은 곧 더 깊은 어둠으로 가라앉아 갔다.

"그리고 나는 그녀의…… 원수다……."

그것마저 말해 버리고 나자 울고 싶은 마음이 되었다. 소옥은 자신을 가문의 원수라고 말했다. 반드시 피의 빚을 받아내겠다고 이를 악물며 소리치기도 했다. 단목기는 그녀 앞에서 한 번도 그것이 내가 한 일이 아니라고 말하지 못했다. 말할 수가 없었던 것이다. 뜻이 잘못 전달되었다고 해도 어쨌든 자신의 명을 받은 자들이 저지른 일이었기 때문이다.

"나의 사문은 이제 어떻게 되려는가……."

그 말을 마저 하고 나자 이제는 터질 듯한 아픔이 가슴을 짓눌러 왔다. 천하제일의 사문이고, 그 자부심을 한 번도 잊고 산 적이 없는 날들이었다. 그런데 이제 그 사문에 혈풍이 닥치려 하고 있었다. 그것이 눈에 훤히 보이는 듯했다.

'그녀는 과연 사부님을 향해 검을 겨눌 것인가?'

잠시 그 아픔을 다스리던 그가 문득 그런 생각을 하고 스스로도 깜짝 놀라 몸을 떨었다. 사부는 분명히 말했었다. 자신에게 천적(天敵)이 되는 것은 바로 유룡검법(遊龍劍法)이고, 때문에 그것을 완성시켜 주는 용화진경(龍華眞經)을 반드시 찾아 없애야 한다고.

그리고 그것 때문에 소옥의 비극과 자신의 비극이 시작되었다. 그것을 생각하자 마음속 가득 걷잡을 수 없는 두려움과 함께 슬픔이 밀려들었다. 사부는 결코 양보하려 하지 않을 것이었다. 소옥 또한 결코 물러서려 하지 않을 게 뻔했다. 그렇다면 자신이 그녀에게 한 일이 과연 잘한 것인지 그렇지 못한 것인지 단정 지을 수가 없었다.

소옥은 자신의 내력을 고스란히 전해 받아 생사현관을 뚫고 단번에 화경(化境)을 이루었다. 조금만 더 정진하여 안팎의 공부를 충실히 다진다면 그녀는 머지않아 최상의 고수 반열에 들 것이었다. 그렇게 되면 천하에서 그녀를 막아설 사람은 없다고 해도 과언이 아니다. 하지만 그것은 사부님이 품고 계신 원대한 계획을 자기 스스로가 앞서 막아버린 잘못이 될 수도 있었다. 그녀가 사부님에게 대적할 것이 뻔하기 때문이다.

단목기는 그만 머리가 어지러워지고 말았다.

'나는 여태까지 맺고 끊음이 분명치 못한 일을 한 적이 없다.'

언제나 자로 잰 듯이 반듯하고, 저울로 단 듯이 한 치의 부족함이나 넘침도 없이 주어진 일들을 명확하게 해치운 자신이었다. 바로 그러한 치밀함 때문에 동창에 발을 들이자 곧 제독태감의 눈에 들었고, 승승장구하여 삼 년 만에 영주의 패(牌)를 허리에 차게 되었다. 남들은 평생을 바쳐도 이루지 못할 것을 단 삼 년 만에 해낸 것이다. 그것을 두고 사람들은 기적이라고 했다.

하지만 이번 일만큼은 자기 스스로도 그 잘잘못을 명쾌하게 가려낼 수가 없었다. 어째서 거울처럼 냉정하고 얼음처럼 차갑던 자신의 이성과 판단력이 이렇게 흐려져 버린 건지 알 수 없었다. 소옥을 생각하면 왜 마음 가득 뜨거운 불길과 서늘한 한기가 동시에 밀려드는 건지도 알 수가 없었다. '사형' 하고 불러주던 그녀의 음성을 떠올리면 어째서 목이 메이는 기쁨과 절망이 한꺼번에 들이닥치는 건지…….

"음……."

단목기의 고통에 찬 깊은 탄성이 숲의 적막을 흔들었다. 그러자 머리 위를 떠돌던 개똥벌레들이 놀란 듯 푸른빛을 어지럽게 흔들며 이리저리 날아 흩어졌다. 그리고 그가 불쑥 찾아왔다. 마음 한구석에 늘 꺼림칙한 느낌으로 가라앉아 있던 자들. 제독태감(提督太監) 장가령(長可寧)의 밀명을 받고 모여든 추살대(追殺隊)였다.

발자국 소리를 감출 생각도 하지 않고 무례하게 버석거리며 잡목 숲을 헤치고 나온 자는 화양선생(華陽先生) 주문룡(朱文龍)이었다. 그가 두어 장 떨어진 곳에 멈추어 서서 빤히 단목기를 바라보았다. 그의 반짝이는 눈에서 조금씩 긴장이 걷혀갔다.

"하하…… 이런 곳에서 영주를 다시 만나게 되는구려."

말을 하면서도 쉬지 않고 두리번거리는 것이 혹시 있을지 모르는 단목기의 동조자를 찾는 모양이었다. 그러나 아무 기척도 감지할 수 없자 그가 안심한 듯 다시 하하, 하고 가볍게 웃었다.

"별일이군. 어째서 이런 외지고 적막한 곳에 혼자서 버려져 있는 것이오? 아니, 이런! 그리고 보니 그 팔 하나는 어쩌다가 그리되었소? 많이 아프겠구려?"

동정하는 듯 진심으로 안타까워하는 듯 얼굴 가득 놀라움과 걱정의 기색을 띤 그가 망설이지 않고 다가왔다. 그를 바라보던 단목기가 쓰게 웃었다.

"어째서 그대는 혼자 온 것이오?"

"하하. 다들 흩어져서 영주를 찾고 있다오. 소생이 운이 좋아 제일 먼저 그대를 발견한 것이지."

그렇다면 신호를 보내서 나머지 네 명을 불러 모아야 할 것이나 주문룡은 그렇게 하지 않고 있었다. 단목기는 그가 마음속에 엉뚱한 생각을 품고 있다는 것을 눈치 챘다.

"아마도 그대는 공을 혼자서 독차지하게 되겠군. 축하하오."

"별말씀을. 나는 다만 한시라도 빨리 일을 끝내고 집으로 돌아가고 싶은 마음뿐이라오."

그가 입으로는 천연덕스럽게 말을 하면서 손은 등에 지고 있던 자루 속에서 금빛이 번쩍이는 판관필(判官筆)을 꺼내 들고 있었다. 유심히 그것을 바라보던 단목기가 아, 하고 탄성을 발했다.

"그것이 하남 무림을 떨게 한다는 바로 그 구주종횡필(九州縱橫筆)이겠구려?"

"별말씀을. 그저 회계 장부나 끄적거리고 있기에 딱 맞는 물건이라오."

말을 하는 동안 천천히 다가온 주문룡이 그래도 마음 한구석에 꺼림칙한 기분이 남아 있던지 단목기와 서너 걸음 떨어진 곳에 멈추어 서서 다시 한 번 그의 안색을 살펴보았다. 주문룡은 판관필과 면장(綿掌)의 고수로 강호에서 손꼽히는 인사였다. 쉽게 상대하기 어려운 자였는데 이제 자신은 몸에 칼을 들 힘은커녕 팔 하나도 들어 올릴 만한 기력이 남아 있지 않은 상태였다. 여기서 이 쥐새끼 같은 놈에게 죽임을 당하나 보다 하고 생각하자 마음이 허탈해졌다.

"당신은 겁먹을 거 없소. 다른 자들이 눈치를 채고 달려오기 전에 어서 손을 쓰는 게 좋을 것이오."

단목기가 탄식하듯 말하자 주문룡의 눈이 반짝 하고 빛났다. 그는 이제 완전히 마음이 놓이는 모양이었다. 그의 눈에 조금씩 살기가 드리워졌다. 그가 판관필을 쓰다듬으며 더 이상 망설이지 않고 곁으로 다가왔다.

"신비의 고수로 이름 높은 동창의 홍안령주께서 어쩌다가 이런 몰골이 되었소? 쯧쯧, 한 발을 잘못 내딛으면 그곳이 바로 지옥이라더니 영주의 꼴이 딱 그렇구려. 당당하던 위세와 그 많던 수하들은 다 어디 가고 이 깊고 적막한 산중에 홀로 버려져 있다니……."

그는 한껏 단목기를 조롱하고 싶은 모양이었다. 단목기의 얼굴이 보기 흉하게 일그러졌다.

"쥐새끼 같은 놈! 네깐 놈에게 놀림감이 될 나 단목기가 아니다! 여러 소리 하지 말고 어서 손을 써라!"

그가 버럭 소리치자 흠칫 놀랐던 주문룡이 다시 히죽히죽 웃었다.

"저승 가는 길이 멀다지만 또한 코앞에 있기도 한 것인데 너무 재촉하지 마오."

"음……."

단목기는 아예 눈을 감아버렸다. 더 이상 상대하고 싶지도 않았던 것이다. 그래도 마음에 한 가닥 양심은 남아 있었던지 주문룡이 판관필을 들어 올린 채 머뭇거리다가 탄식을 했다.

"나도 이러고 싶지 않다오. 하지만 태감의 명을 받은 이상 어쩌겠소? 그러니 저승에 가더라도 나를 원망하지 마시구려."

"원래 강호의 인심은 앞이 다르고 뒤가 또 다른 법이니 당신을 탓하고 싶은 마음은 없소. 하지만 당신이 화양선생 주문룡을 정인군자(正人君子)로 알고 있는 강호 동도들의 이목을 속이고 이번 일을 해주는 대가로 태감에게서 받을 것이 어떤 것인지는 궁금하군."

단목기의 말에 주문룡이 얼굴 가득 부끄러워하는 기색을 떠올리고 주저하다가 간신히 대답했다.

"간단하오. 나의 가문이 하남 무림에서 명문세가로 우뚝 설 수 있도록 그가 음으로 양으로 후원을 아끼지 않는다 하셨소."

동창의 제독태감이 뒤에서 도와준다면 그 위세만으로도 능히 하남 무림에서는 소림 다음의 명성을 얻고 막대한 이권을 독차지하게 될 것이 뻔했다.

"그렇군. 다른 사람들도 비슷하겠지?"

"아마 그럴 것이오. 다들 자신의 이익을 위해서 나선 것은 나와 다를 게 없소이다."

강호의 일이라는 게 그렇다는 것을 다시 한 번 느낀 단목기가 머리를 끄덕였다. 겉으로는 협의지사임을 내세우고 사람들 앞에서는 의기를 뽐내는 자들이 많았다. 하지만 그런 자들일수록 마음 깊은 곳에는 스스로의 명리(名利)와 가문의 영화(榮華)에 대한 갈망을 남들보다 더 많이 가지고 있었다.

'내 사부님은?'

문득 그 생각이 들었다. 사부님 또한 마찬가지라는 생각이 단목기의 마음을 어지럽게 했다. 그분은 이미 천하제일의 고수라고 불리기에 손색이 없었다. 그럼에도 마음에 가득한 욕망을 다스리지 못한 채 더 큰 명예와 영화를 쫓고 있었다. 그것이 더 높은 성취를 위한 노력이라고 해도 생각의 출발에서부터 옳고 그름은 갈라지기 마련이었다.

천하인(天下人)을 먼저 생각하고 정의로움을 앞세워 소아(小我)를 버린 것이라면 그것은 대의지도(大義之道)일 것이다. 그러나 나의 이로움과 명예를 먼저 생각했다면 그렇지 못했다. 같은 일을 행하면서도 대아(大我)를 버리고 소아(小我)에 집착한 것이기 때문이다. 그러므로 한 가지 일을 행하여 이룬다는 결과는 같을지 모르나 그것은 대의지도가 아니라 기껏 협의지도(狹義之道)에 지나지 않았다. 생각의 출발에서부터 그렇듯 엄청난 차이를 지니게 되는 것이다.

사부님이 마음 깊이 품고 있는 뜻은 원대했다. 하지만 그것이 아집(我執)에 사로잡혀 있는 이상 결코 만인이 진정으로 우러르고 따를 그런 대의지도(大義之道)는 될 수 없었다. 단목기는 처음부터 그러한 것을 깨닫지 못하고 이처럼 목숨이 다해갈 때에 이르러서야 내면의 진실에 대한 눈을 뜨게 된 것이 안타까웠다. 철들자 죽는다더니 바로 이런 것을 두고 하는 말인가 보다고 생각했다.

"제기랄. 빌어먹다 뒈질 놈들. 나에게 이런 고생을 하게 해? 흥! 언제고 눈물 찔찔 흘리며 매달릴 때가 있을 거다. 그때 가서 내가 저희 놈들에게 어떻게 하나 두고 보라지."

잡목 숲 속에서 투덜거리는 소리가 가까워졌다. 남궁적이 돌아오고 있었다.

"엇!"

의외의 일에 놀란 주문룡이 몸을 잔뜩 웅크린 채 획 돌아섰다.

"엇!"

막 잡목 숲을 빠져나온 남궁적도 놀람의 외침을 터뜨리고 멈추어 섰다. 그의 몸은 온통 흙과 덤불이 덕지덕지 달라붙어 보기 흉했다. 물을 뜨려다가 어둠 속에 발을 헛디뎌 비탈에서 굴러 떨어지기라도 한 모양이었다.

거친 모습에 온통 흙투성이를 하고 있는 꼴이 괴이해 보였다. 한동안 그를 살펴보던 주문룡이 허리를 폈다.

"하하, 누군가 했더니 바로 너였군."

"네놈은 누구냐!"

두 사람의 입에서 동시에 그런 말이 터져 나왔다. 주문룡은 그가 남창부 건달패의 두목이라는 흑마 남궁적임을 알아보고 비웃었고, 남궁적은 뜻밖의 인물이 와 있다는 것에 대한 놀람으로 외친 것이다.

잠시 외눈을 번쩍이며 주문룡을 살펴보고 단목기를 바라본 남궁적이 어금니를 꾹 물었다.

—동창에서 보낸 추살대가 쫓아올 것이오. 하나같이 상대하기 어려운 고수들이니 그들과 부딪치지 않고 빠져나가는 것만이 최선일 것이외다.

근심스런 눈길로 바라보며 마지막으로 당부하던 무명자의 말이 귀에 쟁쟁 울렸다. 남궁적은 그 말을 듣고 나서야 그가 자신에게 굳이 단목기를 맡아달라고 떼를 쓰다시피 한 이유를 알았다.

동창의 추살대. 그 악명은 익히 들어 알고 있었다. 하지만 그때까지도 그것이 남의 일처럼만 여겨졌었다. 자신과 추살대와는 아무 상관도 없는 일이었던 것이다.

'하지만 이제는 내 일인가?'

남궁적은 속으로 가만히 그렇게 중얼거려 보았다. 다시 한 번 수레 위에 짐짝처럼 맥없이 누워 있는 단목기와 그를 가로막은 채 버티고 서서 노려보고 있는 주문룡을 바라보자 그것이 가슴에 확실하게 와 닿았다. 여기서 단목기를 내버리고 달아난다거나, 아니면 뒷짐을 지고 서서 멀뚱히 구경만 하고 있다면 그가 자신에게 해를 가할 리가 없을 것이었다.

'그렇게는 안 되지.'

다시 마음속으로 다짐을 준 남궁적이 히죽 웃었다. 한번 입 밖으로 내뱉은 이상 목숨을 걸고라도 단목기를 지켜주어야만 했다. 그렇지 못하면 그건 자기 자신에 대한 초라함을 보는 것과 함께 분노와 실망이 되어 평생 동안 마음속에 못으로 박힐 것이었다.

히죽 웃으며 다가오는 남궁적의 모습이 멍청하기 짝이 없어 보였다. 그의 손에 들려 덜렁거리는 가죽 부대를 본 주문룡이 머리를 흔들고 경계심을 풀어버렸다. 아무리 보아도 자신의 상대가 되어 보이지 않는 놈이었던 것이다.

처음 남창부에 발을 디뎠을 때 어디를 가나 그곳을 무대로 건달패들을 이끌며 두목 노릇을 하고 있는 흑마 남궁적에 대한 말을 들을 수 있었다. 거칠고 난폭하기가 맹수와 같은 자라는 말들이었지만 주문룡은 그다지 마음에 담아두지 않았다. 한낱 저잣거리의 건달패 따위는 자신과 같은 절정고수와 견줄 바가 되지 못했던 것이다. 그 남궁적이 이제 단목기를 태운 수레를 밀고 있다는 것이 조금 의외이기는 했다.

"영주도 많이 타락했구려. 고작 저따위 불한당 놈에게 몸을 의탁하여 달아나는 신세가 되다니, 쯧쯧……."

주문룡이 남궁적을 가리키며 마음껏 비웃었다. 단목기의 턱이 덜덜 떨렸다. 그러나 그가 할 수 있는 일이라고는 고작 두 눈을 꽉 감고 모르는 체하는 것뿐이었다. 그런 단목기 곁에 다가온 남궁적이 가죽 부대를 들어 올려 단목기의 얼굴에 시원한 물을 흘려주었다.

"제기랄, 마음껏 마셔. 보아하니 이것이 이승에서 내가 너에게 해줄 수 있는 마지막 보시(布施)인 것 같다. 곧 저승길에 들 텐데 거기는 황폐한 곳이라 물도 없을 게 뻔하니 가다가 목이 마른다면 그게 또 얼마나 고통스럽겠냐? 빌어먹다 죽은 놈도 저승 가는 길만은 편하게 가라고 지전(紙錢)을 뿌려주고 사잣밥도 챙겨주는 법인데, 이 염병할 곳에서는 있는 거라고는 물뿐이다. 게다가 나는 원래 지조가 곧고 주머니가 깨끗한 사람이라 욕심이 없어서 보태줄 노잣돈도 없으니 어쩌겠어? 그러니 시원한 물이라도 마음껏 마시고 원통한 생각을 싹 씻어버리는 게 속 편할 것이다."

쉬지 않고 중얼거리며 물을 흘려주고 있는 남궁적 곁에서 그 말들을 가만히 듣고 있던 주문룡의 얼굴에 문득 부끄러워하는 기색이 떠올랐다. 그것은 남궁적이 '나는 원래 지조가 곧고 주머니가 깨끗한 사람이라 욕심이 없다' 고 말하며 슬쩍 그를 바라보았을 때 절정에 달했다. 그가 얼굴을 벌겋게 상기시킨 채 더 견디지 못하고 슬며시 외면했다.

아무 원한도 없고 감정도 없는 사람을 죽이는 일에 마음 편할 리가 없었다. 그것은 아무리 극악무도한 자라고 해도 마찬가지일 것이다. 남궁적의 말들은 단목기에게 하는 것 같으면서 실은 교묘하게 주문룡의 마음을 흔드는 것이었다. 그가 힐끔힐끔 주문룡을 곁눈질했다.

'쾌재!'

그러다가 어느 순간 남궁적이 속으로 쾌재를 외쳤다. 바로 그것을 노리고 있었던 것이다.

“받으시오!”

남궁적이 가죽 부대를 갑자기 주문룡에게 내던졌다.

“엇!”

아무 생각 없이 서 있다가 의외의 일을 당한 주문룡이 본능적으로 손을 내저어 그것을 뿌리쳤다. 그러자 가죽 부대가 출렁이더니 쩍 벌어졌다. 그리고 그곳으로 갑자기 찬물들이 쏟아져 나왔다. 남궁적은 그것을 던지기 전 손톱으로 그어서 길게 갈라놓았던 것이다.

갑자기 찬물을 뒤집어쓰게 된 주문룡은 내심 아차! 싶었다. 얼굴과 앞자락이 서늘한 기운으로 젖었고 물방울들이 눈 속으로 튀어 들어왔다. 그는 다시 본능적으로 눈을 감고 말았다. 그리고 그것이 그의 결정적인 실수가 되었다.

파앗—!

몸을 돌리기 무섭게 땅을 박찬 남궁적이 소리도 없이 그런 주문룡의 정면으로 달려들었다. 그의 칼이 머리 위에서 무시무시한 바람 소리를 내며 떨어져 내렸다. 눈을 뜨지 못하고 있었지만 주문룡은 그 정도의 기척을 감지하지 못할 자가 아니었다. 그가 왼손으로 급히 얼굴을 닦아내며 오른손에 들고 있던 판관필을 들어 올려 힘껏 쳐 올렸다.

땅—!

맑은 쇳소리가 밤하늘 멀리 울려 퍼졌다.

“앗!”

주문룡의 신속하고 힘있는 대응에 놀란 듯 남궁적이 튕겨져 나가는 칼자루를 움켜쥔 채 탄성을 터뜨렸다.

“죽일 놈!”

그 소리를 들으며 주문룡이 이를 부드득 갈았다. 그러나 그는 가슴

앞으로 소리없이 다가오는 또 다른 서늘한 기운 하나를 느끼지 못하고
있었다. 옷자락을 적신 채 가슴을 덮어버린 차가운 물기 때문이었다.
온몸의 신경들은 갑작스럽게 뿌려진 그 찬 기운을 느끼기 위해 남김없
이 곤두서 있어서 그 틈을 타고 슬며시 밀려든 차가운 기운을 감지할
여유가 남아 있지 않았다.

이를 간 주문룡이 닦아낸 눈을 부릅뜨고 남궁적을 노려보았을 때였
다.

'어?

그의 머리 속에 번갯불처럼 이상하다는 생각이 스쳐 지나갔다. 그건
생각이라기보다 찰나의 느낌이었다. 눈앞에 남궁적의 빙글거리는 눈
이 있었던 것이다. 그 눈 속에 담겨지고 있는 것이 비웃음이라는 것을
알았다. 이놈이 제정신이라면 그럴 리가 없다는 생각이 그를 의아하게
했다. 그리고 그 순간에 가슴 깊이 박혀드는 한줄기 서늘한 기운이 비
로소 느껴졌다.

가죽이 찢기고 근육이 갈라지며 뼈가 긁히는 소리가 머리 속에 가득
들어찼다. 온몸에 팽팽하게 일어섰던 기력들이 갑자기 빠져나갔다. 주
문룡이 머리를 떨구어 자신의 가슴을 내려다보았다. 거기 한 자루 비
수가 깊숙이 박혀 있었다. 그것을 쥐고 있는 남궁적의 흙 묻은 손이 크
게 보였다.

"넌 끝났어. 알고 보니 머저리 같은 놈이었지 뭐야."

귓가에 남궁적의 속삭이는 소리가 우레 소리처럼 울렸다. 그가 비수
를 쥐고 있는 손을 비트는 게 보였다. 그리고 견딜 수 없는 고통이 심
장을 터뜨려 버리고 말았다. 피부를 꿰뚫은 그 차가운 이물감(異物感)
과 불처럼 솟구쳐 오르는 고통이 주문룡의 자제심을 무너뜨려 버렸다.

"으아악—!"

그의 입에서 엄청난 비명이 터져 나왔다.

"깜짝이야! 놀랐잖아, 임마!"

터무니없이 큰 비명 소리에 깜짝 놀란 남궁적이 얼떨결에 비수를 놓고 훌쩍 뛰어 물러서며 소리쳤다. 그의 눈에 밑동 잘린 짚단처럼 맥없이 엎어지고 있는 주문룡의 등이 보였다.

"재수없는 자식! 사람을 놀라게 하다니. 돼지 멱따는 소리가 따로 없구만."

못마땅한 듯 그의 등을 노려보던 남궁적이 쯧쯧 하고 혀를 찼다.

"제기랄. 이런 것도 고수라고 거들먹거렸다니……. 강호라는 곳이 알고 보면 참 형편없는 곳이야."

주문룡의 옆구리를 툭툭 차며 으스대던 남궁적이 그의 손을 밟아 펴고 판관필을 빼앗았다. 그것은 구리에 금과 주석을 섞어 만든 것으로 그 안에 들어 있는 금의 양만 따져도 값이 꽤 나갈 것이었다. 게다가 자루에 다섯 개의 값진 보석이 박혀 있었으니 가히 보물이라 해도 과언이 아닌 물건이었다.

"좋았어. 수고한 대가를 엉뚱한 놈으로부터 받게 되는군. 하지만 뭐 어때? 이래서 하늘은 모두에게 공평하다는 것 아니겠어?"

말은 그렇게 하면서도 멋쩍었던 듯 단목기에게 씩 웃어 보인 남궁적이 그것을 허리띠에 꽂아 넣고 일어섰다. 단목기는 그가 보여준 교활하기 짝이 없는 수법에 내심 감탄을 금치 못하고 있었다. 그런 상황이라면 주문룡이 아니라 그보다 더한 고수라고 할지라도 꼼짝없이 당하고 말았을 만큼 멋진 기습이었다.

"왜? 내가 비겁하다고 생각하는 거냐?"

자신을 바라보는 단목기의 눈길이 마음에 걸렸던지 남궁적이 허리
에 손을 얹고 서서 노려보았다.

"하지만 별수있었겠어? 그런 하찮은 암수에도 걸려 넘어지는 놈이
멍청한 거지."

"그렇겠지."

단목기가 희미하게 머리를 끄덕였다. 주문룡 또한 양소문과 마찬가
지로 자신의 오만과 부주의함 때문에 결국 당한 셈이었다.

단목기는 칼끝에 목숨을 내맡기고 살아가는 자라면 어디에 있든지,
누구와 마주하고 있든지 한시도 마음의 긴장과 주의를 잃어서는 안 된
다는 것을 다시 한 번 느꼈다. 남궁적의 수법이 졸렬하고 야비했지만
그것은 또한 자신보다 강한 자를 상대로 하여 목숨을 부지할 수 있는
가장 효과적인 방법이기도 했다. 그런 짓을 서슴지 않고 해치우는 것
을 보면 남궁적은 어떤 상황에서도 제 한 목숨을 지키고 살아남을 수
있는 끈질긴 자임이 분명했다.

'그건 배울 만한 점이다.'

단목기는 솔직하게 인정하지 않을 수 없었다.

"자, 가자고. 다른 놈들이 몰려든다면 그건 곤란하거든."

남궁적이 서두르는 기색이 완연한 몸짓으로 수레를 잡았다. 이번에
는 운이 좋아 무사히 넘겼지만 다른 자들이 들이닥친다면 감당할 수
없다는 판단이 선 모양이었다. 그러기 전에 조금이라도 멀리 떨어지는
것이 그만큼 목숨을 길게 부지할 수 있는 길이었다.

수레를 미는 남궁적의 발길이 나는 듯했다. 덜그럭거리며 거친 소로
(小路)를 달리는 수레가 곧 부서질 듯 요동을 쳤다. 한동안 그렇게 정신

없이 달리던 남궁적이 문득 걸음을 멈추었다.

"왜?"

흔들리는 수레 위에서 아픔을 가까스로 참고 있던 단목기가 의아하
여 그를 돌아보았다.

"음, 이건 안 되겠는걸? 좋은 방법이 결코 아니야."

"어째서?"

"소리가 너무 요란해. 십 리 밖에 있는 놈들이라도 이 소리를 듣고
쉽게 따라올 거다."

그랬다. 빨리 달릴수록 수레의 삐걱거리는 소리가 요란했다. 어두운
밤중에 그 소리는 더욱 크게 들리기 마련이었다. 이목이 영민한 자들
이라면 그것을 놓칠 리 없었다. 단목기는 남궁적의 세심함에 다시 한
번 감탄했다. 교활한 데다가 잔혹하고 무정하며 치밀한 구석까지 있으
니 과연 흔치 않은 자였다.

"그렇군. 이건 과연 좋은 방법이 아니야. 하지만 달리 무슨 수가 있
는 것도 아니잖아?"

"젠장할. 왜 없겠어? 몸이 더 고달퍼질 뿐이지."

걸쭉한 침을 내뱉은 남궁적이 달려들어 단목기를 안아 들었다. 그를
어깨에 짊어진 그가 한 발로 수레를 차 비탈 아래로 굴려 버렸다. 그것
이 왈그락달그락거리는 요란한 소리를 내며 잡목 숲을 뚫고 굴러 내려
갔다.

한동안 주위를 둘러보고 머리 위의 별자리를 찾아 방향을 가늠해 보
던 남궁적이 '옳지!' 하고 소리치며 자신의 이마를 탁, 쳤다.

"여기라면 내가 잘 알지. 한동안 편하게 숨어 있을 만한 곳을 잘 알
아."

단목기를 둘러멘 그가 다시 두 다리에 힘을 주어 날듯이 내달리기 시작했다. 그 어깨에 걸쳐져 손발을 덜렁거리며 단목기는 주위의 지형을 눈여겨보았다. 잡목 숲이 끝나고 어두운 전나무 숲이 이어졌다. 갈수록 길은 험해졌고 어둠이 한 치 앞을 분간할 수 없게 했다. 그러나 남궁적은 눈에 익은 길을 가듯 거침없이 달려나갔다. 단목기는 그가 조금씩 위로 오르고 있다는 것을 알았다. 산을 한 바퀴 빙 돌아 올라가고 있는 모양이었다.

대체로 쫓기는 자들은 무턱대고 위로 올라가기 마련이었다. 하지만 그것보다 어리석은 짓은 없었다. 머지않아 꼭대기에 다다르고 그러면 더 이상 달아날 곳이 없어지기 때문이다. 단목기는 이 교활하기 짝이 없는 놈이 어째서 그처럼 어리석은 짓을 하는지 이상한 생각이 들었다. 하지만 그 의문은 오래지 않아 저절로 풀렸다.

드디어 정상에 다다랐다. 남궁적이 숨을 헐떡이며 단목기를 내려놓았다. 그의 어깨에 기대서서 단목기는 머리 위에 탁 트인 광활한 하늘을 보았다. 기울어가고 있는 달무리 바깥쪽으로 주먹만한 별들이 매달려 반짝이고 있었다. 바람이라도 한번 불어가면 모두 와르르 쏟아져버리기라도 할 듯 생생한 그런 별들이었다.

이마 앞에 칠성좌(七星座)가 긴 꼬리를 늘어뜨린 채 박혀 있었다. 단목기는 자신이 선 곳이 이 산의 북쪽 사면이라는 것을 알았다. 저 멀리 희뿌연 어둠 너머로 완만한 굴곡을 드러낸 채 시커멓게 누워 있는 웅장한 산맥들이 바라보였다. 귀주(貴州)에서부터 달려와 광서(廣西)와 호남(湖南)을 가로질러 광동(廣東)에 뻗어 있는 남령산맥(南嶺山脈)이 분명했다. 발 아래에서 찬바람이 달려 올라와 이마를 시원하게 식혀주었다.

단목기와 남궁적이 서 있는 곳은 깎아지른 듯한 벼랑 위였다. 남궁적은 바로 이곳으로 오르기 위해 이 큰 산을 거의 한 바퀴나 빙 돌았던 것이다. 그새 달은 아득한 서쪽의 산봉우리들을 바라보며 한 뼘이나 더 기울었고, 멀리서부터 은은한 새벽 여명이 하늘 한쪽을 잿빛으로 물들여 오고 있었다.

"어때? 이곳의 경치가 제법 쓸 만하지 않아?"

가쁜 숨을 몰아쉬던 남궁적이 얼굴의 땀을 닦으며 호기롭게 소리쳤다. 그의 음성이 이마 앞에 펼쳐져 있는 광대한 어둠 속으로 멀리멀리 퍼져 나갔다. 밝은 낮에 이곳에서 본다면 남령산맥의 웅장한 모습이 손에 잡힐 듯 보일 것이고, 저 아래 넓게 펼쳐져 있는 들과 강들이 그려놓은 듯 아스라이 내려다보일 것이었다.

저무는 달빛을 받아 하얗게 반짝이고 있는 강물이 발 아래 굽이굽이 펼쳐져 있었다. 그것이 마치 검은 천 위에 은빛 물감을 듬뿍 묻힌 붓을 달려 단번에 그려놓은 듯 거침없어 보였다. 단목기는 저도 모르게 호쾌한 기상이 가슴 가득 솟구쳐 오르는 것을 느꼈다. 마음껏 소리라도 질러보고 싶은 충동으로 주먹을 불끈 쥐었다.

"무리할 것 없어. 시간은 염병하게 많으니까."

그런 단목기의 기색을 눈치 챈 남궁적이 그의 어깨를 툭 치고 씩 웃었다.

남궁적의 부축을 받으며 조심스럽게 바위틈을 딛고 나무뿌리에 매달려 절벽을 반쯤 내려왔다. 산 너머에서 시작된 새벽빛이 어느새 붉은 기운으로 세상을 뒤덮기 시작하고 있었다. 발 아래의 세상은 짙은 안개에 가려져 보이지 않았다. 이 절벽만이 그 안개의 바다 위에 우뚝 솟아 있는 것이, 마치 구름 위에 둥둥 떠 있는 것 같았다.

"아직도 더 내려가야 하나?"

지친 기색이 얼굴에 가득한 단목기가 힘겹게 묻자 남궁적이 이마의 땀을 훔치며 그를 흘겨보았다.

"제기랄, 그렇게 참을성이 없어? 어린애처럼 보채지 마. 나는 더 죽을 맛이다."

그의 퉁명스런 말에 단목기는 입을 다물고 말았다. 그는 원숭이도 매달려 있기 힘든 만장의 절벽을 타고 이곳까지 내려온 것이다. 운신이 자유롭지 못한 자신을 부축하고 끌며 왔으니 그가 얼마나 지치고 힘들 것인지는 듣지 않아도 알 수 있었다.

다행스럽게도 남궁적은 이곳의 지리를 잘 아는 듯 발을 딛고 잡을 만한 틈새와 굴곡, 나무가 자라 있는 곳들을 정확하게 알고 있었다. 그렇지 못한 자라면 이곳까지 내려올 엄두도 내지 못할 게 틀림없었다. 과연 이런 곳에 숨어 있으면 나는 새라도 쉽게 찾아내지 못할 것이고, 찾았다고 해도 다가오지 못할 것이었다. 하지만 이처럼 절벽에 매달려 있어서야 반나절도 견디지 못할 게 뻔했다.

"자, 쉴 만큼 쉬었으니 다시 내려가 보자구. 저 아래 튀어나온 소나무만 돌아가면 돼."

그가 서너 장 아래쪽에 뻗어 있는 작은 소나무를 가리켰다. 거기까지는 잡을 것도, 발을 딛고 의지할 아무런 틈도 보이지 않는 완벽한 절벽이었다. 거울 같은 암반이 소나무가 있는 곳에서 비로소 조금 갈라져 틈새를 보이고 있었는데, 그곳에 뿌리를 박고 자라는 그것의 질긴 생명력에는 감탄할 수밖에 없었다. 단목기는 대체 이자가 무슨 수로

저기까지 내려가겠다는 건지 알 수 없었다.

“겁낼 것 없어. 벌써 여러 번 와본 길이니 나만 따라하면 돼.”

손바닥에 침을 뱉어 문지르며 그렇게 말하던 남궁적이 어? 하고 단목기를 바라보았다. 그 눈에 곤혹스러워하는 빛이 가득 떠올랐다. 그는 단목기의 손이 하나뿐이라는 것을 깜박 잊고 있었던 것이다.

“그렇군. 이건 곤란한데? 이걸 어쩐다……..”

그가 망설이는 걸 보며 단목기는 이 엉뚱한 놈이 소나무가 있는 곳까지 뛰어내리려 한다는 것을 눈치 챘다. 무모하기 짝이 없는 일이었다. 몸을 던져 소나무를 붙잡고 매달린 다음에 거기서 이어지는 틈새를 길 삼아 다시 나가겠다는 것이 분명했다.

그러나 아무리 생각해 보아도 그건 미친 짓이었다. 만일 소나무를 놓치거나, 붙잡았다고 하더라도 그것이 부러져 버리기라도 한다면 끝장이었다. 게다가 몸을 던졌을 때 거센 바람이라도 불어온다면 더 말할 것도 없었다. 중심을 잃을 수 있었고, 더 불행하게는 엉뚱한 곳으로 날려가 버릴 수도 있었다. 계곡을 타고 불어오는 바람이 이런 절벽에 부딪치면 빠르고 강한 돌풍으로 변하기 일쑤였으므로 언제 그런 일이 벌어질지 알 수 없는 것이다.

“제정신이야? 설마 정말로 이곳에서 뛰어내리겠다는 건 아니겠지?”

단목기가 얼이 빠진 얼굴로 묻자 남궁적이 씩 웃어 보였다.

“왜 아니겠어? 나비처럼 사뿐히 날아서 내려앉는 거지. 왜? 겁이 나는 거냐?”

“미쳤군. 아무리 목숨을 가볍게 여긴다지만 이처럼 무모한 자였다니……..”

“그만한 배짱도 없어서야 어찌 사내대장부라고 할 수 있겠어? 까짓 죽기 아니면 살기지."

단목기는 어이가 없었다. 이처럼 무모하고 엉뚱한 자가 여태까지 사지육신 멀쩡하게 살아 있다는 것이 신기하게 여겨질 정도였다. 목숨을 몇 개씩 지니고 다니는 자라도 이 정도는 아닐 것이라는 생각이 들었다.

"좋은 수가 있다!"

단목기의 생각이야 어떻든 남궁적이 손뼉을 치며 환호했다. 그가 서둘러 단목기의 허리띠를 풀더니 그것을 풀어낸 자신의 허리띠와 단단히 묶어 연결했다. 그러자 두어 장은 되는 줄이 만들어졌다. 하지만 그것으로는 소나무에 닿을 수 없었다. 아직도 두어 장 길이는 족히 부족해 보였던 것이다. 그러나 남궁적은 자신이 생각해도 기발하다는 듯 시시덕거리기만 했다.

단목기의 허리에 끈을 단단히 묶어준 그가 다음에는 바위틈에서 주먹만한 돌덩이를 떼어내 다른 쪽 끝에 묶었다. 손으로 돌덩이를 던져 몇 번 무게를 가늠해 본 남궁적이 이만하면 충분하다는 얼굴로 그것을 단목기에게 넘겨주었다.

"내가 먼저 하지. 너는 내가 무사히 내려간 것을 본 후에 이 끈을 밑으로 늘어뜨려. 돌덩이가 매달렸으니 어지간한 바람에는 방향을 잃지 않고 똑바로 내려올 것이다."

"터무니없는 소리. 이것 가지고는 어림도 없다."

"알아, 안다구. 제기랄."

침을 뱉어낸 남궁적이 외눈을 번쩍이며 단목기를 노려보고 신경질적으로 으르렁거렸다. 그도 잔뜩 긴장하고 있어서 신경이 곤두선 모양이었다.

"그렇게 철없는 애들처럼 징징거리지 말라구. 나도 이러고 싶어서 이러는 게 아니니까!"

그의 호전적인 말에 불끈 노기가 솟구쳤지만 어쩔 수 없는 일이었다.

"그 끈을 늘어뜨리면 나와 두어 장 정도 떨어질 거다. 그런 다음에 네가 뛰어내리는 거야. 보다시피 저 소나무는 작고 가늘어서 두 사람이 한꺼번에 올라탈 수가 없으니 이 방법밖에 없어. 내가 끈을 낚아채면 너는 마음 놓고 소나무 위에 내려앉아도 돼. 만약 실패한다고 해도 거기서 기껏 두어 장 더 미끄러져 내려갈 뿐이니 그때는 내가 끈을 당겨서 끌어 올려주지."

말을 마친 남궁적이 더 좋은 생각이 있으면 말해 보라는 듯 단목기를 빤히 바라보았다. 단목기는 인상을 잔뜩 찌푸린 채 입을 꾹 다물고만 있었다. 그 또한 이 상황에서는 남궁적이 제시한 것보다 더 나은 방법을 생각해 낼 수 없었던 것이다.

"됐어? 그럼 하자!"

"정말 뛰어내릴 셈인가?"

단목기는 남궁적의 무모함에 질려 버리고 말았다.

"이렇게 된 이상 죽어도 같이 죽고 살아도 같이 사는 거다. 왜? 그게 불만이야? 설마 이 흑마 남궁적을 믿지 못해서 그러는 건 아니겠지?"

남궁적이 망설이는 단목기를 돌아보며 천연덕스럽게 말했다. 단목기는 그 말이 옳다고 생각했다. 남궁적에게 보름 동안 자신의 목숨을 내맡기고 있는 처지라는 것이 새삼스럽게 깨달아졌다. 그가 죽으면 나도 살 수 없었다. 알지도 못하던 자와 이처럼 한 목숨으로 묶여 버렸다는 것이 우습기도 했다. 누구는 수십 년을 함께 지내고, 누구는 서로

뼈와 살을 나눌 만큼 가깝게 살면서도 정작 살고 죽는 경계에 서면 다 내던지고 달아나는 자들이 대부분이었다. 그런 면에서 본다면 남궁적은 전혀 새로운 자였다.

"좋아. 네가 할 수 있다는데 내가 그것을 믿지 못한다면…… 제기랄. 사내대장부가 아니지."

단목기도 어느새 남궁적의 말투를 닮아버린 모양이었다. 그가 호기롭게 말하고 남궁적의 손에서 돌덩이가 묶여 있는 끈을 받아 들었다.

"좋아, 좋아. 우리는 비로소 뜻이 통하고 마음이 맞는 모양이군. 제기랄. 네가 병신이 되기 전에 이와 같았으면 더 좋았을 걸 그랬다. 그랬으면 그깟 추살대인지 뭔지 하는 놈들을 겁낼 것도 없었잖겠어?"

아무래도 이렇게 쫓겨 다녀야 하는 신세가 원통한 모양이었다. 단목기가 그런 남궁적의 어깨를 두드리며 소리쳤다.

"까짓 놈들. 여기서 무사히 살아나기만 한다면 이번에는 우리가 그 놈들을 쫓아다니며 하나씩 요절을 내버리자구! 젠장할!"

"아하하! 그것 참 통쾌하겠다! 그러자, 까짓거!"

손뼉을 치며 좋아한 남궁적이 다시 벼랑 아래 저만큼 떨어져 있는 소나무를 바라보았다. 그의 얼굴이 조금씩 굳어졌다.

거리를 재고 호흡을 가다듬던 그가 휴— 하고 길게 한숨을 토해내고 나서 문득 단목기를 돌아보았다.

"한 가지만 물어보자. 마음에 궁금한 게 있으면 참질 못해서 말이야. 기어이 알아야만 살아도 속 시원하겠고 죽는다고 해도 통쾌할 것 같거든."

"음, 이렇게 된 마당에 내가 말해 주지 못할 게 뭔가. 다 물어보게."

남궁적의 마음을 십분 이해할 수 있었다. 그는 겉으로는 태연한 척하고 있지만 실은 마음속에 이는 두려움을 어쩌지 못하고 있었던 것이다.

"좋아, 좋아!"

주먹으로 절벽을 쿵쿵 친 남궁적이 하나뿐인 눈을 부라리며 소리쳤다.

"무명자(無名子)가 과연 너의 사형이 맞나? 그렇다면 그 또한 곤륜의 문하인 거야?"

"그는 원래 무명자가 아니라 종유상(鐘裕相)이다."

"빌어먹을. 그가 자신이 누구라고 말하지 않았는데 내가 그의 이름이 종유상인지 뭔지 알 게 뭐야? 우리는 다만 그를 일지검(一枝劍)이라고 불렀을 뿐, 그가 싸우는 것도 한 번 보지 못했으니……. 한심한 일이지. 그런 고수를 곁에 두고도 아무것도 모르고 있었다니 말이다."

분하다는 듯 씩씩대는 남궁적을 바라보던 단목기가 가볍게 웃었다.

"그럴 수밖에. 그는 사문을 떠난 이래 줄곧 성과 이름을 감추고 숨어 살았다더군. 그러니 세상 사람들이 그를 전혀 알 수 없었던 거다."

"그건 나도 짐작했어. 내가 궁금한 건 그가 어째서 사문을 떠나 떠돌게 되었느냐 하는 거다. 그 정도의 사나이라면 지금쯤은 곤륜파의 장문인이 되어 있다고 해도 이상할 게 없을 텐데 말이야."

"음, 그건, 그건……."

사문 내의 속사정을 말하기 어려운 단목기가 망설였다. 어서 말하라는 듯 남궁적이 외눈을 부릅뜨고 빤히 바라보고 있었다. 한참 만에야 단목기가 탄식을 불어내고 겨우 말했다.

"사부님의 명을 어겼기 때문에 사문에서 쫓겨났던 것이지."

"음, 그래? 그렇다면 그건 너의 사부가 그에게 옳지 못한 명령을 했기 때문이겠군."

　단정하듯 말하는 남궁적을 바라보던 단목기가 시선을 외면하고 말았다. 남궁적은 무명자의 성품을 잘 알고 있는 게 틀림없었다. 말은 하지 않았지만 그가 곧고 바른 사람이라는 것을 오 년 동안 함께 지내면서 깊이 느끼고 있었던 것이다. 그의 마음속에는 무명자에 대한 신뢰가 가득한 것이 분명했다. 그랬기에 그가 용화진경도, 소옥에 대한 것도 아닌 무명자에 대한 일을 가장 궁금하게 여기는 것이리라.

　단목기가 새로운 눈으로 그런 남궁적을 바라보았다. 무명자 종유상에 대한 애정과 신뢰를 공유하고 있는 사람이라는 생각이 그에게 남궁적에 대한 친밀감을 더욱 짙게 해주었다.

　"그게 십오 년 전이라면 그때 너는 조그만 꼬마 녀석이었겠군?"

　"그렇다. 나는 불과 열 살에 지나지 않았고, 사부님의 손을 잡고 사문에 들어온 지 이 년이 겨우 지나고 있을 때였지."

　"그렇다면 너는 그와 불과 이 년 동안을 함께 생활한 거야?"

　"맞아. 하지만 그 이 년 동안 그는 나에게 정말 잘해주었다. 당시 그는 스물두엇 되었을 때였으니 나에게는 대형인 셈이었지. 천애 고아나 다름없던 조그만 꼬마에게 그의 다정다감함은 잊을 수 없는 감격이었다. 나는 그와 함께 보낸 그 이 년을 한시도 잊은 적이 없다."

　그 말을 할 때 단목기의 눈은 아득한 꿈을 꾸는 사람처럼 따뜻해져 있었다. 남궁적이 고개를 끄덕였다. 그 또한 천지간에 홀로 떠도는 고독한 몸이었으므로 단목기의 심정을 충분히 이해하고도 남음이 있었다.

　"우리는 공통점이 제법 많은 것 같군."

　"어느 날 사부님께서는 그에게 큰 화를 내셨지. 제자라고는 그와 나 둘뿐이었건만 사부님께서는 망설임도 없이 그를 죽이려고 하셨다."

"아! 너의 사부는 참으로 독하고 모진 사람이군!"

남궁적이 마치 자신의 일인 듯 놀라 소리쳤다. 한번 쓰게 웃고 난 단목기가 말을 계속했다.

"나는 울며 사부님의 팔에 매달렸지. 그때 나를 바라보던 종 사형의 얼굴에 떠올랐던 그 표정을 잊을 수가 없다. 그는 목숨을 내던지고 사부님께 매달려 떼를 쓰는 나에게 큰 감동을 받은 것이지. 그는 연민과 두려움과 부끄러움, 그리고 어떤 알 수 없는 결연함으로 입술을 깨물고 있었는데, 어찌나 굳게 물었던지 이빨이 입술 속으로 파고들어 피가 끊이지 않고 흘러내렸다. 나는 무릎걸음으로 종 사형에게 다가가 그의 피를 닦아주며 소리쳤다. 사형, 어서 달아나! 사부님의 마음이 다시 바뀌기 전에 어서 멀리 달아나!"

단목기의 외침을 듣던 남궁적이 주먹을 불끈 쥐었다. 마치 그때의 장면이 눈앞에 있는 것 같았다. 그가 덩달아 흥분하여 소리쳤다.

"맞아! 그처럼 모진 사부라면 더 볼 것도 없이 달아나야지! 세상에 자기 제자를 제 손으로 때려죽이려는 사부가 있다니!"

역시 그때의 격정이 되살아난 듯 한동안 상기된 얼굴로 거친 숨을 몰아쉬던 단목기가 휴— 하고 길게 탄식하고 나서 차분하게 말하기 시작했다.

"사부님께서는 그를 차마 죽이지 못하고 대신 그의 경혈을 폐쇄하여 다시는 무공을 쓰지 못하게 하셨지."

그 말을 하던 단목기가 어리둥절한 얼굴로 눈을 크게 뜨고 '엇?' 하고 놀람의 외침을 터뜨렸다.

"맞아! 그는 분명히 그때 무공을 폐쇄당했는데 어떻게 된 일이지? 왜 나는 그것을 깜빡 잊고 있었을까?"

"너는 멍청한 것도 나와 똑같으니 정말 미칠 노릇이군."

남궁적이 그런 단목기를 흘겨보며 핀잔을 주었다. 그러나 그 말을 듣지 못한 듯 단목기는 저만의 생각에 깊이 빠져 중얼거렸다.

"그는 사문을 떠난 후 또다시 어떤 기연을 만났단 말인가? 그것이 그가 새로 모신 사부가 한 일이라면 그는 또 누구일까? 대체 누가 있어서 나의 사부님이 손수 못 쓰게 만든 폐혈을 되살려 놓을 수 있단 말인가? 그렇다면 그는 사부님보다 오히려 뛰어난 고수인가?"

강한 의문을 품고 머리를 갸웃거리던 단목기의 안색이 점점 창백하게 질려갔다. 그가 갑자기 눈앞의 아득한 허공을 향해 주먹을 휘두르며 버럭 소리쳤다.

"절대 그럴 리가 없다! 말도 안 돼! 나의 사부님을 능가할 자는 없다!"

그것은 사부에 대한 자부심만이 아니라 곤륜이라는 사문에 대해 가지고 있는 지나친 자부심이고 믿음이었다. 단목기는 그것이 흔들리는 것을 스스로 용납할 수 없었다.

"이봐, 너무 그렇게 큰소리치지 말라구. 강호에는 기인이사가 모래알처럼 많다는 말도 들어보지 못했나? 우리가 생각하지 못한 고수들은 얼마든지 있어. 나도 도법(刀法)을 익히고 처음 강호에 발을 들였을 때는 나의 칼이야말로 천하제일일 것이라고 단단히 믿었지. 하지만 지금 이 꼴을 봐. 기껏 삼류를 간신히 면할 정도밖에 되지 못했으니 참……한심한 일이지. 생각하면 울화통이 터져서 미치겠다고! 그놈의 늙은이에게 단단히 따지고 말 테다! 수틀리면 수염을 몽땅 뽑아놓기라도 해야 분함이 조금은 풀리겠어!"

의젓한 모습으로 단목기를 타이르는 듯하던 남궁적이 끝에 가서는 자기 자신도 흥분하여 씩씩거리며 마구 소리쳤다. 그에게도 어떤 사연이 있는 모양이었다.

"그 뒤부터는 당신 역시 알 리가 없으니 물어보나마나로군. 좋아, 그렇다면 대체 어째서 당신의 사부가 종 형에게 그처럼 화를 냈던 건지 그건 알고 있겠지?"

남궁적은 더 이상 종유상을 무명자라고 부르지 않았다. 이제는 그의 이름과 신분을 확실히 알았기 때문이다.

"그건, 그건……."

단목기가 그 문제에 이르러서는 여전히 말하기 어려운 듯 망설였다. 그런 단목기를 물끄러미 바라보던 남궁적이 고개를 설레설레 저었다.

"제기랄. 말하기 싫으면 그만둬. 언젠가는 알게 되겠지. 어쨌든 큰 궁금증은 풀렸으니 속이 시원하다. 자, 그럼 이제 정말로 가자구. 준비 됐지?"

단목기가 정신없이 고개를 끄덕였다.

"좋아. 그럼 내가 하는 걸 똑똑히 봐둬."

다시 발 아래 삐죽이 솟아 있는 작은 소나무를 노려보는 남궁적의 눈이 번쩍거렸다. 몇 번 심호흡을 하고 난 그가 '이얍!' 하는 우렁찬 소리를 지르며 천 길의 벼랑 아래로 선뜻 몸을 던졌다.

"억!"

그것을 보고 비로소 퍼뜩 정신이 든 단목기가 놀람의 외침을 터뜨렸다.

남궁적은 네 활개를 활짝 편 채 가슴과 배를 절벽에 붙이듯 하고 떨어져 내리고 있었다. 그의 손바닥이 도마뱀의 발처럼 쫙 펴져서 절벽에 달라붙듯 했고 발 또한 마찬가지였다. 그렇게 온몸을 붙임으로써 떨어지는 속도를 최대한 줄여보려는 의도였다.

미끄럼을 타듯 주르륵 떨어져 내린 남궁적이 정확하게 소나무 등걸 위에 걸터앉았다. 마치 말 등에 올라탄 듯한 모습이었는데, 미골(尾骨)에 가해진 충격이 보통이 아닐 것이었다. 그러나 그는 더 이상 떨어지지 않았고, 작은 소나무가 그를 태운 채 곧 부러질 듯 요동을 쳤다.

"어이구, 어이구, 가랑이야!"

몇 번 출렁거리다가 소나무 등걸에서 내려온 남궁적이 바위 틈새에 몸을 디민 채 무릎을 쪼그리고 앉아 끙끙거렸다.

한동안 그렇게 괴로워하던 그가 소나무 뿌리를 걷어차며 크게 소리쳤다.

"빌어먹을! 이 어르신의 사타구니를 괴롭히다니 정말 고약하단 말이야! 이놈아! 내 언제고 반드시 네놈을 뿌리째 뽑아 씹어 먹어버리고 말테다! 다시는 네놈의 종자가 퍼져 나가지 못하도록 말이다!"

삿대질까지 해대며 바락바락 악을 쓰던 그가 고개를 삐죽이 내밀어 단목기를 올려다보고 히죽 웃었다.

"봤지? 이렇게 하면 되는 거야. 할 수 있겠어?"

벼랑 틈에 가까스로 발을 딛고 서서 그런 남궁적의 꼴을 내려다본 단목기는 기가 막혔다. 확실히 그가 보여준 방법은 효과적이기는 했다. 문제는 한 치의 실수도 있어서는 안 되는 위험한 방법이라는 것이었다. 지금 자신은 몸의 기력이 예전과 같지 않아서 바람만 조금 불어도 이기지 못하고 중심을 잃을 지경이었다. 남궁적이 보여준 방법을 그대로 따라한다고 해도 저 엉뚱한 놈처럼 성공할 수 있다는 보장이 없었다.

"뭐 하고 있어? 안 내려올 거야? 그럼 혼자서 다시 올라가던가."

그것도 불가능한 일이었다. 어쩔 수 없다는 것을 안 단목기가 한숨을 쉬고 나서 처음 그가 가르쳐 준 대로 돌멩이를 매단 허리띠를 아래로 내려뜨렸다.

"거기가 아냐. 왼쪽으로 두 걸음쯤 더 와서 해!"

밑에서 남궁적이 외치는 소리를 듣고 그것을 방향 삼아 조심스럽게 두 번을 더 이동한 다음에야 똑바로 허리띠를 내려뜨릴 수 있었다.

"좋았어. 그럼 이제 뛰어내리라구! 나를 믿어!"

'믿기 싫어도 믿을 수밖에 없다. 빌어먹을 놈!'

속으로 투덜거린 단목기가 한 발을 절벽 밖으로 내밀었다. 이 한 번에 죽고 사는 일을 맡겼으니 이보다 더 큰 도박은 없을 것이라는 생각이 들었다. 한번 크게 심호흡을 한 그가 몸을 돌려 남궁적이 그랬던 것처럼 절벽을 안 듯 하고 떨어져 내렸다.

귓전으로 매서운 바람 소리가 스쳐 갔다. 단목기는 두 발에 닿는 게 아무것도 없다는 것이 이처럼 두렵고 가슴 떨리는 일인 줄 처음 알았다. 그건 평생 잊을 수 없는 기억이 될 것이었다.

"잡았다!"

남궁적의 외침이 순식간에 귓전을 스쳐 지나갔다.

"엇! 그쪽이 아니야!"

뒤따라 들려온 외침보다 볼을 때리며 스쳐 가는 소나무 가지가 더 큰 충격으로 단목기의 가슴을 두드렸다. 제대로 내려앉지 못하고 방향이 조금 벗어났던 것이다. 소나무 가지 밖으로는 아무것도 없는 허공이었다.

"아!"

단목기의 입에서 경악의 외침이 터져 나왔다. 이대로 떨어져 버린다면 살과 **뼈**가 산산이 흩어져 흔적조차 남지 않을 것이 분명했다.

정신이 아찔해지는데 허리에 강한 충격이 와 닿았다. 마치 커다란 몽둥이로 후려치는 듯한 것이어서 단목기는 저도 모르게 억! 하고 비명을 터뜨리고 말았다. 그리고 그의 몸이 허공에 매달리듯 멈추었다. 눈 아래 아스라이 멀어 보이는 계곡과 그곳을 흐르는 한 가닥 물줄기가 보였고, 그 너머로는 넓은 평야가 손바닥만하게 내려다보였다. 마치 구름 위에 올라앉아 있는 듯 정신이 몽롱해졌다.

"빌어먹을! 대체 제대로 할 줄 아는 게 뭐야?"

머리 위에서 남궁적의 갈라진 음성이 들려왔다. 가까스로 고개를 돌려 바라보자 그가 소나무 밑동에 한 발을 버틴 채 필사적으로 허리띠 끝을 잡고 있는 게 보였다. 단목기는 그와 자신 사이에 놓여진 그 이 장여의 거리가 바로 삶과 죽음의 거리라는 것을 알았다. 한 가닥 낡은 허리띠야말로 삶의 안쪽에 닿아 있는 탯줄 같은 것이었다.

"목숨이라는 것이 이처럼 가벼운 것이로군."

"빌어먹을 소리! 가볍긴 뭐가 가벼워? 정작 힘쓰는 사람은 죽을 맛이라는 걸 모르는군?"

단목기의 중얼거림을 들었던지, 남궁적이 악문 어금니 사이로 악을 쓰듯 외치며 조금씩 허리띠를 감아쥐기 시작했다. 그에 따라 단목기의 몸도 조금씩 위로 끌어 올려졌다. 낡은 허리띠가 그의 무게를 견디지 못하고 금방이라도 끊어져 버릴 듯했다. 그러나 단목기는 이제 더 이상 떨어지는 것에 대한 두려움을 느끼지 못했다. 당장이라도 새처럼 깃털처럼 한줄기 바람을 타고 훨훨 날 수 있을 것만 같았다.

"젠장할. 무겁긴 우라지게 무겁군."

얼마나 지났을까. 남궁적의 투덜거림과 씩씩거리는 거친 숨소리가 가까이 들렸다. 몇 번 숨을 쉴 정도에 불과한 짧은 시간이었지만 단목기에게는 그것이 자신이 살아온 세월보다 더 길고 긴 것처럼 생각되어졌다. 한 가닥 줄에 묶여 천 길 높이의 허공에 매달린 채 발 아래의 세상을 내려다보며 그는 그 짧은 동안에 살아온 모든 날들을 돌아보았던 것이다. 그리고 삶과 죽음에 대하여, 그것의 무상함과 이어짐에 대하여 전혀 새롭게 눈뜰 수 있었다.

'욕심이라는 것이 얼마나 덧없는 것인가……. 은원이라는 것이 또한 얼마나 허망한 것인가.'

자기 자신에게 타이르듯 그렇게 말해 주었다. 산다는 것이, 지금 살아 있다는 것이 한 가닥 낡은 허리띠에 의지한 채 이처럼 천 길의 허공에 매달려 있는 것과 같다는 것을 알았다. 아차 하는 순간에 저승으로 떨어져 버릴 수도 있었고 그렇지 않을 수도 있었다. 그리고 그 어느 쪽이든 그것은 끈을 쥐고 있는 자의 손에 의해 결정될 뿐이라는 것도 알았다.

목숨보다 중요한 것이 없다면 그것을 지탱해 주고 있는 이 보잘것없는 끈 한 가닥이야말로 세상의 그 무엇보다 소중하고 절대적인 것이었다. 아무리 큰 명예와 부귀와 찬사가 있다고 해도 다 쓸데없는 것이다.

욕망이라는 것도 생각해 보면 그 쓸데없는 것들을 위해 있는 것이고, 은원이라는 것도 그것들이 있기 때문에 발생하는 것이었다. 그러므로 그것들은 허공에 뜬 신기루와 같은 것일 뿐, 나를 위하여 진실로 필요한 것이 되지 못했다. 오히려 내 삶의 무게를 더 무겁게 하고, 그리하여 목숨을 붙들어주고 있는 이 가냘픈 끈을 더 위태롭게 하는 것에 불과했다.

'다 놓아버릴 수 있다면 나의 삶이 얼마나 가벼워질 것인가.'

그런 생각이 단목기의 마음을 시원하게 해주었다.

"이봐, 이봐. 내 팔이 빠져 버릴 때까지 매달려 있겠다는 건 아니겠지? 재미있는 모양인데 나는 전혀 그렇지 않으니까 이 빌어먹을 놀이를 빨리 끝내자구!"

머리 위에서 남궁적이 그렇게 소리치고 있었다. 그의 두툼한 손이 단목기의 겨드랑이 밑으로 파고들어 힘껏 그를 끌어 올렸다. 단목기는 비로소 단단한 바위 틈새를 밟고 혼자 설 수 있게 되었다.

"잊지 못할 경험이었다."

그가 얼굴이 벌겋게 달아오른 채 거친 숨을 씩씩거리고 있는 남궁적을 돌아보고 웃었다. 남궁적의 외눈이 무섭게 그를 흘겨보았다.

"제기랄, 나도 처음에는 그랬어. 하지만 몇 번 되풀이하다 보니까 지겹기만 하더라구. 모든 게 다 그래. 처음에는 신선하고 충격적이지. 하지만 거듭해 봐. 지겹고 짜증나서 죽을 맛일걸?"

단목기는 그의 말속에서 이 거칠고 황폐한 놈 역시 스스로의 덧없음에 대하여 눈치 채고 있다는 걸 알았다. 그건 의외의 일이었다. 야수처럼, 짐승처럼 되는대로 살아가는 망나니인 줄 알았더니 가슴속에는 제법 트인 생각을 담아두고 있었던 것이다.

"그런데 무엇 때문에 그렇게 악귀처럼 사는 거지?"

의아하여 묻자 남궁적이 무슨 엉뚱한 소리냐는 듯 어리둥절하여 바라보다가 하하, 웃었다.

"하하, 세상이 악귀 같은 거지 내가 어디 그러냐? 잘 봐. 지금 내가 악귀처럼 보이나?"

"음……."

단목기는 깊은 신음을 흘렸다. 과연 그 사람의 모습이란 상대적인 것임을 인정하지 않을 수 없었다. 적의를 품은 자 앞에서는 나 또한 적의를 느끼는 것이고, 부딪쳐 오는 살벌한 도검(刀劍) 앞에서는 나의 손속 역시 잔혹해질 수밖에 없는 것이 당연했다. 악귀 같은 세상과 부딪쳐 살아남자면 그 또한 악귀 같아지지 않고서는 불가능한 일인 것이다.

그러나 지금의 남궁적은 전혀 그렇지 않았다. 발끝에 천 길의 벼랑을 두고 한 뼘의 의지할 곳에 붙어 서서 겨우 삶의 끈을 붙잡고 있는 것이기에 지금 그가 바라보는 세상은 지극히 단순할 뿐이었다. 그러니 그의 모습 또한 단순하고 순박해 보이는 것이 당연했다.

"그럼 나는 지금 어떻게 보이지?"

단목기는 그것이 궁금했다. 자신의 모습도 그와 같아 보이는 건지 알고 싶어졌다. 남궁적이 흰 이를 드러내고 씩 웃었다.

"바보처럼 보이는군."

단목기도 그를 마주 보며 오랜만에 마음을 비우고 밝게 웃었다.

"맞아. 나는 그렇게 살아온 거야."

남궁적의 손을 잡고 조심스럽게 비좁은 바위틈을 걸어 한 모퉁이를 돌자 이제는 제법 넉넉하게 발을 디딜 만한 틈새 길이 나타났다. 두 사람은 한결 여유있게 절벽의 중간을 걸어갈 수 있었다.

"다 왔다. 바로 저곳이야."

남궁적이 손을 들어 가리키는 곳을 바라본 단목기가 아! 하고 감탄의 외침을 터뜨렸다. 그곳에 천연의 동굴이 있었던 것이다. 두 장의 거대한 바위 판이 서로 맞닿으면서 틈이 만들어져 생긴 동굴이었는데, 들어가는 입구가 한 사람이 겨우 빠져나갈 수 있을 만큼 협소했다. 이런 깎아지른 듯한 절벽 중간에 그런 굴이 있다는 것이 신비롭기만 했다.

"어떻게 이런 곳을 알았지?"

궁금하여 묻자 남궁적이 어깨를 으쓱거리며 거들먹거렸다.

"내 고향이다."

"고향?"

남궁적이 망설임없이 동굴 안으로 들어가자 단목기도 그 뒤를 따랐다. 안으로 들어갈수록 굴은 넓어지고 서늘했다. 청량한 물 냄새가 맡아지는 것이 저 안쪽 어딘가에 샘물도 솟는 모양이었다. 이런 곳이라면 천혜의 은신처라는 생각이 들었다. 세상의 누구도 여기에 이런 동굴이 있다는 것을 짐작조차 하지 못할 것이었다.

입구에서 밝게 흘러 들어오던 햇빛이 안쪽으로는 비치지를 못했다. 십여 보를 걸어 들어가자 한밤중과도 같은 어둠이 눈앞을 가렸다. 그 어둠 속에서 동굴 벽을 더듬는 남궁적의 모습이 흐릿하게 보였다.

"여기 있군."

드디어 원하던 것을 찾았는지 그가 걸음을 멈추고 무엇을 딱, 딱, 두드렸다. 그때마다 밝은 불똥이 튀어 흩어지는 것이 그는 부싯돌을 찾은 모양이었다. 부서질 만큼 잘 말린 쑥 부스러기에 불똥이 제대로 떨어지자 곧 매캐한 냄새와 함께 파르스름한 연기가 피어 올랐다.

작은 불씨가 주위의 어둠을 천천히 밀어냈다. 그러자 매끄러운 굴 표면들이 일제히 반짝이며 빛나기 시작했는데, 무수히 많은 보석들을 갈아서 사방에 뿌려놓은 듯이 아름다웠다. 남궁적이 벽에 걸려 있던 유등(油燈)에 불씨를 옮겨놓았다. 오랫동안 불을 대하지 못해서인 듯 몇 번 위태롭게 깜박거리던 심지에 드디어 밝은 불길이 일었다.

바위벽을 파서 작은 구멍을 내고 그 안에 미리 유등과 부싯돌을 준

비해 놓은 모양이었다. 그가 전에도 이곳에 드나들었다는 증거였다.

동굴은 곧 두 갈래로 나뉘어져 더 깊은 곳으로 뻗어 나갔다. 남궁적은 그중 왼쪽의 통로로 서슴없이 들어섰다. 몇 걸음을 걷자 하나의 무거운 석문(石門)이 앞을 가로막았다.

"엇?"

단목기가 저도 모르게 놀람의 외침을 터뜨렸다. 사람의 손길이 닿아 있다는 것이 뜻밖이었던 것이다.

"그 노인이 수양하는 곳이다."

단목기를 돌아본 남궁적이 히죽 웃으며 그렇게 말했다. 단목기는 더욱 어리둥절해지고 말았다.

"노인이라니? 그럼 이곳에 살고 있는 사람이 있단 말인가?"

"이처럼 좋은 곳을 그럼 그냥 비워둔단 말이냐? 언젠가는 늙은이를 쫓아내고 내가 들어와 살 작정이다."

단목기는 그의 말투에 어리둥절해지고 말았다. 이런 절지(絶地)에 은거하고 있는 노인이라면 강호의 노기인(老奇人)이 분명할 것이었다. 그러나 남궁적의 말투에는 조금도 공경하는 빛이 없었다. 그는 알 수 없다고 속으로 중얼거렸다. 공경하는 기색은 없었지만, 그렇다고 미움이나 원망의 기색도 실려 있지 않았다. 말은 험악하게 했어도 그것은 철없는 아이가 부모에게 투정을 부리는 듯한 그런 것이었다.

단목기에게 유등을 넘겨준 남궁적이 힘주어 석문을 밀었다. 그것이 듣기 역겨운 마찰음과 함께 두텁게 쌓여 있던 먼지를 날리며 안으로 밀려 들어갔다. 다시 유등을 받아 든 남궁적이 마치 제 집에 온 듯 아무 거리낌 없이 안으로 들어갔다.

그곳은 사방 석 자는 족히 되어 보이는 넓은 석실이었다. 오랫동안

밀폐되었을 터인데도 공기가 의외로 신선하고 상쾌했다. 은은한 향기까지 맡아지는 것이 동굴 속 같지 않았다. 희미한 불빛을 빌어 사방을 둘러보던 단목기가 '억!' 하고 놀람의 외침을 터뜨렸다. 석실 한쪽에 단단한 흑오석(黑烏石)을 깎아 만든 장방형의 단(壇)이 있었는데 그 위에 신태 비범한 노인이 눈을 지그시 감은 채 정좌하고 앉아 있었던 것이다.

태극이 그려져 있는 낡은 도포를 입었고, 창백하도록 흰 얼굴에 긴 수염이 가슴 아래까지 탐스럽게 늘어져 있는 모습이 범상치 않아 보였다. 한쪽 어깨에 귀물(貴物)로 보이는 불진(拂塵)을 가볍게 기대고 있었는데, 머리에는 누런 관건(冠巾)을 썼다. 백말자(白靺子:흰 버선)를 신고 그 위에 청혜(靑鞋)를 받쳐 신은 모습이 마치 신선이 내려와 앉아 있는 것 같았다.

그 위엄있는 모습에 단목기는 저도 모르게 공경하는 마음이 생겨 가슴 앞에 하나뿐인 손을 모으고 깊이 허리를 숙였다.

"말학 후배가 감히 노신선의 청수(淸修)를 방해했으니 몸 둘 바를 모르겠습니다."

그러나 눈앞의 노도사는 지그시 눈을 내리감은 채 말이 없었고, 곁에 있던 남궁적이 대신 하하 웃으며 그를 손가락질했다.

"청수는 무슨 놈의 얼어죽을 청수야? 차라리 잠들었다고 하면 그게 더 어울리겠지."

단목기는 남궁적의 거침없는 말에 문득 생각나는 바가 있어서 눈을 크게 뜨고 다시 한 번 단 위의 노도사를 바라보았다. 막 선정(禪定)에 든 듯한 모습이었으나 과연 생기가 느껴지지 않았다.

"이런, 벌써 선계(仙界)에 들었단 말인가?"

“오 년 전이다. 그만 하면 이제 자리를 물려주고 사라질 때도 되었건만 아직도 저 모양이라네.”

남궁적이 눈을 흘기며 혀를 차고 투덜거렸다.

“허—!”

죽은 지 오 년이 지난 몸이 아직도 저처럼 생생하다는 것이 믿어지지 않았다. 조심스럽게 다가간 단목기가 손가락 한 개를 노도사의 코 밑에 가져가 보았다. 과연 숨결이 느껴지지 않았다. 기식(氣息)을 끊은 지 오 년이면 피와 살이 삭아 없어졌어야 마땅했고 음습한 부패의 냄새가 남아 떠돌아야 옳았다. 그러나 노도사의 피부는 여전히 윤택했으며 몸에서는 은은한 향기까지 피어나는 듯했다.

“대체 이분이 뉘시길래 이처럼 도력(道力)이 높고 깊단 말인가.”

마음속으로부터 감탄하지 않을 수 없었다.

사방의 벽에 걸려 있는 유등에 불을 옮겨 붙이던 남궁적이 흥, 하고 코웃음을 쳤다.

“나를 오늘날 이 모양 이 꼴이 되게 한 장본인이지 누구겠어?”

“아!”

남궁적의 말에 단목기는 머리 속에 떠오르는 한 사람이 있었다.

“그럼 이분이 바로 네가 말했던 청성(靑城)의 장로 하란노도(夏蘭老道)란 말이냐?”

“왜 아니겠어? 그가 나를 꼬드겨 공동산에서 끌어내지만 않았더라면 지금쯤 나는 도관을 쓰고 의젓하게 앉아서 문하의 덜떨어진 제자 놈들이나 닦달하고 있을 거다. 그런데 지금은 돌아가고 싶어도 돌아갈 곳이 없는 신세로 전락했으니 그게 다 저 늙은이 때문이지.”

말을 하면서 그는 노도사의 발 아래 놓여 있는 함(函)을 열고 손때가 묻어 반질반질한 책 한 권을 꺼내 들었다.

"이까짓 쓸모없는 물건에 흘려 사문을 잊고 스스로 고생길을 자초했으니 나도 참 멍청하지."

허공에 책을 흔들어대던 그가 그것을 단목기에게 던졌다.

"노인이 나한테 전해준 검법에 대해 적어놓은 것이다. 나는 그 검법만 제대로 익히면 단번에 천하제일의 고수가 될 수 있을 거라고 믿었지. 하지만 이 빌어먹을 동굴을 나가서 강호에 발을 디딘 순간 그 꿈이 말짱 개꿈이라는 것을 알았다. 나는 너의 사매라는 그 어린 계집조차 당하지 못하고 멀쩡하던 눈깔 한 개를 뽑아주고서야 간신히 살아 달아날 수 있었던 거야. 흥, 천하에 둘도 없는 기서(奇書)라고? 그러니 잘 간직하면서 수시로 익히는 일을 게을리 하지 말라고? 내 저 망할 놈의 영감탱이를 그냥!"

그가 당장에라도 달려들어 정말 노도사의 수염을 뽑아놓기라도 할 듯 움찔거렸다. 단목기가 그의 옷깃을 붙잡고 막아섰다.

"유체(遺體)에 무례하게 굴어서는 안 된다. 더구나 그는 너에게 진심으로 잘 대해주었다. 너도 그것을 인정하지 않았나? 그리고 그를 따라 나선 것은 네 스스로 원한 것이지 그가 강요한 일이 아니지 않은가."

남궁적이 씩씩대며 여전히 하란노도의 유체를 노려보았지만 어깨의 힘은 많이 풀어져 있었다. 그가 머리를 끄덕이고 풀 죽은 모습으로 말했다.

"맞아. 그는 정말 나에게 잘해주었다. 자신이 지닌 모든 것을 아낌없이 물려주려고 했으니까 말이야. 하지만 그때는 내가 공동파에 적을 둔 몸이었기에 그는 나를 청성으로 데려갈 수 없었다. 그가 공동산을 내려간 후 나는 못된 사형에게 걸려 참회동에 갇히고, 또 멋대로 그곳

을 나와 야반도주하는 처지가 되었지. 하루아침에 사문을 배신한 패륜
아가 된 내 처지를 알고는 그도 마음에 걸리는 게 있었던지 청성으로
돌아가지 못하고 나를 찾아 천하를 떠돌았다."

　그때의 일들을 회상하는 듯 남궁적의 얼굴이 처연해졌다.

　그는 사문의 징계가 무서워 곧 군역에 자원하였고, 그 후 칠 년 간을
변방의 싸움터로만 떠돌았다. 그러던 끝에 북경에서 감군(監軍)으로 부
임해 와 온갖 포악을 떨어대던 태감(太監) 한 명을 쳐 죽이고는 군문에
서도 도망쳐야 하는 신세가 되었다. 그리고 다시 쫓기는 자가 되어 정
처없이 세상으로 향하다가 장성(長城) 아래의 한 초라한 주루에서 드디
어 하란노도(夏蘭老道)를 만났다.

　노도는 그 무렵 이미 자신의 천수(天壽)가 다해가고 있다는 것을 알
았다. 그는 남궁적을 데리고 곧장 이 동굴로 와서는 하늘의 뜻을 거스
르면서까지 스스로의 몸에 단술(丹術)을 펼쳐 상제(上帝)로부터 일 년
간 수명을 훔쳐 냈다. 그리고 남궁적에게 자신의 심득(心得)을 전해주
기 위해 훔쳐 낸 그 시간을 다 쏟아 부었던 것이다.

　노도의 도움으로 남궁적은 자신의 단혼도(斷魂刀)를 완성시킬 수 있
었다. 아니, 그렇게 믿었다. 노도가 이승을 버린 날 남궁적은 칼을 쥐
고 동굴을 나와 다시 한 번 세상으로 나섰다. 그러나 그는 차마 노도의
곁을 멀리 떠나지 못하고 남창부에 주저앉고 말았다. 힘껏 달리면 하
룻길에 불과한 거리에서 그는 오 년 동안을 흑마(黑馬) 남궁적(南宮赤)
으로 악명을 떨치며 살았다. 그리고 매년 기일(忌日)이 되면 남모르게
다시 동굴로 돌아와 노도 곁에서 향을 사르며 사흘을 보내곤 했던 것
이다.

단목기는 그의 넋두리를 들으며 생각했다. 하란노도와 남궁적의 인연은 악연(惡緣)이라면 악연일 것이다. 그러나 죽어서까지 이처럼 인연의 끈이 사라지지 않고 있는 것을 보면 전생에서부터 맺어진 필연(必然)의 인과(因果)인지도 몰랐다. 늙고 어린 두 사람이 만나면서 그들은 모두 사문을 등지고 세상을 피해 숨어 있을 수밖에 없게 되었던 것이다. 그것이 잘된 것인지 잘못된 것인지를 단정해 말하기는 불가능했다.

단목기는 남궁적이 던져 준 책자를 보았다. 하란노도의 평생의 심득이 담겨 있는 것이고, 이승과 저승을 사이에 두고 두 사람의 인연을 이어주고 있는 책자였다. 그것은 또한 남궁적의 단혼도가 시작된 것이기도 하다는 데에 단목기는 남다른 감흥을 느꼈다.

〈칠십이파검주해(七十二破劍註解)〉라는 표지의 글자가 먹빛도 생생하게 눈을 찔러왔다.

유등 아래에 서서 한번 읽기 시작하자 단목기는 자신도 모르게 그것에 빠져 들어가고 말았다. 본래 칠십이파검은 청성파가 자랑하는 검법들 중에서 그리 특출한 것으로 알려져 있는 검법은 아니었다. 초식의 교묘함으로 보자면 유성검(流星劍)의 명성을 따르지 못했고, 기세의 웅장함에 있어서는 천둔검(天遁劍)에 비교하기 힘들었다. 또 검의(劍意)의 활달함과 자유로움도 송풍검법(松風劍法)에 미칠 바가 아니었다.

그러나 칠십이파검에는 그것만의 독특한 특징이 있었다. 가벼운 듯하면서 정수리를 누르는 힘이 있었고, 날카로운 듯하면서 유연한 굴곡이 감추어져 있었던 것이다. 때문에 언뜻 보기에는 이도 저도 아닌 것으로 보였지만 그 안에는 넓고 그윽한 뜻이 숨겨져 있는 검법이었다.

대저 명가(名家)의 전통에서 우러나와 전해지는 공부에는 그 안에 종사(宗師)의 깊은 깨우침이 깃들어 있는 법이었다. 강호에 널리 알려져 있어서 첫발을 내딛은 자들조차 경시하는 소림의 육합권(六合拳)이나 무당의 태극검(太極劍)조차도 그 안에 깃들어 있는 심오한 도리(道理)를 깨우치자면 범인(凡人)이 평생을 기울여도 부족할 것이다.

단지 초식을 알고 형(型)에 익숙하며 투로(套路)에 밝다고 해서 전체를 알았다고 할 수 없는 것이 무학의 도리였다. 그러므로 청성파의 문도들에게조차 개성이 없다는 이유로 경시당하는 칠십이파검이었지만 그 안에 깃들어 있는 도리는 어느 절기, 절학보다 높으면 높았지 못한 바가 없었다.

단목기는 이미 상승의 무학을 배우고 익힌 사람이었다. 처음 산에 오르는 사람은 수많은 길 중 어느 것을 택해야 할지 어리둥절해지지만, 정상에 올라 있는 사람은 그 모든 길들을 다 굽어보는 법이다. 단목기는 한눈에 칠십이파검법의 신묘함을 눈치 챌 수 있었다. 그것의 도리를 자세히 풀어놓은 하란노도의 주해(註解)가 있었기에 더욱 그랬다.

책장을 넘기면서 단목기는 하란노도의 높은 심득(心得)에 절로 탄성을 발했다. 노도는 미묘하고 세심한 도리까지 빼놓지 않고 자신이 깨달은 바를 남겨놓았던 것이다. 과연 그것은 청성파의 보물이라고 해도 부족하지 않을 검법서(劍法書)였다. 비급(秘笈)이 있다면 바로 이 책이 그럴 것이라는 생각이 절로 들었다.

단목기의 머리 속에 보검을 들고 한바탕 시원한 검무(劍舞)를 추고 있는 하란노도의 모습이 생생하게 그려졌다. 구름이 흩어지듯 표홀(飄忽)했다가 용이 꿈틀거리는 듯한 웅자(雄姿)를 드러냈고, 유성우(流星雨)처럼 쏟아졌다가 솜털처럼 가벼이 날려 사라졌다. 떨어질 때는 벼

락과 같았고, 휘돌 때는 삼협(三峽)의 격랑(激浪)인 듯 무섭기 짝이 없
었다.

'곤륜에 용화진경이 있다면 청성에는 칠십이파검주해가 있다!'

가슴에 진서(珍書)를 꽉 품은 채 마음속으로 그렇게 외치는 단목기
의 얼굴이 붉게 상기되어 빛났다. 그는 한 번 훑어본 것으로 용화진경
의 요체(要諦)를 꿰뚫었 듯, 한 번 읽고 나자 대뜸 칠십이파검주해의 정
수(精髓)를 취했던 것이다. 극(極)과 극(極)은 서로 통한다는 것처럼 스
스로가 정점에 올라서자 보고 읽는 것만으로 궁극의 도리가 절로 다가
왔다.

만류귀종(萬流歸宗)이라는 말이 가장 선명하게 엿보이는 것이 바로
무학일 것이다. 백문(百門) 백파(百派)의 무공이 각기 다른 것 같아도
그 정점에 이르러 보면 모두가 한 가지로 통하는 바가 있었다. 그때가
되면 내 것과 네 것의 경계는 사라져 버리고 오직 두루뭉실한 무엇이
보이기 마련이었다. 비로소 한 눈에 정수를 꿰뚫어 보고, 옳고 그름과
좋고 나쁨을 단박에 통찰하게 되는 것이다.

단목기는 마구 뛰는 가슴을 억누를 수 없었다. 열 사람이 똑같이 이
책을 보았다고 해도 각자가 얻는 것은 그 성취와 종류가 다 다를 것이
었다. 단목기는 그 속에서 하나의 검법을 보았다. 그리고 그것이 용화
진경 속에 감추어져 있는 유룡검(遊龍劍)과 상극의 원리를 담고 있다는
것도 알았다.

당금 무림에서 사부의 구룡장(九龍掌)을 누를 수 있는 유일한 천적이
유룡검이라면, 칠십이파검이야말로 그것의 천적이었던 것이다. 유룡검
의 부족함을 채워주기 위해 만들어진 것이 용화진경이었다. 마찬가지
로 청성(靑城)이 오늘날까지 해결하지 못하고 있는 칠십이파검의 불완

전함을 완전하게 해주는 것이 하란노도가 남긴 이 주해서였다. 그것을 알자 단목기는 정신이 다 아뜩해질 만큼 흥분되었다.

어느 것에나 천적은 존재하기 마련이고, 그래서 천하제일이라고 불릴 만한 무공은 없다고 단정하던 사부의 말이 귓전을 울렸다. 가장 강하다고 여겨지는 무공 초식이 의외로 가장 흔해빠진 무공 초식에게 허점을 내보이기도 하는 것이다. 상생상극(相生相剋)의 이치라면 이치일 것이다.

단목기는 칠십이파검주해에서 유룡검의 현묘함을 제어할 비결을 엿보고 마음이 혼란스러워졌다. 그런 단목기의 안색을 유심히 살피던 남궁적이 고개를 갸웃하며 물었다.

"그 안에 뭐 특별한 게 있던가? 내가 보기에는 별거없던데……."

"이것은 청성의 보전(寶典)이라고 해야 마땅할 것이다. 이 안에 들어 있는 검법의 신묘한 조화가 하늘의 구름과 같이 자유롭고 끊이지 않으니 가히 비급이라고 불릴 만하다. 아, 하란노도가 얻은 경지는 나로서도 감히 무어라고 말할 수 없을 만큼 높았구나. 과연 세상에는 얼마나 많은 기인고수들이 은거해 있는 것인가? 나는 이제야 그것을 알겠다."

열에 들뜬 사람처럼 멍하니 허공을 향해 중얼거리는 단목기를 보고 남궁적이 혀를 찼다.

"무슨 헛소리를 하고 있는 거야?"

머리를 흔들어 정신을 가다듬은 단목기가 책을 들어 보였다.

"너는 이것을 읽어보았겠지?"

"아니, 그럴 필요가 없었다. 늙은이와 함께 산 일 년 동안 그 안에 적혀 있다는 검법에 대해서는 신물나게 들었고 배웠으니까."

단목기는 날리듯 가볍게 대답하는 남궁적의 말에 혼란스러워지고 말았다. 그가 멍한 얼굴로 남궁적을 바라보았다.

"그런데도 이 책의 진가를 모른단 말인가?"

"알지. 그게 쓸모없는 삼류 검법서에 불과하다는 걸 말이야."

콧구멍을 후비며 심드렁하게 대꾸한 남궁적이 턱으로 하란노도의 유체를 가리켰다.

"늙은이가 아마도 심심했던 게지. 그랬기에 그런 걸 밤새 적어서 나에게 주고는 즉시 숨을 끊어버렸던 거야. 두고두고 나를 골탕 먹이자는 수작이었지. 흥! 하지만 내가 그 따위 얄팍한 수단에 넘어갈 것 같아? 나는 그것을 거들떠보지도 않았다."

남궁적의 말에 단목기는 어이가 없다 못해 기가 막힐 지경이었다. 한참을 무엇을 생각하던 그가 문득 남궁적에게 책을 내밀었다.

"아무 곳이나 펼쳐서 한번 크게 읽어봐라."

"쳇, 뭐 하러 그런 쓸데없는 짓을 해? 내 머리 속에 이미 다 들어 있다니까 그러네. 늙은이가 들려주는 말을 골백번도 더 들었고 틀릴 때마다 욕도 엄청나게 먹었다."

그가 넌덜머리가 난다는 듯 책을 밀치며 머리를 설레설레 저었다. 단목기의 입가에 웃음이 번졌다.

"음. 넌 글을 읽을 줄 모르는군."

남궁적이 발끈하여 성을 냈다.

"그게 뭐 대수야? 내 이름을 읽을 줄 알고 쓸 줄 알면 되었지 더 이상 무슨 소용이 있어? 글 좋아하는 놈치고 호탕하게 세상을 살아가는 놈 못 봤다. 기껏 관에 빌붙어 백성들을 못살게 굴거나, 유생입네 하고 으스대면서 뒷구멍으로는 온갖 추잡한 짓을 다 할 뿐이지. 자고로 호쾌한 기상을 지니고 강호를 호령하는 사내대장부라면 글 따위는 필요

없는 거야!"

주먹을 불끈 쥐고 흔들어 보이며 눈을 부라리고 열변을 토하는 것이, 짐짓 자신의 무식함을 감추기 위해 사내다움을 뽐내려는 뜻이 가득했다. 단목기는 그의 항변하는 모습에서 치기(稚氣)를 보고 다시 웃었다.

"맞다. 자고로 서부진언(書不盡言)이요, 언부진의(言不盡意)라고 했다. 글로는 말을 다 할 수 없고, 말로는 뜻을 다 밝힐 수 없다는 소리지. 그와 같이 글이라는 건 마음에 품은 뜻에 비하자면 그야말로 개똥만도 못한 것일 수 있지."

맞장구를 쳐주자 남궁적의 얼굴이 금세 활짝 펴졌다. 그가 기쁨으로 반짝이는 눈을 한 채 단목기의 어깨를 쥐고 흔들었다.

"역시 통하는 데가 있다니까. 나는 이미 늙은이가 전하려는 뜻인지 뭔지를 다 알아듣고 새겨들었는데 그까짓 종잇조각 나부랭이가 무슨 소용이 있겠나? 쓸 데가 있다면 찢어서 밑 닦는 데에나 필요할까?"

단목기가 쓰게 웃으며 책을 돌려주었다.

"어쨌든 너에게는 사부나 같은 노도가 남긴 유일한 물건이다. 그의 유품(遺品)으로 알고 소중하게 간직하는 게 도리일 것이다."

"글쎄, 필요없다니까 그러네. 너를 만난 기념으로 내가 너에게 주지. 나는 이미 노인의 가르침을 다 전해 받았고, 더 나아가 새로운 것을 만들어내기에 이르렀다. 그까짓 종잇조각은 의미가 없어."

남궁적이 자신의 가슴을 쿵쿵 치며 그렇게 큰소리를 쳤다.

"이 가슴속에 노인이 고스란히 들어 있다. 소중하다면 그게 소중한 거야. 너는 신외지물(身外之物)이라는 말도 모르나? 다 쓸데없는 거다."

그의 말에는 대범함과 함께 바른 이치가 담겨 있었다. 고개를 끄덕

인 단목기가 책을 다시 함에 넣어 하란노도의 유체 아래 공손히 가져
다 놓았다.

"나 또한 너의 그 마음이면 되었지 다른 건 필요없다."

"하하, 좋아, 좋다. 그의 것이니 그에게 다시 가져가라고 하면 그만
이지. 우리 이제 이것은 더 상관하지 말자."

단목기의 행동이 무척 마음에 들었던지 남궁적이 손뼉까지 쳐가며
만족해했다. 그때였다.

"나에게도 그것을 보여주지 않겠나?"

석실 밖에서 낯선 음성이 들려왔다.

"엇!"

남궁적과 단목기가 크게 놀라 동시에 외침을 터뜨리고 돌아섰다. 유
등의 희미한 불 그늘 아래 두 사람이 석실을 가로막고 유령처럼 서 있
었다. 기척도 없이 그림자처럼 다가온 자들이었다.

〈제3권 끝〉